아멜리가 연애를 하지 않는 이유

가면을 쓴 남자들

3

3
온푸나무 지음
팀 귤한박스 그림
아멜리가
연애를 하지 않는 이유
❖ 가면을 쓴 남자들
나비노블

아멜리가 연애를 하지 않는 이유

목 차

가면을 쓴 남자들

20

마무리는 새로운 시작

세상의 모든 신전이 그렇듯이 마하트 대신전의 하루도 동이 트기 전에 시작됐다. 특히 노사제 거트루트의 아침은 특히 일찍 밝는 편이었다.

어두운 방에서 고요히 아침기도를 올린 뒤 세안을 하고 사제복으로 갈아입고 나면 차가운 새벽 공기를 헤칠 차례였다. 이윽고 거트루트가 향한 장소는 대신전 내의 본전(本殿)이라고 불리는 큰 공간이었다. 본전에는 영원히 타오른다고 전해지는 신령한 불꽃이 있어 신전 내에서 쓰일 불씨를 취할 수 있다.

미리 챙겨 온 홰에 성화의 불씨를 나누어 받은 노사제는 본전 옆의 높은 탑 꼭대기 층으로 천천히 발걸음을 옮겼다.

"동녘의 광명(光明), 북녘의 한풍(寒風), 남녘의 백과(百果), 서녘의 여로(旅路), 나그네에게 아스라의 축복을 내리소서."

꼭대기 층 방의 문 앞을 지키고 있던 여인 두 명이 다소곳이 절을 했다. 그녀들은 「재무녀」라고 불리는 신분으로, 신전의 삼두 중 한 명인 원무녀의 수발을 들기 위해 무녀 중에서 선발된 우수한 인재였다. 거트루트도 맞절을 했다.

"아스라의 축복을."

재무녀들이 거트루트가 가져온 불씨를 화로와 등잔으로 옮겨 넣었다. 재무녀들이 아침 세안 준비를 진행하는 동안 거트루트는 원무녀의 침실 문가에 섰다.

"기침하셨사옵니까."

아무 대답이 없었다.

"원무녀께선 기침하셨사옵니까."

좀 더 소리를 높여 재차 물었지만 여전히 아무런 응답이 없었다. 안의 기척을 살펴보니 침대의 천개(天蓋)부터 드리워진 바람막이 그 너머가 유난히도 고요했다.

"혹시 원무녀께서 너희보다 먼저 기침하셨더냐."

"아니요."

"이상하군."

꺼림칙한 예감이 든 거트루트는 침실 안으로 들어가 침대의 바람막이를 살짝 걷어보았다.

"이런."

역시나 텅 비어 있었다. 물론 여러 가지 이유가 있을 수 있었다. 이른 새벽의 요의(尿意)를 참기 힘들었다든가 수면 중에 비범한 예지를 느껴 급히 기도실로 향해야 했다든가. 하지만 신전에서 오랜 연륜을 쌓아온 수무녀는 싸늘하게 식어 있는 이부자리에 왠지 모를 불길한 예감이 들었다.

"이게 뭐지?"

이윽고 베개 아래 깔린 쪽지에 거트루트의 시선이 닿았다. 사제들이 사용하는 신어(神語)가 눈에 익은 정갈한 필체로 쓰여 있었다.

쿠당탕!

갑작스러운 큰 소리에 놀란 재무녀들이 침실 안으로 뛰어 들어갔다.

"수무녀님!"

거트루트는 패가망신이라도 당한 아낙처럼 넋을 놓고 주저앉아 있었다. 재무녀들이 황급히 거트루트를 부축해 일으켰다. 그러나 그녀들도 곧 빈 침대를 발견했고, 문제가 생겼다는 사실을 알아차렸다. 거트루트는 겨우 침대에 걸터앉았다. 충격을 많이 받았지만 아직 확실한 것은 없었다. 우선 진상 파악이 시급하였으므로 그는 재무녀들을 다그쳤다.

"마지막으로 원무녀님을 본 것이 언제더냐."

"어젯밤입니다."

"정확한 시간을 대라."

"저녁 8시경 저희와 함께 취침기도를 드린 뒤 바로 잠자리에 드셨습니다. 아시다시피 그분의 몸으로는 밤늦은 시각을 버티기 어렵지 않습니까."

"그때부터 너희는 어디에 있었느냐."

"줄곧 탑 안에 있었습니다. 세라가 새벽 2시까지, 제가 새벽 2시부터 8시까지 번을 섰습니다. 그 후에 세라가 깨어 이곳으로 왔고 직후에 거트루트님이 오신 것입니다."

"이 내실에는 창이 없다. 게다가 너희들이 번을 섰다면 침입자도 들어오지 못했을 터. 그런데 원무녀께서 보이질 않다니, 이게 대체 어떻게 된 일인가."

별안간 세라의 안색이 눈에 뜨이게 창백해졌다.

"제가 어젯밤 고향에 계신 어머니의 모습을 본 것 같습니다."

"그게 언제냐."

거트루트가 헐떡이며 물었다.

"자정 무렵입니다. 번을 서는 중 안구가 조금 뻑뻑하여 눈을 감았다 떴습니다. 그런데 생각해보니 어머니의 모습이 떠오른 게 그때 같습니다."

"오오, 맙소사."

거트루트는 눈을 지그시 감았다. 우려가 현실이 되고 말았다.

"어서 대제사장과 홀리 가디언을 불러오너라."

재무녀들은 머뭇거렸다. 그도 그럴 것이 대제사장과 홀리 가디언은 원무녀와 더불어 대신전의 삼두(三頭)로 불리는 최고책임자들이기 때문이었다. 동도 트지 않은 새벽에 무작정 깨우라니, 젊은 무녀들에게는 두려운 일이었다.

"저 빈 침대가 안 보이느냐. 어서 서둘러!"

호통을 듣고서야 재무녀들이 후다닥 내실 밖으로 달려 나갔다. 혼자 남은 거트루트는 입속말로 경문을 중얼거리며 불안으로 요동치는 심장을 달랬다. 주름진 손에서 힘없이 빠져나온 쪽지가 나풀거리며 바닥으로 떨어졌다. 쪽지에 쓰인 것은 짧은 구절.

「나그네에게 아스라의 축복을.」

암석도시의 밤은 이웃 항구도시에 비하면 얌전한 편이었다. 맨튼과 마찬가지로 자유도시라 통행금지가 없었음에도 야시장이 열리는 날을 제외하면 각 가정의 불빛은 일찍 꺼졌다.

그만큼 스토니스 치안유지대의 야간업무도 형식적이고 권태로웠다.

시민들 입장에서는 곤란한 일이겠지만, 야밤의 관공서 침입자들에게는 천만다행한 일이었다.

"스토니스는 오랜만이라 조금 달라졌을까 싶었는데, 역시 변한 게 없네."

정적에 휩싸인 치안유지대 건물을 바라보는 모르간의 눈빛은 어딘가 냉소적이었다.

"참고로 야시장 폭발사고는 시장 상인의 폭죽 관리 소홀로 마무리됐다. 버려진 마구와는 별개의 건으로 처리될 거야."

"마구라면 목각인형 말하는 거지?"

"그래. 그것만은 우리 선에서 해결할 수 없어. 마법 관련 사고는 윈 델람의 치안유지대 총본부에서 관리하니까."

"에코에게 연락하면 돼. 세르지오 모르게."

"알겠다."

슬론과 모르간이 대화를 나누는 동안 조지는 마당에서 취침 중인 대원들의 머리수를 세고 돌아왔다.

"수면마법으로 재운 사람이 전부 몇인지 기억합니까, 모르간?"

"사무실에서 나오던 사람 한 명, 순찰조로 보이는 이 세 명."

"그렇다면 안에 남은 대원은 한 명이겠군요. 한창 졸고 있을 겁니다."

써니필드 일행 옆에서 기웃대고 있던 엘리야가 끼어들었다.

"어떻게 아시오?"

"남부 쪽 치안유지대에 관해선 들은 얘기가 좀 있습니다. 대원들의 가족관계, 재정상태, 업무패턴, 당직 스케줄이라든가 비번일 정도지만."

"그거 참…… 편리하군."

태클을 걸 만한 부분이 한두 군데가 아니었지만, 엘리야는 그냥 입을 다물었다. 일종의 자기방어 본능이었다. 모르간은 주인을 잃고 덩그러니 남겨진 목각인형들을 관찰했다. 마법의 빛을 잃고 나니 정말 평범한 마네킹으로밖에 보이지 않았다.

"마법진이 미라 숲으로 연결되어 있다면 거기가 그레이의 은신처겠네."

"미라 숲이라면 스토니스에서 별로 멀지도 않은데 지금이라도 쫓아갈까요? 말을 타면 한 시간 반 내지 두 시간 안에 도착할 겁니다."

"숲 어귀에 말이지. 그 뒤에 수해를 뒤지려면 몇 시간이나 걸릴 것 같나."

슬론의 말에 조지가 아차 싶은 표정을 지었다. 모르간도 숲으로 가자는 의견에는 회의적이었다.

"섣불리 움직이다 동태를 들키면 아멜리가 위험해질 수도 있어. 그러니까 굳이 비싼 돈 들여 툴을 보냈지."

"이왕 간 김에 그레이까지 잡아 오라 하면 안 되나요?"

"그랬다간 우린 파산이야. 자, 쓸데없는 소리는 그만하고 여기나 빠져나가자."

탈출에 앞서 현장부터 수습됐다. 엘리야가 망을 보는 동안 슬론과 플레임은 죽은 마법사의 사체와 목각인형들을 거두어 치안 유지대 밖으로 옮겼다. 조지는 마당 곳곳에 남은 전투의 흔적과 더그가 죽을 때 흘린 핏자국에 흙을 덮어 숨겼다. 모르간은 목각 인형이 보관되어 있던 창고 내부를 살펴본 뒤 별다른 것을 발견하지 못하자 다시 문을 굳게 걸어 잠갔다. 게일은 그들이 하는 짓을 지켜보기만 했다. 써니필드 일당에겐 솜털만 한 힘도 보태기 싫은 데다 미라 숲의 상황이 신경 쓰여 마당 청소 따위엔 신경 쓸 여유가 없었다.

'그 꼬마 마법사가 과연 해낼까?'

연령대를 보면 고작해야 견습 마법사일 것 같지만 모르간의 자신만만한 태도를 보니 뭔가 있긴 있는 것 같았다. 하지만 불안은 쉽게 가시지 않았다. 그레이가 사람 머리통을 가지고 노는 살인마든 발록 염통을 가지고 노는 대마법사든 전혀 두렵지 않았다. 자신의 실력에 자신도 있지만, 재수 없게 져봤자 저승밖에 더 보겠느냐 하는 안일한 마음 때문이기도 했다. 하지만 지금은 다르다. 그레이의 악명을 두려워해야 하는 이유가 생겼다.

'인정 많은 아스라 신님. 내가 별로 신실한 놈은 아니지만 머리털 나고 처음으로 진심을 담아 기도를 하니 좀 들어주십쇼. 아멜리를 무사히 돌려보내 주면 이놈들 다 살려줄게요. 그레이도,

모르간도, 써니필드 소장도 다 용서해주겠다고. 사람 목숨 귀한 줄 아는 신님이라면 뭐가 옳은 선택인지 알겠지? 알아서 판단하십쇼, 망할 신……. 으음, 인정 많은 신님.'

애걸 반 으름장 반이었지만 난생처음 진심을 담은 기도가 하늘에 닿은 것일까. 게일이 일행과 함께 브로드웨이 거리의 사무소로 돌아온 지 얼마 안 되었을 때였다.

"게일님!"

기다리고 기다리던 목소리가 바깥에서 들려왔다. 노심초사하고 있던 게일은 거의 펄쩍 뛰다시피 하며 밖으로 튀어 나갔다. 아멜리를 업은 툴이 마당에 내려오는 중이었다. 하지만 얌전히 기다릴 수 없었던 게일은 툴의 두 발이 땅에 채 닿기도 전에 아멜리부터 잡아당겼다.

"너 때문에 십년감수했다!"

게일의 품에 쏙 들어간 아멜리도 벅찬 기분에 그를 얼싸안았다……가 급히 뒤로 후퇴했다. 비강을 초당 100대씩 두들겨 패는 듯한 지독한 악취에 실례인 줄 알면서도 제 코를 급히 틀어막을 수밖에 없었다.

"아 맞다. 오늘 쓰레기장을 뒤졌거든. 아직도 심한가? 난 이제 잘 모르겠는데."

게일이 자신의 팔뚝에 대고 코를 킁킁거렸다.

"이야, 그럼 좋다."

모르간이 사무소 밖으로 느릿느릿 걸어 나오며 휘파람을 불었다. 아멜리는 그제야 주변을 돌아볼 여유가 생겼다. 게일, 모르간, 슬론, 조지, 엘리야까지 한자리에 모여 있었다. 아까 전까지는 무기를 들고 서로 살벌하게 싸워대던 사람들이었는데.

"화해하신 거여요?"

"그 얘긴 나중에. 너야말로 어떻게 된 건지 말해봐. 갑자기 툭 튀어나오는 데에도 정도가 있지 왜 네가 치안유지대에……."

말하는 도중에 게일의 얼굴이 굳었다. 아멜리의 코밑에 흙이 묻었나 싶었더니 말라붙은 핏자국이었다.

"설마 그레이한테 맞았냐!"

아멜리는 소맷부리로 얼굴을 문질렀다. 코피가 터졌던 것을 까맣게 잊고 있었다. 어느덧 통증은 가셔서 아무렇지 않았지만, 깔끔하지 못한 몰골을 여러 사람에게 보인 게 창피했다.

"뛰다가 넘어져서 그래요."

게일은 믿을 수 없었다. 아멜리의 머리칼을 헤집고 얼굴을 더듬거린 후에야 맞은 흔적이 없다는 사실을 확신했지만, 그래도 한번 뒤집힌 속은 쉽게 풀어지지 않았다. 이게 다 그레이 때문이었다. 아니, 써니필드 때문이었다. 이 망할 것들을 어떻게 조져야 잘 조졌다고 소문이 날까. 게일의 머리에서 김이 날락 말락 할 때 엘리야가 폭발 직전의 심지를 잘랐다.

"아가씨, 의생한테 안 가봐도 되겠어?"

"정말로 아픈 데는 없어요. 얼굴만 좀 씻으면 좋겠는데."

"안에 들어가자. 세숫물 받아줄게."

일곱이나 되는 사람들이 우르르 들어오자 허름한 사무소가 꽉 들어찼다. 세수하고 나온 아멜리가 마른 수건으로 얼굴을 닦는 것을 보면서 게일이 혀를 찼다.

"사건의 원흉들은 상처 하나 없이 팔팔한데 어쩌다 휘말린 너만 피를 봤냐. 쯔쯔."

사실 그건 심각한 오해였다. 슬론이나 조지나 치안유지대에서 게일에게 꽤나 얻어터진 덕분에 옷 아래는 멍으로 얼룩덜룩한 상태였던 것이다. 그러나 다 큰 어른 체면상 내가 더 많이 맞았다고 나설 수는 없는 노릇이라 두 남자는 억울함을 조용히 삭였다.

"바보도 아니고 뛰다가 넘어지긴 왜 넘어져?"

"뒤에서 쫓아오니까 마음이 급했단 말이어요."

"쫓아와? 누가?"

"그 마법사 아저씨요. 마른 체구에, 머리는 짧고 눈매가 날카로운."

게일의 인상이 험악해졌다.

"그레이가 왜 널 쫓아? 뭔 짓을 하려고 하디?"

아멜리의 뇌리에 제일 처음 떠오른 장면은 그레이의 아지트에서 본 시체 더미였다. 하지만 어떤 단어를 동원하더라도 그 장면을 조리 있게 설명하기란 불가능할 것 같았다.

하지만 구태여 말하지 않아도 아멜리의 창백해진 안색이 게일에겐 충분한 설명이 되었다.

"그레이는 내가 죽인다."

써니필드 일당을 염두에 둔 발언이었다.

"현상금이고 나발이고 그놈은 내 손으로 죽이지 않으면 두 다리 뻗고 못 자."

"그레이는 이미 죽었을 텐데요?"

일동의 시선이 소년 마법사에게 집중되었다.

"네가 죽였어?"

모르간이 심각한 표정으로 되물었다.

"저 아니에요. 또 다른 마법사가 있었다고요."

"그레이 제자?"

"목마법사긴 했지만 그레이 파는 아닐걸요. 마법을 보면 대충 느낌이 와요."

"시체는? 시체는 봤어?"

툴이 고개를 저었다.

"아멜리 누님과 미라 숲을 떠날 때 그레이가 마법에 당하는 모습을 봤어요."

"그럼 죽었다고 장담할 수 없잖아."

"아뇨, 죽었으리라 생각해요."

"왜?"

"그레이가 당한 마법, 꽤 거칠더라고요. 마법은 마법사 성격 따라간다는 말이 있지요. 아마 마법을 시전한 마법사도 성격 엄청 거칠 거예요. 더욱이 그레이가 잡히던 순간만 떠올려 봐도 곱게 살려둘 분위기는 아니었어요."

"근거가 약해. 아멜리 생각은 어때?"

"에, 나?"

아멜리가 갑작스러운 지목에 당황했다.

"너도 현장을 봤잖아. 그레이가 죽었을 거 같니?"

나뭇잎을 닮았던 벌레 떼들의 기세는 살벌하고 흉포했다. 잡힌다면 인정을 바랄 수도 없이 자연의 섭리대로 잡아먹히고 죽으리라는 공포감이 아직까지 생생할 정도였다. 그래서 실제로 그것에 당해버린 그레이가 살아 있을 것 같은 느낌은 전혀 들지 않았다.

"응."

아멜리까지 고개를 끄덕이니 모르간은 두 손을 들었다.

"현장을 목격한 두 사람 모두 그레이가 죽었을 거라고 하니 더 할 말이 없네. 음, 그레이를 습격한 제삼자가 누군지, 왜 그레이를 노린 건지, 우리와도 상관이 있을지가 문제로군."

제 임무를 마친 툴은 돌아갔다.

게일은 잃었던 식욕을 겨우 되찾았는데, 점심때 핫도그를 먹은 후론 아무것도 먹은 게 없어 신물이 올라올 지경이었다.

"뱃가죽이 등가죽이다. 먹을 거 내놔."

"없다, 그런 거."

"뒤져서 나오면 쌀 한 톨에 한 대로 할래?"

"넌 깡패냐?"

"그냥 줘, 슬론."

슬론은 못마땅한 기색이 역력한 얼굴로 모르간을 돌아보았다. 모르간이 태연히 덧붙였다.

"뭐라도 씹고 있어야 저 입을 닥칠 거 아냐."

슬론은 당장 지하창고에서 비상식량을 꺼내 왔다. 4킬로그램짜리 건빵 한 포대였다. 내가 무슨 쥐새끼냐며 구시렁대던 게일은 막상 건빵을 입에 넣자 인간 제분기로 변했다. 엘리야도 슬그머니 게일 옆에 자리를 잡았다.

쓰레기장 수색조 두 명이 한자리에 모이니 나머지 사람들은 자연스럽게 신선한 공기가 드나드는 창가 쪽으로 모였다. 덕분에 아멜리는 슬론에게 질문할 기회가 생겼다.

"어떻게 소장님과 게일님이 서로 아는 사이인 거죠?"

"그건……."

"잠깐만. 그전에 내 얘기부터 들어야 할 거야."

모르간이 슬론의 말을 막고 자신의 사연을 들려주었다. 원래 모르간은 세계 곳곳을 방랑하며 버려지거나 숨겨진 보물을 찾아다니는 트레저 헌터였다. 그러던 어느 날 정보통으로부터 어떤 깊은 산속에 마법사의 버려진 연구실이 있다는 얘기를 들었다.

혹시 마법사가 깜빡 놓고 간 마법 아이템 따위가 있지 않을까 하는 기대로 찾아갔는데, 알고 보니 버려진 게 아니라 엄연히 현역 마법사의 연구실이었다. 그 사실을 알자마자 도망쳤지만 나중에 외출에서 돌아온 마법사가 침입의 흔적을 눈치채는 바람에 쫓기는 신세가 됐다. 마법사라는 무시무시한 적 앞에서 목숨을 부지하려면 친분 있는 용병 슬론에게 도움을 청하는 수밖에 없었다. 하지만 그가 있는 스토니스로 향하던 중 그레이의 제자 중 하나인 올리언이라는 호전적인 수마법사가 따라붙었고, 갖고 있던 마법스크롤로 어찌어찌 달아나다가 스크롤 하나를 잘못 사용하는 바람에 나무 안에 꼼짝없이 갇히는 신세가 되었다.

"그때 날 발견하고 구해준 사람이 아멜리야."

아멜리는 나무 귀신인 줄 알았던 모르간과의 첫 만남을 떠올렸다. 당시에도 참 범상치 않은 인물이라고 생각했는데, 역시나 예상보다 훨씬 범상치 않은 내력을 가지고 있는 사람이었다.

"아무래도 쫓기고 있는 신세라 낯선 사람들과 있는 게 불안하더라고. 그래서 불가피하게 진짜 사정을 숨겼고 밤에 몰래 떠난 거야."

"포장은 잘하는군. 그 얘긴 왜 빼먹냐. 네가 우리 지갑이랑 말도 훔쳐 갔다는 거."

"아아, 그랬지. 미안. 올리언에게 잡혔을 때 돈도 다 빼앗기는 바람에 마음이 좀 급했어."

"너무 진정성 있는 사과라 눈물이 다 나는군."

이후 모르간은 스토니스에 도착해 슬론과 접선했다. 노련한 용병인 그는 다수의 마법사를 상대하기 위해 추적을 도리어 함정으로 이용하자는 계획을 짰다. 그리하여 모르간은 추적마법에 사용될 만한 소지품을 슬론에게 전부 넘겼고, 그 자신은 또 다른 지인에게 도움을 청하러 타 지방으로 떠났다. 하지만 안타깝게도 그들이 모두 부재중이라 소득 없이 스토니스로 돌아와야 했다.

"내 얘긴 여기까지야. 이후 당신들이 써니필드랑 엮이게 된 얘기는 나도 듣고 싶군. 우연치곤 너무 신기하잖아."

"우연이 맞긴 한 거냐."

게일이 의심스럽게 물었다.

"뭐 밝은 표정을 짓고 싶은 건 네가 아니라 나다. 모르간과 복잡한 인연이 있는 줄 알았다면 절대로 이 일에 엮이게 하지 않았을 텐데."

슬론의 사정에 관한 설명이 뒤를 이었다.

"추적을 함정으로 써먹기 위해선 「미끼」가 필요했다. 이유는 두 가지. 하나는 매복 작전으로 마법사를 잡기 위해서. 또 하나는 마법사들에게 계속 미끼를 노출시켜 그들의 주의가 시외로 나간 모르간에게 미치지 않게 하기 위해."

이 작전이 가능했던 것은 마법사들이 모르간과 직접적으로 마주친 적이 없기 때문이었다. 연구실 도둑을 수소문하다가 알게 된「흑발의 젊은 여성」이라는 인상착의 외엔 더 자세히 알려고 하지도 않았다. 추적마법의 힘을 과신했기 때문이다.

"남의 사정을 자기 일처럼 잘 아는군."

"올리언한테 잡혔을 때 다 포기한 척하면서 그쪽 상황을 슬슬 떠봤어."

멍청한 올리언이라면 그랬을 수도 있겠다 싶으면서도 게일은 그 대답이 별로 탐탁하지 않았다. 모르간의 태도가 너무 능청스럽기 때문일지도 몰랐다.

"얘기 계속해도 되나?"

"그러슈."

슬론은 전력 보충을 위해 용병 두 명, 게일과 엘리야를 고용했을 뿐만 아니라 린다라는 여성을 모르간의 대역으로 고용했다. 스토커를 잡기 위한 작전이라는 것과 위험부담이 따른다는 말은 했지만 마법사에 관해서는 함구했다. 보통의 아가씨라면 마법사가 노린다는 얘길 듣고 일을 맡을 리 없다는 판단이었는데, 그 때문에 그레이 측의 첫 번째 습격 때 린다는 큰 충격을 받고 일을 그만둬버렸다. 급하게 새 대역을 찾아야 했다. 천만다행으로 그날 오후 시에서 운영하는 인력시장을 통해 새로운 지원자가 찾아왔다. 그 사람이 아멜리였다. 린다 때의 경험을 바탕으로 이번에는 마법사가 노리고 있다는 이야기까지는 오픈했다.

"그런데도 아멜리 양은 수락해주었지. 정말 감사하고 있다."

"현상수배에 걸린 악질 마법사로부터 연구실 도둑을 지키기 위한 일이라는 설명을 못 들었으니까 그랬겠지."

"너무 많이 알아 좋을 것 없는 때도 있는 거다."

"너희들이 이따 나한테 왜 때리냐고 묻는다면 바로 그렇게 대답해주마."

옥신각신하는 남자들 틈에서 아멜리는 작게 한숨을 내쉬었다. 세상을 알면 알수록 세상에 대한 불신만이 쌓여가는 것 같다.

"정말 세상 좁군, 좁아. 이 크고 사람 많은 도시에서 우연히 모인 사람들이 알게 모르게 인연이 있었다니, 이런 일은 또 없을 거야."

엘리야의 진지한 어조에는 순수한 감동마저 어려 있었다. 게일이 불만스레 눈을 뒤룩거렸다.

"뒤로 자빠졌는데 코가 깨졌다는 게 바로 이럴 때 쓰는 말이지."

엘리야가 문득 생각난 듯이 물었다.

"소장과 조지는 원래 아는 사이였단 거요?"

"조지는 써니필드의 전속 용병이다."

"근데 왜 우릴 고용한 첫날엔 서로 모르는 체했소?"

"이렇게 됐으니 솔직하게 말해주지. 그는 내가 임금을 협상하거나 거리에서 스카우트를 할 때 바람을 잡아주는 역할을 맡고 있다."

그 말에 엘리야는 써니필드에 처음 방문하던 날의 기억이 떠올랐다. 일면식도 없는 용병끼리 모여 서로 눈치를 보는 상황이었건만 대뜸 나서서 고용비를 확정한 사람이 조지였다.

엘리야의 표정이 떫은 감 씹은 듯 구겨졌다.

"결국 우리 모두 써니필드의 사기행각에 놀아난 셈이군."

"초반엔 다소 투명하지 못했다는 점은 인정한다. 그래도 나중에 재협상을 했으니 됐잖나."

"쳇. 말이면 다로군."

"사실 자네가 따질 처지는 아니지."

"뭣이?"

엘리야가 발끈해서 눈을 치떴다.

"우리가 금전적인 대가를 주는 대신 자네들에게 요구한 임무는 단 하나였다. 그게 뭐였는지 기억은 하고 있는가."

"어……."

"자네가 살겠다고 도망간 동안 린다 양은 다쳤고, 오늘은 아멜리 양에게서 눈을 떼는 바람에 기어이 납치를 당하게 만들었지 않나. 나는 사실 자네 덕택에 인재 보는 눈에 꽤 자신감을 잃게 됐거든."

"그, 그나저나 곤란하게 된 것 아닌가? 그레이를 생포하고 싶어 했잖소."

궁지에 몰린 엘리야는 얼른 화제를 전환했다. 슬론은 그럴 줄 알았다는 듯 눈을 흘겼다.

"뒷일은 우리가 알아서 한다. 자네들 역할은 끝났어."

"그럼 지금껏 일한 돈이나 계산해주시오."

"지금?"

"당연하지. 그레이가 살았다면 언제 또 쳐들어올지 모르고, 다른 난폭한 마법사도 이 근방을 어슬렁거리고 있는 것 같다 하고. 당신네 맘 바뀌기 전에 빨리 돈이나 받고 파샤로 떠야겠소."

"한 놈은 밥 달라고 성화더니 이번엔 다른 놈이 돈 달라고 성화로군. 전생에 자네들이 내 부모였나?"

싫은 소리를 하긴 했지만 슬론은 엘리야가 바라는 대로 보수가 든 돈주머니를 엘리야와 게일에게 각각 건넸다. 얼굴이 좀 살아나는 엘리야와 달리 게일은 계속 심기가 불편했다.

'어쩌다 이렇게 꼬였지?'

원래는 그레이의 제자 더그를 족쳐서 그레이까지 생포한 뒤 써니필드로부터 인센티브까지 거하게 챙겨 깔끔하게 윈 델람으로 떠날 계획이었다. 어디서부터 꼬였을까. 곰곰이 생각해보니 아닌 밤에 홍두깨처럼 모르간이 불쑥 나타난 때부터 일이 이상하게 굴러가기 시작했다.

게일은 모르간을 노려보았다. 남장을 하고 있어도 미모는 가릴 수가 없는 건지, 살짝 이마를 찌푸린 채 고민에 잠긴 모습이 뇌쇄적이면서도 이지적이라 괜히 심장이 쿵쿵 뛰었다. 게일은 자신의 의지와 자존심을 배반하는 신체적 반응에 좌절했다.

'도둑년이면 도둑년이라고 이마에 써놓고 다니든가, 아니면 범죄자답게 간사하고 우울하게 생길 것이지!'

게일은 짜증으로 끓는 속을 진정시키며 모르간에게 손바닥을 내밀었다.

"너도 빨리 돈 내놔."

모르간이 고개를 들고 게일은 어이없다는 듯 쳐다보았다.

"방금 슬론이 줬잖아."

"정당한 노동의 대가 말고 네가 무케스산에서 가져간 돈 말이다."

"다 써버렸단 얘기 아직 안 했던가?"

"니들 마스터스 리그면 돈 많을 거 아냐! 죽기 싫으면 빨리 내놔!"

훌륭한 노상강도의 대사였다. 그러나 엘리야의 눈이 튀어나올 듯 커진 까닭은 다른 것이었다.

"마스터스 리그라고? 진짜? 거짓말이지?"

"마스터스 리그……."

아멜리도 예전에 게일에게 들었던 설명이 떠올랐다.

—사람들 삥 뜯고 다니는 불량배 집단이라고나 할까.

좀도둑, 사기꾼들인 것을 알고 있었으니 이제 와서 조직적인 불량배라고 해봤자 큰 감흥은 없었다.

물론 엘리야의 입장은 달랐다. 겉으로는 반신반의하고 있었으나 만약 그들이 전 세계적인 네트워크가 있는 지상 최대의 범죄 조직이라고 하면 그간 석연치 않았던 점들이 모조리 이해되는 것이었다. 마법사를 생포할 거라든가, 마법사의 연구실을 턴다는 미친 발상도 충분히 가능하다.

국가에서 거래 수를 통제하는 스크롤을 휴지 뽑듯 써버리는 것도 이해할 수 있었다. 그들에게는 분명히 음성적인 루트가 존재할 테니까.

'마스터스 리그 이름 아래 공정거래란 없다고 들었는데. 설마 사무소 나서자마자 목 잘리는 거 아냐?'

엘리야는 돈주머니를 움켜쥔 채 긴장했다. 그런데 정체가 탄로된 당사자들은 의외로 태연했다.

"돈이라면 로열나이트 나리께서 더 많겠지."

써니필드 일행이 범죄조직이라 했을 땐 곧바로 수긍했던 엘리야도 이번만큼은 껄껄 웃어버렸다.

"그건 너무 갔군."

"진짠데. 파샤 출신에다가 꽤나 강하잖아요. 느낌이 딱 오지 않아요?"

모르간의 말투가 너무나 단정적이었기 때문에 엘리야는 설마하며 게일을 쳐다보았다. 다리 한 짝을 테이블 위에 올려놓고 귀를 후비는 꼴이 참 상스럽기 그지없었다. 엘리야는 그럼 그렇지 하는 눈으로 단언했다.

"파샤에서 온 강한 무사라고 무조건 로열나이트면 파샤에 사는 개나 소나 다 귀족이겠소."

조마조마하게 지켜보던 아멜리는 안도하는 동시에 이루 말로 할 수 없는 착잡함을 느꼈다.

"믿지 않는다면 할 수 없지."

모르간은 간단히 포기했다.

"아무튼 이렇게 재회하게 된 것도 인연이고, 아멜리에겐 여러모로 폐를 끼쳤으니 나도 깨끗하게 과거를 털고 싶어. 하지만 진짜로 지금은 무일푼이야."

"네 발로 갈래, 아니면 내가 끌고 갈까, 치안유지대?"

"내가 감옥에 들어가 봤자 당신들한테 떨어지는 건 한 푼도 없는데."

"세상에 평화와 정의가 돌아온다면 그걸로 만족한다."

"덜 떨어진 성인군자 같은 소리 하지 말고, 나한테 좋은 생각이 있는데 말이야."

게일은 손으로 귀를 막았다. 저 요사스러운 세 치 혓바닥에 또 넘어갈 수는 없었다.

"네가 하는 모든 제안과 제의와 설득과 주장과 변명을 거부한다."

그리고 모르간의 목소리가 들리는 것을 원천 봉쇄하기 위해 돼지 멱따는 소리로 노래를 불렀다. 모르간은 물론이고 모인 사람들 모두가 그 유치함에 기가 질렸다.

"그럼 아멜리랑 대화하는 수밖에. 아멜리. 만약 내가 시간이 좀 걸려도 돈을 고스란히 돌려준다면 우리 사이 앙금은 다 털어질까?"

"천만에!"

어느새 귀를 열고 들었는지 게일이 득달같이 달려들었다.

"훔쳐간 원금! 정신적 피해보상비! 널 수배하느라고 머무른 스토니스에서의 체류비! 식비! 교통비! 아차, 목숨을 구해준 사례비까지 내놔."

"딴 건 그렇다 치고 마지막은 뭐야?"

"길 가다 주운 지갑을 주인에게 돌려주면 지갑에 든 돈 1할을 사례로 받는 법. 그것이 세상의 암묵적인 규칙! 이른바 관례!"

"하?"

"이해가 안 되냐. 올리언이 널 쫓고 있을 때 바로 네 목숨이 길에 떨어진 지갑 같은 상태였단 거잖아. 그냥 뒀다면 올리언 같은 놈이 주웠을 거고 넌 지갑을 영영 되찾지 못했겠지. 그러나 천사 같은 나는 사심 없이 주워서 네게 돌려줬다. 그러니 내게 목숨값의 1할을 줘야 마땅해."

엘리야가 깊이 고개를 주억거렸다. 물론 게일 말에 찬동한다는 의미는 아니었다.

"것 봐, 형씨가 로열나이트일 리 없다고 했잖소."

모르간은 잠시 생각에 잠겼다가 입을 열었다.

"좋아. 줄게."

한 명을 제외한 모두가 깜짝 놀랐다.

"진작 그럴 것이지."

정작 게일은 몹시 당연하다는 듯한 말투였다.

"근데 이것저것 항목별로 따지는 건 너무 좀스럽지 않아?"

"뭐?"

"그냥 이걸로 퉁 치자."

모르간이 손가락 세 개를 폈다.

"30만?"

"통이 참 크기도 하다."

게일은 코웃음을 쳤다.

"300만이라고? 아예 별 하나를 따다가 낚싯대에 달지 그러냐."

"잘 생각해봐. 이 숫자, 왠지 친숙하지 않아?"

전혀라고 대답하려는 순간 게일의 뇌리를 번쩍 스쳐가는 기억이 있었다. 그것도 비교적 최근의.

"설마 너……?"

게일의 눈이 경악으로 벌어졌다.

"오해하지 마. 나랑은 상관없으니까."

"근데 네가 그걸 어떻게 알아!"

"풍문으로 전해 들은 거야. 맨튼의 도박장 죽돌이가 최근 역대급 호구를 물었는데, 그게 어떤 빨간 머리의 멍청한 파샤 무사였다고."

"헐."

지나치게 충격적인 소식이기 때문일까, 게일의 뇌에는 순간적으로 과부하가 걸렸다. 도박장 죽돌이? 역대급 호구? 멍청한 파샤 무사? 단어 하나하나가 이해되지 않았다.

"형씨가 300만 벨을 노름판에서 날렸단 거야?"

300만 벨은 평범한 농민이라면 평생 만져보기도 힘들 거금이요, 귀족이라면 휴양지에 고급 별장 열 채를 사고도 남을 돈이었다. 엘리야는 세상에 다시없을 기이한 생물을 보듯 게일을 쳐다보았다.

'어쩐지 비싸다는 마구에 주저 없이 불을 붙이더라니, 원래부터 개념이 가출한 놈이었군.'

모르간은 자신만만하게 말했다.

"걱정 마. 그 돈 내가 전부 되찾아줄 수 있어. 조건부지만."

"조건부?"

"첫째, 무케스산에서 있었던 일은 이제 덮고 넘어간다."

게일의 인상이 와작 구겨졌다.

"심지어 여러 개?"

"둘째, 치안유지대 신고를 취하한다. 이상."

"헛소리 잘 들었다."

"감정적으로 굴지 말고 성숙한 성인답게 실리를 따져봐. 이보다 더 좋은 제안이 있겠어?"

"실리고 뭐고 현실적으로 말이 안 돼. 네가 무슨 수로 그 돈을 찾아올 수 있다는 거냐."

모르간이 의미심장한 미소를 지었다.

"당신이 들어갔던 가게가 「생선가게」야."

어리둥절해하는 일부와 다르게 뒷세계의 은어를 바로 알아들어 버린 게일은 마치 무형의 둔기에 뒤통수를 맞은 것만 같았다. 그가 믿을 수 없다는 듯이 어버버거렸다.

"거기가 도둑놈들이 운영하는 가게였다고? 하, 한두 명 정도 그런 녀석들이 있을 거라고 예상은 했지만."

"한두 명? 후후, 이거 순진하다고 해야 할지. 「생선가게」는 민간인을 문지기의 손가락 개수 이상으로는 입장시키지 않는 게 일반적인 룰이라고."

말하자면 눈 뜨고 코를 베였다, 그런 뜻이었다.

'아 내 혈압.'

게일이 뒷목을 잡으려는 순간, 낯선 손 하나가 먼저 그의 뒷덜미를 잡아챘다. 뒤돌아보니 아멜리였다. 그녀는 미소 짓고 있었지만 이상하게 눈은 웃고 있지 않았다.

"저랑 뒤에서 단둘이 얘기 좀 하실까요?"

그가 여자에게 이런 제안을 받아본 게 어디 처음이던가. 하지만 이런 제안을 받고서 뱃속이 식기는 단언컨대 처음이었다. 이대로 끌려가서는 안 된다. 게일은 다른 남자들에게 눈빛으로 매달렸다. 그러자 엘리야는 갑자기 몸을 수그리더니 부츠에 묻은 흙을 털었다. 슬론과 조지는 새 비상식량을 얼마나 구매해놔야 할지에 대해 진지하게 대화를 나누기 시작했다.

'의리라곤 없는 놈들.'

게일은 자존심을 착착 접어 마음 속 깊은 곳에 수납했다. 최후의 수단에 기대기 위함이었다.

"나한테 할 말 남지 않았냐."

호소의 눈빛을 받은 모르간이 자애로운 미소로 답했다.

"젊은이여, 어찌 몰랐는가. 필승과 필패의 판을 짤 수 있는 자는 신과 사기꾼밖에 없다는 것을."

"그건 연극 대사, 컥!"

짜증 섞인 노성이 끝나기도 전에 옷깃을 잡아당기는 손길에 목이 졸렸다. 결국 게일은 반강제로 질질 끌려 나가 아멜리와 심도 있는 대화를 끝낸 후에야 돌아왔다. 게일은 한층 어두워진 안색으로 말했다.

"제안, 수락한다."

모르간이 생긋 웃었다.

"잘 생각했어."

"단! 네가 남고 슬론이든 조지가 돈을 찾아온다는 전제하에."

써니필드 일행이 서로 눈을 마주쳤다.

"왜 그래야 하는데?"

"널 보냈다간 또 어디로 튈지 모르잖냐."

모르간이 고개를 저었다.

"이건 은행에 맡긴 돈을 찾으러 가는 게 아냐. 내가 나서야 해."

"그럼 결렬이지 뭐."

"슬론과 조지가 내 보증인이 되어주면?"
"저 치들도 사기꾼 같아서 그닥."
"하지만 두 사람은 여기서 그레이 건을 마무리해야 하는데."
"그건 그쪽 사정이지."
"연약한 여자를 인질로 삼는 건 저질이나 하는 짓이야."
"옳은 말씀. 근데 넌 연약하지 않잖아."
"파샤의 기사도 정신은? 기.사.도. 정.신."
"가만 있자. 열두 살 생일날 집 앞에 찾아온 엿장수에게 부엌칼이랑 같이 팔아먹었던 칼 이름이 기사도였던가?"
급기야 모르간은 아멜리에게 하소연했다.
"이 남자한테 뭐라고 좀 해줄래?"
"난 게일님의 판단을 믿어."
쳇. 모르간이 속으로 혀를 찼다. 뒷방에서 아멜리가 게일에게 고삐를 묶고 온 줄 알았더니 오히려 입을 맞추고 온 모양이었다. 모르간은 머리를 긁적거리다가 슬론과 조지를 불렀다.
"스토니스 쪽은 클라우스에게 어떻게든 처리하라고 해봐."
"요즘 컨디션 난조인데, 그 녀석."
"이 상황에선 어쩔 수 없잖아."
"차라리 툴의 말대로 그레이가 죽었길 바라는 게 낫겠군."
별로 기꺼운 일은 아니었으나 써니필드 사람들은 게일이 말한 대로 움직이기로 했다.

전체적인 합의가 이루어졌을 때 가장 기뻐한 사람은 다름 아닌 엘리야였다.

"피곤해 죽겠네! 얼른 각자 갈 곳으로 돌아갑시다."

그 말에 아멜리는 잊고 있던 것 하나가 떠올랐다.

"엘리야 씨. 저희 치안유지대에 돌아가야 하지 않나요?"

엘리야가 피곤에 찌든 얼굴로 아멜리를 돌아보았다.

"무슨 소리요?"

"아까 치안유지대원 허가 없이 마음대로 나와버렸으니까, 들키기 전에 돌아가야 하는 것 아닌가요?"

한참 만에 무슨 뜻인지 이해한 엘리야는 머리를 쥐어뜯으며 비명을 질렀다.

"으아아! 뭔 놈의 일이 네버엔딩이야!"

그런데 뜻밖에도 조지가 엘리야를 구제했다.

"돌아갈 필요 없습니다. 그 정도 일은 우리 쪽 연줄로 해결할 수 있습니다."

"저, 정말이오?"

"하지만 당분간 스토니스 쪽엔 얼씬거리지 않는 게 좋을 겁니다. 모르간도요."

"저런 저런. 다들 지은 죄가 많군."

게일이 저 혼자 방관자인 양 밉살스럽게 지껄였다. 그러자 슬론이 의아하게 물었다.

"자넨 괜찮은 건가?"

"안 괜찮을 이유는 또 뭐야."

"낮에 목각인형의 소재지를 찾아 시장통을 뒤지고 다녔잖나."

"그래서?"

"아까 말했지만, 목각인형 건은 우리 선에서 수습할 수 없어. 그런데 조사가 본격화되면 아무래도 자네나 엘리야가 제일 수상쩍어 보이지 않겠나."

녹색 눈동자가 데구루루 구르다가 제자리로 돌아왔다.

결국 날이 밝는 대로 각자 흩어지기로 했다. 엘리야는 슬론과 조지를 따라가게 되었다. 파샤로 가려면 맨튼항에서 배를 타야 했기 때문이다. 슬론은 떠나기 전 게일에게 당부했다.

"최대한 빨리 돌아올 테니 잘 숨어 있게."

"소장이나 쌩 까고 튀지 마."

"죽으면 죽었지 그럴 일은 없다."

"농담인데 정색하긴. 멋없다, 진짜."

"……."

한편 아멜리는 엘리야를 붙잡고 개인적인 부탁을 하고 있었다.

"델림산맥 줄기에 있어요. 정확한 위치를 알려면 파샤의 현지도 말고 꼭 고지도를 봐야 해요."

"파샤는 자주 안 가봐서 지리가 약하긴 한데 한 번 찾아가 보겠소. 어, 마을 이름이 방금 뭐랬지?"

"발번이어요."

"가서 「아멜리」를 기억하는 사람이 있는지 확인하기만 하면 되는 거요?"

"네. 아무래도 없을 가능성이 크지만, 혹시라도 누가 있다면 전 건강히 잘 지내고 있고, 몇 년 후가 될지도 모르지만 언젠가 꼭 고향에 가겠다고 전해주셔요."

"그쯤이야 식은 죽 먹기지. 파샤에 도착하자마자 아가씨 의뢰부터 해치우겠소."

"고마워요, 엘리야 씨."

"결과가 나오면 용병 길드 쪽에다가 젤윈에 전달해달라고 할 수 있는데, 어느 지역에 소식을 보내면 되겠소?"

"윈 델람에도 용병 길드가 있나요?"

"물론. 그럼 그쪽에 연락해두겠소. 늦어도 두 달 안에는 닿을 거요."

"네. 두 달 뒤 윈 델람의 용병 길드에 엘리야 씨의 연락을 받으러 갈게요."

"선불까지 받았으니 꼭 임무 완수하리다. 걱정 마시오."

"잘 부탁드려요."

"멀었습니까?"

이미 출발 채비를 끝낸 조지가 엘리야와 슬론을 재촉했다. 엘리야도 말에 올라 남은 이들에게 작별 인사를 했다.

"다들 건강하라고."

만남과 이별에 익숙한 떠돌이 용병답게 깔끔한 마무리였다. 말에 탄 세 남자가 먼저 출발한 뒤 남은 세 사람은 써니필드 소유의 마차 한 대를 차지했다.

마부는 게일이 되었다. 모르간에게 맡기면 경로를 어디로 바꿀지 모른다는 의심을 한 탓이었다.

"우린 어디로 가야 하나."

"너무 먼데로 가면 나중에 슬론, 조지랑 합류하기 불편할걸."

"팜은 어때? 오래 머물기도 좋고 사람도 많아 섞여들기 쉬울 거다."

"나쁘지 않네."

"팜이 어디여요?"

"거기도 젤윈 남부 지역이야. 스토니스에서 조금 떨어진 소도시인데 온천휴양지로 유명해."

"온천이라뇨?"

"뜨거운 물이 콸콸 솟는 샘 말이야."

아멜리가 놀란 토끼 눈으로 물었다.

"사람이 끓이지도 않았는데 저절로 뜨거운 물이 솟는다고요?"

질문이 질문의 꼬리를 무는 아멜리와 으레 그러려니 하는 태도로 대답하고 있는 게일을 번갈아 보던 모르간이 진지하게 물었다.

"아멜리는 어디 동굴에라도 갇혀 있다 왔니?"

마차 바퀴가 움직이기 시작했다. 새로운 여행이 시작되려고 하고 있었다.

21

아는 것이 힘, 가끔은 몰라야 약

아멜리는 고민 중이었다. 눈앞에는 반짝이는 연둣빛 눈동자에 건강히 그을린 피부를 가진 젤윈의 미녀가 마주 앉아 있었다. 기껏 밀폐된 공간에서 구해줬더니 자신의 뒤통수를 치고 튄 배신자다. 하지만 마법사에게 납치당했을 때 툴을 보내 구출해준 은인이기도 했다. 이런 사람과는 도대체 어떤 인간관계를 형성해야 하는 것인가. 가시를 세우자니 마차 안이 불편했고, 친하게 지내자니 너무 속이 없는 것 같았다.

'예전엔 내가 어떻게 했더라.'

과거를 돌이켜 보니 인간관계가 크게 틀어진 적은 평생 딱 세 번이었다.

어릴 때 얹혀살던 촌장집의 손녀, 빌슨, 그리고 칸. 그들과는 끝까지 관계를 회복하지 못했다. 하지만 그녀의 삶에서 그들 세 명은 지나가는 행인보다야 의미가 깊었다. 그만큼 배신의 상처도 훨씬 쓰라리고, 쉽게 용서할 수 없었다. 그때에 비하면 모르간에게 당한 짓은 인생의 시련이라고도 부를 수 없는 사소한 것이었다. 왜 그런 짓을 했는지는 충분히 설명을 들었고, 사과도 받았다. 돈은 앞으로 돌려받게 될 것이고 이후엔 두 번 다시 만날 일이 없을 가능성이 높다. 상황은 지극히 명료했다.

'내가 뭐하러 끙끙 머리 싸매고 있었을까? 최대한 얼굴 붉히지 말고 지내다가 깔끔하게 헤어지면 끝인 것을.'

어지럽던 머릿속은 맑게 개었다. 다만 이성적인 결론과는 별개로 마음 한 구석에 약간의 찜찜함이 남아 있었다. 다행히도 이 점에 관해서는 게일이 시원한 도움을 주었다. 딱히 의도한 바가 아니었지만.

"야."

"왜."

"누가 마차 안에서 두 다리 펴고 있으래?"

"그럼 한 다리만 펼까?"

"아멜리도 쪼그려 앉아 있는데! 감히 네가!"

"여기 공간 많아."

"공간이 많든 적든 주인 앞에서 다리 펴는 노비 봤냐."

"이건 또 무슨 개소리야."

"넌 우리의 인질이다. 또 다른 말로는 포로, 노비, 몸종이라고도 하지!"

"어느 나라 사전이 그렇게 개판이래."

"인질이면 인질답게 굴란 말이다. 눈부터 깔고, 몸도 마음도 늘 불편하게 있어."

"차였다고 더럽게 뒤끝 작렬이네. 내 탓이다, 내 탓. 파샤 촌놈한텐 손도 흔들어주지 말랬거늘."

"누가 차여! 누가 촌놈이냐!"

"정말 시끄럽네. 너 내려!"

"네가 뭔데 명령질이냐."

"써니필드 마차잖아. 써니필드 물건은 슬론 물건. 슬론 물건은 곧 내 물건. 이 마차는 슬론 마차니까 곧 내 거. 고로 넌 임차인, 난 임대인. 이해돼?"

"또 스리슬쩍 사기를 치는군."

"내리기 싫으면 입 좀 닥치든가."

하루에도 수차례 누구에게 똥이 묻고 겨가 묻었는지를 가리는 개싸움이 벌어졌다. 개복치같이 예민한 게일과 아웅다웅하는 모르간을 보면서 아멜리의 마음 속 앙금은 상쾌하게 쓸려 나갔다. 고성방가 사이에 낀 고막은 좀 아팠지만.

한결 가벼운 마음이 되자 「모르간」이라는 인물에 대해서도 더 다양한 면이 보였다. 그녀의 성격은 게일보다 무던한 편이고 화법은 짓궂은 편이면서, 평민임에도 고등교육을 받은 귀족만큼 박학다식했다.

하루 종일 붙어 있어야 했기에 그만큼 아멜리는 평소 궁금했던 많은 것을 물어볼 기회가 생겼다. 젤윈의 풍습이나 생활, 그리고 평소에 궁금했던 지식들, 예를 들자면 「마법」에 관해서.

"마법이 궁금하다고?"

"응. 게일님이나 너나 소장님 모두들 마법에 대해 잘 알고 있는 것 같은데 나만 모르는가 봐."

"그렇지 않아. 마법사도 아니면서 잘 아는 쪽이 특이하다면 특이하지."

"마법이란 건 누구나 쓸 수 있는 거야?"

"수련을 한다면 어쩌면."

"어떤 수련?"

"마법사가 되고 싶어?"

아멜리는 잠깐 머뭇거리다 고개를 끄덕였다.

"왜?"

"마법은 편리한 것 같아. 또 배우면 나도 강해질 수 있을 것 같고."

"편리함은 그렇다 치고. 강해지고 싶으면 무술을 배우면 되잖아."

"내가 발은 좀 빠른 편이지만, 남자들과 같은 무술을 배운다고 치면 아무래도 불리한 신체조건일 거 아니니. 하지만 나랑 체격이나 힘 차이가 크게 없을 거 같은 툴 군이 괴물 벌레들을 아주 간단히 해치울 수 있다면 나도 가능할 거 같아서."

"툴은 좀 특이한 경우긴 하지만, 아멜리도 마법에 관해 알아둬서 나쁠 건 없겠지."

모르간은 흔쾌히 설명을 시작했다.

"마법을 달리 말하자면 「이변(異變)」이야."

"이변이란 건 특이한 일이란 뜻이니?"

"그래. 아주 오랜 옛날에 사람들은 이 세상이 잘 짜인 하나의 계획이라고 여겼어. 해와 달, 낮과 밤, 하늘과 땅, 남자와 여자, 탄생과 소멸, 삶과 죽음, 육신과 영혼 같은 식으로 안정적이고 대칭적인 구조가 세상의 본질이라고 믿은 거야. 하지만 어느 날 반대의 주장을 펼치는 사람들이 나타났어. 그들은 질서란 오로지 인간의 좁은 사고방식이 만들어낸 오류이며, 사실 이 세상은 휘몰아치는 폭풍처럼 난잡하고 어지러운 혼돈이라고 보았어. 그래서 만일 인간이 미처 찾아내지 못한 새로운 세상의 법칙을 알아낸다면 이른바 「이변」을 일으킬 수 있다고 주장한 거야. 예를 들자면 여자가 남자가 될 수도 있고, 노인이 회춘할 수도 있고, 날개 없는 인간이 하늘을 날아다니는 것 같은 일들."

"과연 마법 같은 일이네."

"지금이야 당연히 마법이라 생각하지만 당시엔 마법이라는 개념도 없었고, 혼돈학파는 그냥 다 미치광이들로 여겨졌어. 결국 사회와 교단으로부터 배척당해서 「소포타」라고 하는 척박한 대륙으로 쫓겨나게 되는데, 얄궂게도 그곳에서 인류 역사상 최고의 업적 중 하나를 발견하게 되지. 그게 「마어」야."

"마어라면 문자 아니니? 권어나 범어처럼."

"엄밀히 따지면 문자는 아니야. 하지만 문자같이 생겼고, 후대 마법사들이 마어에 의미를 부여해서 문자화한 부분도 있긴 해. 그래서 문자라는 인식이 더 강해졌어."

"문자가 아니라면 진짜로는 뭐니?"

"그냥 형상이야. 「이변」을 일으키는 힘을 담고 있는 모양이라고 할까. 일설에 의하면 소포타에 간 혼돈학파들이 유적지에서 발견한 어떤 형상을 기록하려고 따라 그렸더니 이상한 현상을 일으켰는데, 그게 최초의 마법이라고 해. 후에 더 많은 형상이 발견되었고, 그것들을 이리저리 조합했더니 더욱 다양한 이상 현상이 벌어진 거지. 혼돈학파는 그것을 체계적으로 연구하여 정리한 끝에 「혼돈학」이라는 이름으로 자신만만하게 발표를 했는데, 램피와 몬쥬에 있던 학자들 모두 혼돈학파 학자들이 소포타의 풍토병 때문에 정신이 나갔다고 믿었어. 연구 결과는 전혀 받아들여지지 않았고 오히려 「마가 낀 법칙」이라고 조롱만 당했는데, 그 명칭의 줄임말인 「마법」이 오늘날까지 이어지게 된 거야."

"혼돈학파는 언제 적 사람들이니?"

"성석의 시대 초기겠지. 인간의 역사가 쓰이기 시작한 게 그때

쯤이니까."

"라트샤는 성석의 시대 중기부터 생겼다고 했으니까 나보다도 훨씬 옛날 사람들이구나……."

아멜리의 작은 혼잣말에 모르간이 귀를 기울였다.

"방금 뭐라고 했니?"

"아, 아무것도 아니야. 계속 이야기 들려줘."

"아무튼 혼돈학파는 「마법사」들이라 불리면서도 꿋꿋하게 마어를 계속 발견해나갔고, 시간이 지날수록 세상의 인정을 받기 위해 연구는 실용적인 측면이 강해지게 되었어. 그때부터 마법사는 크게 두 유형으로 나뉘게 돼. 「마어조합사」라고 해서 혼돈학파 초기의 연구를 계승하는, 말하자면 이론가들. 다른 유형은 연구 결과를 다양한 방법으로 실생활에 적용하는 응용가들. 오늘날 세간에서 「마법사」라고 부를 때 떠올리는 이미지는 후자 쪽에 속한단다."

"그럼 그레이는……."

"그레이는 마어조합사 쪽. 사실 꽤나 인재였는데 말이야, 그 사람."

아멜리는 그레이의 아지트를 떠올렸다. 그렇다면 그 영문 모를 시체 더미도 알고 보면 마법 연구의 일환이었을까? 하지만 대체 어떤 마법을 개발하려 했기에 그토록 끔찍한 시체들이 필요했을까?

"재미있는 건, 마법을 실제로 사용하는 마법사들이 늘어나다 보니 이론 연구만 하고 있을 땐 몰랐던 중요한 사실이 발견됐다는 거야. 같은 마법이라도 쓰는 사람마다 위력이 다르다는 거. 당연히 호기심 많은 치들이 그에 관해 연구를 했겠지? 그 결과 알아낸 것은, 마법이 체질을 따라간다는 사실이었어. 달리 말하면 적성이랄까."

"그게 아까 네가 말한「소질」이니?"

"「소질」의 일부라고 볼 수 있지. 마법 체질은 크게 네 가지로 땅, 불, 바람, 물의 체질이 있어. 땅의 마법을 쓰려면 땅의 체질을 갖고 있어야 하고, 불의 마법을 쓰려면 불의 체질을 갖고 있어야 해."

"만약 땅의 체질을 가진 사람이 불의 마법을 쓰려고 한다면?"

"나도 마법사가 아니라 모르겠지만 아마 잠수병인 사람이 수영하려고 용쓰는 거나 마찬가지가 되지 않을까?"

"누구나 마법 체질을 갖고 있니?"

"아마도."

"신기해라. 나는 무슨 체질일까?"

"나도 알아내는 방법까진 모르겠네. 마법사가 아니라서."

"나도 마어를 배우면 마법을 쓸 수 있으려나?"

"아까 말한「소질」말인데. 체질 말고 또 다른 부분으로「마력 수용량」이라는 게 있어. 아까 내가 마어는 이변을 만들어내는 형상이라고 했지. 조금 더 깊이 설명을 한다면「마력」이라는 질서를 비트는 힘을 담고 있는 형상이라고 할 수 있어. 근데 형상에 깃든 힘을 인간이 이용하기 위해서는 마력이 일단 인체로 한 번 전이가 되어야 해. 다시 말해 「형상」에 담겨 있는 이변을 「현상」으로 바꾸려면 「인체」라고 하는 매개체가 필요하다는 말이야. 이때 「마력 수용량」이 중요해져. 이것도 체질처럼 사람마다 타고나는 건데, 마력 전이를 많이 할 수 있는 사람일수록 강한 마법을 쓸 수 있게 되거든."

아멜리의 눈이 슬슬 핑글핑글 돌기 시작했다.

"좀 더 쉽게 설명해줄게. 지극히 단순화한 설명이라는 거 잊지 말고 들어봐. 풍마법의 일종인 비행마법을 쓰기 위해 100이라는 마법이 필요하다고 해보자. 그래서 10의 마력을 담고 있는 마어 열 글자를 모았어. 그럼 그걸로 마법이 발동할까?"

"10마력이 열 개면 100마력 맞지 않니?"

"단순히 생각하면 그렇지만, 사실 현실에서 마법을 쓸 때는 「물리적 시간」도 고려해야 돼. 마법식의 완성과 마력 전이가 무조건 2초 안에 끝나야 비행마법이 발동한다고 치면, 마법사는 초당 최소 50마력을 옮길 수 있어야 한다는 말이야. 근데 어떤 풍마법사가 초당 10의 마력 수용량을 가지고 있다고 치자. 그러면 그는 2초간 고작 20마력밖에 전이할 수 없는 거지. 무려 80마력이나 모자라니까 당연히 비행마법식을 쓰더라도 발동이 안 돼. 근데 과연 그걸로 끝일까?"

"실패 말고 뭐가 더 남았니?"

"비록 발동은 안 됐지만 이미 마법사는 마법식으로부터 마력

20을 전이 받았어. 실제 「현상」이 되지 못했으니까 그대로 인체에 남아 있게 돼. 근데 아까 내가 마력이 뭐라고 했니?"

"이변을 일으키는 힘?"

"그런 힘이 사람 몸 안에 남게 된다고 생각해봐. 어떤 일이 벌어지겠어?"

"글쎄? 건강에 안 좋으려나?"

"맞아. 마법 사용에는 그런 위험부담이 따르는 거야. 따라서 마법사가 되기 위한 가장 첫걸음은 자기의 분수를 아는 것! ……이라고 툴이 그러더라."

아멜리는 누군가 제 정수리 위에 누름돌을 올려놓은 듯한 느낌이었다.

"휴우, 머리 아파. 벌써 들은 내용 절반은 잊어버린 것 같아. 난 툴 군이 워낙 간단하게 마법을 쓰길래 그런 손동작만 배우면 될 줄 알았어."

"아마 그건 「수인(手印)」이었을 거야."

"수인이라면?"

"일일이 마법식을 쓰려면 아무래도 불편하잖아. 특히 전투 중이라면 개죽음 당하기 딱 좋지."

아멜리는 그레이에게 잡혔을 때 돌멩이 따위를 던져 마법을 쓰지 못하도록 여러 번 훼방을 놓았던 것을 떠올렸다. 동물적인 감각으로 내린 판단이었는데, 돌이켜 보니 구사일생을 위한 신의 한 수였다.

"툴은 어딘가에 마법을 쓰기 위한 마법식을 미리 써뒀을 거야. 거기다가 특정 손동작을 취하면 마력이 전이되도록 하는 연결식을 포함시키고, 자기 신체에도 간이식 같은 걸 써놨겠지. 마법식은 대기 상태에 있다가 툴이 손동작을 취하는 순간 발동이 돼. 그게 「수인」이야."

"그런 방법을 고안하다니, 툴 군은 정말 머리가 좋구나!"

"툴만이 아니라 많은 마법사들이 그런 방법을 써. 마법 연구가 시작된 지 벌써 수백 년도 더 됐어. 웬만한 꼼수는 다 개발됐을 법도 하지."

"그렇구나."

"아, 하지만 수인이 만능은 아니야. 원거리에서 마력을 끌어오면 도중에 마력 손실이 발생한다는데, 그런 점에서 수인은 아주 불리한 방법이지. 마력 100의 비행마법식을 수인을 통해 사용하면 마력이 70밖에 전달이 안 되는 거야. 그러니까 손실분을 감안해서 마력 130의 마법식을 써놔야 한다는 거. 그럼 뭐가 또 힘들어지느냐면 원하는 마법의 조건 맞추기가 힘들어진다나. 만일 수인을 안 쓰면 그냥 「비행마법식」 하나만 쓰면 끝이겠지만, 수인을 쓰게 되면 「비행마법의 속성을 유지하되 원하는 만큼 비행마법식에 필요한 마력 외의 추가분의 마력을 담고 있으면서, 동시에 마력 대기 상태가 되어야 하고 원하는 수인과도 연결되는 마법식」을 고안해야 하는 거야. 하지만 마법식에 마어 한 글자만 잘못 보태도 전혀 다른 마법이 되어버린다고 하니 보통 어려운 일이 아니겠지?"

아멜리가 진지하게 말했다.

"마법사가 되기 위한 소질 말이야. 하나 더 뭔지 알 것 같아."

"응?"

"천재여야 하는구나."

모르간이 깔깔 웃음을 터뜨렸다.

"마법사가 되기 위해선 그럴지도 모르지. 하지만 마법 자체를 쓰는 거라면 사실 더 간단한 방법이 있어."

모르간이 짐 속에서 두루마리 종이를 꺼냈다.

"이 종이를「스크롤」이라고 해."

아멜리가 스크롤 귀퉁이를 만지작거려보았다. 그녀가 알고 있는 종이와는 조금 다른 감촉이었다. 굳이 따지면 종이라기보다 직물에 가까워 보였지만 만일 옷으로 만들면 바느질 중 찢어져버릴 것처럼 굉장히 얇고 연약했다.

"이건 마력을 담을 수 있는 특수한 종이라서 마법을 쓸 때 굳이 인체에 마력을 전이할 필요가 없어."

"체질이나 마력 수용량이라는 것도 필요 없어?"

"물론."

"이런 편리한 도구가 있구나! 근데 왜 여지껏 스크롤을 사용하는 사람들을 본 적이 없었을까?"

"비싸거든."

아멜리는 그럴 줄 알았다는 듯 고개를 끄덕거렸다. 최첨단 문명의 이기를 누리려면 역시 돈이 많아야 하는 법이로구나.

"잔뜩 만들어서 싸게 팔아도 괜찮지 않을까?"

"박리다매를 하기엔 제작 기간과 비용이 상당하단다. 스크롤을 만들 수 있는 마어조합사 자체도 희소한 데다, 그들이라고 맨날 스크롤만 만들고 앉아 있진 않으니 세상에 스크롤이 더욱 희귀해진 거지."

"돈은 주겠다고 해도 바빠서 안 만든다는 거니?"

"응. 마어조합사 입장에선 스크롤 제작은 돈 떨어질 때나 하는 품위 없는 부업 같은 거래."

"정말 부럽다."

아멜리는 진심으로 질투했다.

"내가 마법사가 된다면 스크롤만 잔뜩 만들겠어. 그럼 세계 최고의 부자가 되는 건 시간문제일 것 같아."

"후후. 막상 마법사가 되면 골방에서 조물조물 스크롤 만드는 일 따윈 시시하다고 느껴질지도 몰라. 훨씬 더 엄청난 일들을 할 수 있게 될 테니까."

모르간이 갖고 있던 스크롤을 아멜리에게 넘겼다.

"가져."

"정말로?"

"여러 가지 신세 진 것도 있으니 하나쯤이야."

"하지만 귀하다면서."

"괜찮아. 그거 하급이야. 널리고 깔렸다곤 못 해도 그 정도는 쉽게 구해."

아멜리는 잠깐 갈등하다가 스크롤을 받았다. 한창 마법에 대한 이야기를 나눈 직후라 호기심과 물욕이 최고조에 이른 상태였다. 두근대며 스크롤을 펼쳐 보니 백과사전 한 장을 찢어놓은 것처럼 글자와 도형이 빼곡했다.

"이 글자가 마어니?"

"그래. 꽤 골치 아프게 생겼지?"

골치 아픈 생김새는 둘째 치고 왠지 낯이 익었다. 그러나 읽을 수 없는 글자라는 것도 분명했다.

'어디 지나가다 본 적이 있는 걸까?'

그녀는 어릴 때 촌장집에서 배웠던 글자 몇 개, 선더랜드가에 있던 책표지, 히스톤 시내의 간판 따위의 기억을 헤집었다. 심지어 동굴 책의 문자도 떠올려 보았지만 정확하게 일치하는 모양은 없었다. 아멜리가 한창 집중하여 기억을 더듬고 있을 때 게일이 마차 안으로 불쑥 고개를 들이밀었다.

"마스터스 리그에선 조합원들 야학이라도 해주냐?"

"뭐?"

"네가 마법에 대해 너무 많이 알고 있어서 기분 나쁘다."

"당신이 기분 나쁠 건 또 뭔데?"

"내가 비싼 돈 주고 아카데미 5년 다니면서 얻은 지식을 남이 길바닥에서 주워들었다고 하면 기분 안 나쁘고 배기겠냐. 차라리 너도 아카데미를 다녀봤다면 이해가 가겠지만."

"그런 고상한 곳은 문턱 밟아본 적도 없어. 난 툴에게서 배운 거야."

"지난번의 마법사 꼬마?"

"참고로 당신이 다닌 아카데미의 5년 학비보다 내가 툴한테 준 수강료가 훨씬 비쌌을걸."

"갠 정체가 뭐야?"

"마법사지."

"당연한 소리를……. 내가 묻는 건 사실 엄청 유명한 마법사의 수제자라든가, 겉은 어린애라도 알맹이는 백 살 늙은이라거나 하는 거 아니냐고."

"걔 정체에 대해 아는 건 딱 두 가지밖에 없어. 몸값이 폭리 수준인 출장 마법사라는 것, 그리고 아픈 엄마와 식충이 누나를 부양하는 소년 가장이라는 것."

"너랑 소장의 스크롤의 출처도 그 녀석이냐?"

"그건 왜 물어?"

"대답을 피하는 걸 보니 알겠다. 마스터스 리그에서 불법 유통하고 있는 거로군."

"난 선물 받았을 뿐이란다."

"사실 여부를 확인하는 아주 간단한 방법이 있지. 내가 불법스크롤 소지 의심으로 널 신고하는 거다. 내 한마디에 넌 바로 이 자리에서 잡혀갈 수도 있어. 무슨 뜻인지 알겠냐?"

"협박이 일상이라니, 아주 대단한 양반이시고만."

모르간이 박수를 치며 빈정거렸다.

"그러게 누가 죄 짓고 살래?"

"아멜리가 그런 말 하면 몰라도 당신한텐 듣고 싶지 않네. 내가 보기에 우리의 차이점은 순전히 「걸렸냐 안 걸렸냐」의 차이거든?"

게일이 과장스럽게 팔뚝을 벅벅 긁어내렸다.

"방금 「우리」라고 했냐? 워우, 소름 끼쳐."

"좋아 죽겠어?"

"드디어 네가 돌았구나."

"유치하긴. 관심 있는 여자애한테 퉁퉁대는 건 열 살 때 졸업했어야지."

"내가 그냥 상대를 만다!"

"부정은 안 하네?"

"말 걸지 마, 범죄자. 전과 옮는다."

"말 안 걸고 얼굴 맞대는 건 괜찮아?"

모르간이 깐죽깐죽 웃으며 마부석으로 얼굴을 불쑥 내밀었다. 그런데 똥 밟은 표정의 게일보다 바깥 풍경에 더 눈길이 갔다.

지평선까지 미백색의 황야가 펼쳐져 있어 아무리 달려도 끝이 나지 않을 듯했다.

"길 잘못 든 거 아냐?"

그제야 게일도 위화감을 느꼈다. 스토니스에서 팜까지는 거의 일직선 노선이지만 중간에 작은 갈림길이 하나 있다. 현재 마차의 속도로 보면 한참 전에 나타났어야 했는데 그는 아직까지 본 적이 없었다. 아마도 모르간과 으르렁대는 사이 지나쳤을 가능성이 높았다.

"네가 뒤에서 정신 사납게 군 탓이다."

"나한테 먼저 말 건 분은 그쪽이시거든요?"

마차가 멈춘 것을 느낀 아멜리도 밖으로 나왔다.

"무슨 일 있어요?"

"너의 게일님이 길을 잘못 드셨단다."

아멜리의 시선을 받은 게일은 오기로 가슴을 당당하게 폈다.

"되돌아가면 그만이다!"

"분기점으로 되돌아가려면 서너 시간은 걸릴 텐데?"

아멜리도 모르간의 말을 거들었다.

"차라리 근처에서 인가를 찾아 신세를 지는 편이 좋을 거 같아요. 어차피 되돌아가도 시간이 늦어 노숙을 해야 하잖아요."

"뭐 그러든지. 하지만 이런 데 과연 인가가 있을까."

모르간은 지도를 살펴보았다.

"팜 말고 다른 쪽 갈림길로 들었다면 여긴「레이븐스우드」근처일 거야."

"앗, 저기!"

아멜리가 황야 끝을 가리켰다. 가장 먼저 어둠이 찾아온 서쪽 하늘 아래에 반짝 불빛이 들어와 있었다. 거짓말과 같은 타이밍이라 게일은 손등으로 눈가를 비비적거렸다.

"설마 도깨비불은 아니겠지?"

"어두워지니까 집 안 불을 켠 거겠죠. 어서 저리로 가봐요."

"뭐, 밑져봐야 본전이니까……."

게일이 마차의 방향을 돌렸다.

불빛을 따라 가니 외딴집 한 채가 나타났다. 근처에 얕은 냇가가 흐르고 있고 냇가 너머로 밭이 있었는데 오랫동안 경작을 안 한 듯 자갈과 잡초가 가득했다. 무슨 연유인지 가옥을 둘러싼 돌담 바깥으로 수십 개의 등불이 내걸려 있었다. 그 눈부신 빛이 아멜리 일행이 발견한 빛이었다.

"저 등불, 혹시……."

모르간이 뭔가 말하려 했지만, 게일은 이미 마부석에서 훌쩍 내려와 있었다. 그가 거침없이 담 너머 현관으로 다가서는 것을 보고 모르간이 급히 불러 세웠다.

"기다려!"

"왜?"

"그 꼴로 문을 두드리려고?"

"내 꼴이 어때서?"

"수염은 지저분하고 머리는 봉두난발이고, 몸은 우락부락한데다 흉기도 찼잖아요."

안 그래도 평소 게일의 행색에 불만이 많았던 아멜리가 이때다 싶어 다다다 지적했다. 게일은 가소롭다는 듯이 눈을 흘겼다.

"뭘 모르네. 이 정성스러운 수염과 와일드한 헤어스타일, 쩌는 근육과 근사한 타르 블레이드는 어느 대륙에서든 선망의 대상이다."

"도적놈들한테?"

"야!"

왁왁거리는 게일을 무시한 채 모르간이 아멜리의 등을 떠밀었다.

"가장 무해해 보이는 아멜리가 가자."

"난 무슨 독극물질이냐?"

아멜리는 조금 떨리는 마음으로 현관문을 두드렸다. 문을 열고 나온 사람은 30대 후반쯤 되어 보이는 여성이었다.

"누구세요?"

"저녁에 갑자기 실례해서 죄송해요. 저는 친구들과 팜으로 가고 있는 여행자여요."

"그런데요?"

"날이 저물어서 묵을 만한 곳을 찾고 있는데요. 혹시 댁에 헛간이나 창고가 있으면 하룻밤 신세질 수 있을까요?"

여자가 아멜리를 아래위로 훑어보며 물었다.

"총 몇 명이죠?"

"저까지 해서 세 명이어요. 셋 중 하나는 남자고요."

"정말 창고라도 괜찮아요?"

"물론이죠."

여자가 아멜리의 어깨 너머로 낯선 마차를 힐끔 살피면서 말했다.

"마침 저희 집 창고 물건을 어제 빼서 지금 비어 있긴 하거든요. 하지만 곰팡내가 나서 손님들 들이기가 조금……."

"비바람을 피할 지붕과 벽만 있다면 전혀 상관없어요."

"그럼 묵고 가세요."

흔쾌한 수락에 아멜리의 얼굴이 환해졌다.

"감사합니다!"

"아참. 한 가지 미리 말씀드려야 하는 것이 있어요. 오늘 저희 집에 장례식이 있어 늦은 밤까지 조문객들이 찾아올 거예요. 알다시피 장례식은 절차상 자정 좀 넘어야 끝나거든요. 일행분들 주무시는 데 방해가 될지도 모르겠네요."

아멜리는 깜짝 놀랐다. 운 좋게 찾았다고 생각한 집이 하필 상을 당한 집일 줄이야. 의도한 바는 아니었지만 큰 실례를 범했다고 생각한 아멜리가 사과를 했다.

"죄송해요. 저희가 안 좋은 때 찾아와 불편한 부탁을 드렸군요."

여자가 황급히 손을 내저었다.

"어머, 아니에요. 최근에 누가 죽었다는 건 아니니까요."

"돌아가신 분이 없는데 장례식을 치른다고요?"

"좀 복잡한 얘기예요."

아멜리는 어리둥절했지만 우선 일행에게 돌아가 자초지종을 전달했다. 역시나 게일은 별로 개의치 않았고 특히 모르간의 반응은 담담했다.

"아아, 역시."

"눈치채고 있었니?"

"이쪽 지방에선 장례식 때 집밖에 등불을 잔뜩 내건다고 들은 적이 있어."

아멜리에게 문을 열어준 여성은 집주인의 조카 크리스티나였다. 그녀는 창고 문을 열어주었을 뿐만 아니라 땅의 습기를 막을 수 있도록 마른 짚도 제공하고, 게일의 뱃고동 소리를 듣더니 따뜻한 저녁식사까지 대접했다.

"바쁠 텐데 신경 써주셔서 고마워요."

아멜리는 호의에 감동하면서도 미안해 어쩔 줄 몰라했다. 크리스티나는 전혀 개의치 말라는 듯 웃었다.

"뭘요. 아직 장례식이 시작되려면 시간이 좀 남았고, 조문객들 때문에 음식도 넉넉하게 준비해놨어요."

"실례가 안 된다면 누구의 장례식인지 물어도 될까요?"

"제 사촌이에요. 20년 전에 실종된."

예전에 레이븐스우드에는 농가 십여 채가 모여 사는 작디작은 마을이 있었고, 집주인 내외도 아들 한 명과 밭을 일구며 사는 평범한 농민이었다고 한다. 그런데 20여 년 전 어느 날, 집주인의 젊은 아들이 외출을 했다가 여러 날이 지나도 돌아오지 않았다. 사고가 난 것인지 혹은 들개나 도적에게 당한 것인지, 아니면 단순한 가출인지는 알 수 없었다. 집주인 내외는 백방으로 아들의 행방을 수소문하고 또 기다렸지만, 그 와중에 가뭄이 들어 레이븐스우드의 농민들은 하나둘씩 마을을 떠났다. 그러다 크리스티나의 숙부도 노환으로 세상을 떴다. 결국 레이븐스우드에는 크리스티나의 숙모 혼자만이 남아 아들을 기다리게 되었다. 그러나 이제 그 숙모도 살날이 얼마 안 남은 병에 걸리고 말았다.

"숙모님은 내내 걱정하셨어요. 혹시 사촌이 이미 유명을 달리했는데 아무도 명복을 빌어주지 못한 게 아닌가 하고요. 그래서 결국 당신 눈 감기 전에 장례식을 치러야겠다고 한 거예요."

"정말 가슴 아픈 사연이로군요."

아멜리가 안타까워하며 말했다.

"장례식을 치르는 마당에 이런 얘기는 좀 조심스럽지만, 그래도 사촌분은 어딘가 살아 계실지도 모르겠어요."

크리스티나가 희미하게 웃었다.

"저도 그러면 좋겠어요. 하지만 아주 예전부터 이 지방에서는 젊은 남자들이 집 나가서 돌아오지 않는 경우가 종종 있었다고 해요. 어르신들은 청년들이 아름다운 마녀에게 홀린 거라고 하시더군요."

"저런 세상에."

아멜리와 모르간의 시선이 저도 모르게 게일에게 향했다. 아멜리 몫의 음식까지 우걱우걱 먹어 치우던 게일이 고개를 들었다. 눈빛으로 「왜?」라고 묻는 게일의 어깨를 모르간이 다독였다.

"떨지 마. 아멜리랑 내가 지켜줄게."

"……."

크리스티나의 환대가 고마웠던 세 사람은 그녀의 사촌 장례식에 참석해 명복을 빌어주기로 했다. 크리스티나 역시 고마워하며 검은 베일 세 장을 빌려주었다. 모르간과 게일이 베일을 머리에 쓰는 것을 보고 아멜리도 따라 했다. 매우 올이 성긴 천이라 얼굴까지 덮어써도 시야에 방해되지 않았다.

밤이 깊어질수록 방문객이 하나둘 찾아오더니 자정 가까운 시간이 되자 스무 명 남짓이 자리하게 되었다. 장정 네 명이 집 안에서 관을 짊어지고 나왔다. 그들은 매장터에 나가기 앞서 마당 가운데 관을 내려놓았다. 사람들이 그 주위로 둥글게 모여들었다. 뚜껑이 열린 상태라 관 안의 시신이 눈에 들어왔다. 검은 천으로 칭칭 감싸 만든 시신의 얼굴에는 화려한 붉은 가면이 씌워져 있었다. 아멜리의 눈에 그 가면은 정숙한 장례식에 어울리지 않는 이질적인 요소 같았다.

"저 가면은 뭐니?"

"데스마스크야."

"그게 뭐니?"

모르간이 기이하다는 듯 아멜리를 보면서 대답했다.

"사람이 죽은 직후의 얼굴을 석고로 떠서 만드는 가면 말이야."

"실종된 사람인데 죽은 직후의 얼굴을 어찌 알고?"

"실종 당시 생김새를 기억하는 누군가가 임의로 만들었겠지 뭐. 데스마스크도 없이 장례식을 치를 순 없으니까."

"왜?"

"혹시 「그림쟁이 사신」에 대한 얘기 들어본 적 없니?"

아멜리가 고개를 저었다.

"태초의 신화 이야기라는 『고신기(古神記)』에 보면 이런 얘기가 있어."

아득히 먼 옛날 빛의 신 온다라와 어둠의 신 마홀 사이에 다툼이 있었다. 온다라는 제가 만든 별빛이 보기 좋았고 마홀은 밤의 암흑을 방해하는 별빛이 못마땅했다. 마홀은 온다라 몰래 별을 하나씩 떼어 지상으로 추락시키곤 했는데, 나중에 온다라가 이를 알아채고서 크게 노여워했다. 빛의 신과 어둠의 신의 다툼에 따라 지상의 낮과 밤은 하루에 열두 번도 더 바뀌었고, 지상의 생명은 물론 신들조차 불평을 했다. 결국 두 신과 똑같이 사이좋은 고밀 신이 중재에 나섰다.

'나의 누이와 형제여. 그대들의 다툼 탓에 세상에 고통이 적지 않으니 이는 만신(萬神)의 수치와 다름없다. 내가 아름다움 앞에서 가장 진실한 자를 데려온다면 그대들이 사랑하는 아름다움의 우위를 가리도록 하고 더 이상의 다툼이 없도록 하라.'

두 신은 모신 알타라에 대고 그리할 것을 맹세했다. 그 후 고밀은 인간계에서 그림쟁이 한 명을 데려왔다. 두 신이 그에게 질문을 했다.

'밤하늘의 별빛이 보기 좋은가, 밤하늘의 암흑이 보기 좋은가?'

그림쟁이는 별빛이 있는 밤하늘이 보기 좋았다. 하지만 속마음과 다른 대답을 했다.

'밤하늘의 암흑이 보기 좋습니다.'

머리가 하얗게 센 그림쟁이는 자신이 곧 명부로 넘어갈 운명임을 알고 있었다. 그래서 명부의 신인 마홀 편을 든 것이었다. 그리하여 세상에 「별똥별」이 생기게 되었다.

온다라는 결과에 승복하였지만 자존심이 무척 상하였다. 고밀이 두 신에게 그림쟁이의 안위를 보장하는 맹세를 시키지 않은 탓에 신의 분노는 막을 길이 없었다. 온다라는 그림쟁이에게 영원히 빛을 박탈하였다. 당연히 생업을 이을 수 없게 된 그림쟁이는 비참하게 굶어 죽은 뒤 명부로 넘어갔다. 마홀은 그림쟁이를 알아보고 그에게 감사의 의미로 사자(使者)의 직책을 내렸다. 문제는 그다음부터였다.

장님이 된 그림쟁이 사신은 산 자와 죽은 자는 물론, 빛이 있는 이승과 빛이 없는 저승조차 구별하지 못했다. 명부로 인도되지 못한 영혼이 지상을 떠돌았고, 갓 태어난 새끼가 수도 없이 죽어버렸다. 하계가 기이한 일의 연속으로 몹시 혼란해지자 일곱 신이 마홀에게 항의했다. 마홀 또한 명부의 일이 제대로 돌아가지 못하자 그림쟁이 사신에게 분노를 터뜨렸다. 결국 그림쟁이 사신은 그를 신들 앞으로 데려왔던 고밀을 찾아가 하소연하였다. 이에 측은함을 느낀 고밀이 온다라를 설득했다.

'누이여, 어둠이 없는 곳에선 빛도 귀해질 수 없도다. 어둠의 질서가 바로 서도록 그림쟁이에게 빛을 돌려줄 수 없겠는가.'

온다라는 차갑게 비웃으며 말했다.

'좋아, 돌려준다. 하나 그자에게 허락된 빛은 오직 별빛뿐이리라.'

이로써 그림쟁이 사자는 오직 별이 뜨는 밤에만 영혼을 옮게 거둘 수 있게 되었다. 그때부터 인간들도 밤에 장례식을 치르게 되었다. 또한 그림쟁이 사신이 잘 찾아올 수 있도록 상갓집은 별빛을 흉내 낸 등을 달게 되었고, 그림쟁이 사신이 산 자와 죽은 자를 쉽게 구별하도록 산 자는 검은 천을, 죽은 자는 화려한 색의 가면을 쓰게 되었다.

"아주 흥미로운 얘기로구나."

"정말 처음 듣니?"

"응."

"네 고향에선 어떻게 장례를 치르는데?"

"평범하게 땅에 묻는데……."

모르간이 의외라는 듯 물었다.

"파샤면 아라아스라교 아니니? 그쪽 장례식도 아라고밀교랑 별다를 바 없을 텐데."

"내 고향은 워낙 산골이라선지 이런 풍습은 없었어."

게일이 트릿한 표정으로 대화에 끼어들었다.

"들을 때마다 생각하는 거지만 네 고향은 참 놀라운 곳이야."

유족들의 작별 인사와 기도가 끝났다. 관뚜껑이 닫히고 장정들이 관을 밖으로 옮겼다. 망자의 직계 가족이 그 뒤를 흐느끼며 따라갔다. 아멜리는 슬픈 기분에 휩싸였다. 사라진 남자는 무슨 변고를 당했길래 생사조차 알리지 못했을까. 그래도 실종된 지 스무 해도 넘었는데 저렇게 울면서 상 치러줄 가족들이 있다는 건 행복한 일이다. 그녀 역시 하루아침에 고향에서 사라진 처지이고 그간 자신의 소식조차 전하지 못했다. 하지만 자신이 돌아오길 기다려준 사람이 있을지, 하다못해 가짜 장례를 치르며 명복을 빌어주는 사람이 있을지는 의문이었다.

'그래도 혹시 모르니까 포기하지 않겠어. 아, 엘리야 씨가 부디 발번에 잘 도착해야 할 텐데.'

상념에 빠져 있던 아멜리는 눈앞을 스치는 날벌레 한 마리 때문에 정신이 돌아왔다. 화려하게 달아놓은 등불 때문에 담벼락

안팎으로 날벌레들이 꽤 꼬여 있었다. 마침 돌담에 앉아 있던 나방 한 마리가 포르르 날아오르는 것이 보였다. 별생각 없이 그것을 응시하던 아멜리는 문득 돌담 너머에 어떤 사람이 가만히 서 있는 것을 보았다. 관을 따라나섰던 유족 중에 누군가가 한발 앞서 돌아온 것일까. 검은 베일을 쓰고 있어 그 사람의 얼굴이 보이지 않았지만, 묘하게도 자신 쪽을 빤히 쳐다보는 것만 같아 신경 쓰였다. 아멜리는 혹시나 하여 주위를 두리번거렸다. 하지만 다른 사람들은 모두 마당 우물가에 손을 씻으러 갔고, 어느새가 그녀 혼자 덩그러니 서 있는 상태였다.

'날 보고 있나?'

아멜리는 다시 담 밖으로 시선을 돌렸다. 그런데 기이하게도 그 자리에는 이미 아무도 없었다. 단 몇 초 사이에 이루어진 일이었다.

"정말 귀신이 곡할 노릇이네."

왠지 꺼림칙한 일이었지만, 어두운 밤인 데다 주변은 온통 낯선 사람들 천지이고 그녀는 약간 피곤한 상태였다. 단순한 착각이지 않았을까. 그렇게 결론 내린 아멜리는 더 이상 신경 쓰지 않았다.

눈길 닿는 곳마다 유백색으로 빛나는 팜은 초입부터 아멜리의 눈을 사로잡았다. 스토니스처럼 거의 돌로 이루어진 도시지만 나무는 훨씬 많고, 또 휴양지답게 쾌활하고 여유로운 특유의 분위기가 감돌고 있었다. 대로를 따라 큰 건물들이 많았는데 게일의 설명에 따르면 대개 「온천장」이라 불리는 숙박업소들이었다.

"참 멋지다."

마차 밖 풍경을 아멜리가 열심히 「감상」하는 동안 모르간은 「관찰」하고 있었다.

"이상하네."

"왜 그러니?"

"온천장 대문에 폐업, 임시휴업 이런 안내판이 한 집 건너 한 집씩 달려 있어."

"장사가 잘 안 됐던 게 아닐까?"

"흠……."

세 사람은 「블루스프링스」라는 온천장을 숙소로 잡았다. 그리 크지도 작지도 않은 딱 적당한 규모에, 도시 중심부인 광장과 너무

가깝지도 멀지도 않다는 입지 때문에 선택했다. 사실 게일은 더 크고 화려한 온천장으로 눈을 돌렸지만 아멜리가 기각했다. 적어도 슬론이 돌아올 때까지는 경제력 전권이 아멜리에게 있었으므로 게일은 토도 달지 못했다.

"본관과 조금 떨어진 별채이니 조용하게 지내시기에 딱 좋을 겁니다."

인상이 좋고 태도가 싹싹한 온천장 지배인이 직접 객실까지 안내해주었다.

세 사람이 지배인을 따라 별채로 향하는 정원 오솔길을 따라가는데, 정원 땅이 볼품없이 파헤쳐져 있는 것이 보였다.

"우물을 파는 중이셔요?"

"아, 저거요. 미관상 보기 좋지 않지만 양해 부탁드릴게요. 새 온천탕을 만드는 중이거든요."

모르간이 파헤쳐진 흙구덩이를 눈여겨보았다.

"장사가 잘되시나 봐요. 저쪽 대로변의 온천장들은 줄줄이 문을 닫았던데."

지배인이 입가를 가리며 호호 웃었다.

"손님이 많아서 탕을 새로 만드는 거면 얼마나 좋겠습니까만, 그런 게 아니에요. 요즘 저희 집만이 아니라 팜 전반적으로 온천이 말라가는 게 큰 문제라서요."

"갑자기요?"

"갑자기라면 갑자기지만, 사실 이 땅에서 온천 장사가 흥한 지 거의 백 년입니다. 탕원이 자연적으로 고갈되고 있는 걸지도 모르죠."

"저런. 온천 관련 장사를 하는 주민들이 곤란하겠군요."

"다행히 저희 집은 아직 탕량이 심각하게 줄어든 건 아니라 정상 영업을 할 수 있습니다만, 언제 물이 끊길지 모른다고 생각하면 참 맘이 불안하죠. 당장 먹고살 길이 막히지 않겠습니까. 저만이 아니라 이곳에서 일하고 있는 종업원들도요."

블루스프링스의 별채는 주로 가족 단위의 투숙객이 묵는 곳이라 세 사람이 지내기에도 충분히 넓고 쾌적했다. 침실 두 칸과 취사용 부엌, 다이닝룸 겸용의 거실이 있었는데 침실 하나에는 더블베드, 다른 한 방에는 싱글베드가 놓여 있었다. 실내에 들어서자마자 게일은 더블베드로 훌쩍 몸을 날렸다.

"설마 이 큰 침대를 혼자 쓰시게요?"

"아닌데."

두 여자가 말없이 응시함으로써 게일을 규탄했다.

"둘이 무슨 이상한 생각을 하는 거야?"

"누가 할 말이니, 그거."

"무케스산! 그때 일을 벌써 잊었어?"

게일이 벌떡 상체를 일으키더니 모르간에게 삿대질했다.

"너 그때 아멜리랑 같이 잤잖아! 근데 밤에 어떤 일이 벌어졌었냐. 앙큼하게도 잠든 아멜리의 옷을 들추고 몸을 더듬거려 지갑을 훔쳐 달아나고 말았지. 나만 기억해?"

"쓸데없이 더럽게 묘사하지 마."

"두 번은 안 당한다. 이번엔 내가 아멜리의 옆을 지킬 거, 억!"

아멜리는 게일의 밑에 깔린 이불을 확 잡아당겼다. 불시의 기습에 게일의 몸뚱이가 침대 아래로 데굴데굴 굴러 떨어졌다. 그러나 아멜리의 시선에 미안함 따위는 존재하지 않았다.

"남의 의사도 묻지 않고 그런 걸 멋대로 정하면 곤란해요."

게일이 엉덩이를 어루만지며 어기적어기적 일어났다.

"친구인 나랑은 못 자고, 만난 지 얼마 안 된 범죄자와는 같이 자겠다는 거냐?"

"모르간은 여자잖아요."

"옛날 사람아, 딱딱한 사고방식을 버려. 모르간이 여자를 좋아하는 여자면 어쩔래?"

"아멜리가 옛날 사람이고 내가 여자를 좋아하는 여자면 당신은 뭐야. 음란마귀?"

게일이 모르간을 찌릿 노려보았다.

"너보다 내 신용도가 낮다는 건 순전히 성차별이라는 걸 알아둬."

거칠게 침실 문이 닫혔다. 모르간이 끌끌 혀를 찼다.

"저건 사춘기야, 오춘기야, 아니면 노망이야?"

"……."

"아무튼 시끄러운 놈 나갔으니 잘됐다."

모르간은 창가에 기대 앉아 손가락만 한 피리를 불었다. 아멜리의 귀에는 별 소리 들리지 않았는데 신기하게도 5분쯤 지나자 비둘기 한 마리가 창가로 날아들었다.

비둘기가 모르간이 준 모이를 쪼는 동안 모르간은 쪽지에 온천장의 주소를 적어 비둘기 다리에 매달았다. 아멜리는 짐을 정리하면서 모르간의 행동을 보고 있다가, 비둘기가 창밖으로 날아간 후에 넌지시 물었다.

"네가 쓰는 글은 젤윈어니?"

"상황에 따라 달라."

"아는 문자가 여러 개란 말이야?"

모르간이 손가락을 꼽으며 문자 이름을 나열했다.

"젤윈 황문(皇文)과 범어, 파샤의 귄어와 범어, 공통신어, 말투어, 융어해서 총 일곱 종류야."

아멜리는 진심으로 감탄했다.

"모르간은 마법만 잘 아는 게 아니라 언어 능력도 특출하구나! 머리가 굉장히 좋은가 봐."

"칭찬은 부끄럽지만 부정하진 않을게. 사실이니까."

"그, 그래……."

순간 아멜리는 모르간에게서 게일의 향기를 느꼈다. 늘 원수처럼 으르렁대는 것도 알고 보면 동족혐오가 아닐까?

"아참! 그걸 네게 물어보면 되겠다."

아멜리는 예전에 도로시에게 써주었던 것과 똑같은 문자를 종이에 「그렸다」.

“혹시 이 문자 읽을 줄 아니?”

모르간이 종이를 뚫어져라 바라보았다. 아멜리는 마른침을 꼴깍 삼켰다. 파샤에 있을 때 게일이나 칸에게 물어볼까 싶었는데 행여나 꼬치꼬치 사연을 캐물을까 봐 부담스러워 그만두었다. 대신 도로시한테 물어봤고 그녀가 왕궁 학자들에게 대신 알아봐주겠다고 했는데 언제 또 만날지 모르는 신세가 되었다. 그렇게 자꾸만 동굴 책의 비밀이 잡힐 듯하다가도 멀어지니 내심 좌절하던 참이었다. 하지만 무려 일곱 언어나 구사하는 모르간이 여기 있다. 게다가 그녀와는 오래지 않아 헤어질 사이이니 부담 없이 물어보기도 좋았다.

‘어쩌면 오늘에야말로.’

딱! 모르간이 손가락을 튕기는 순간 아멜리의 심장이 펄떡 뛰었다.

“알았다.”

“저, 정말?”

“기다려봐.”

모르간이 손거울을 꺼내 종이를 비추었다. 그녀가 거울 속을 보며 확신에 찬 어조로 말했다.

“역시 이건 마어구나.”

"마어? 이게 마어라구?"

아멜리는 멍해졌다. 그렇다면 동굴 속에 있던 백골은 설마 마법사였던 것인가? 자신의 신체 역시 마법의 영향을 받은 상태일까?

"그럼 이건 마법식이야?"

"글쎄다. 뜻까진 모르겠어. 마법식일수도 있고 아닐 수도 있어. 마어가 기록을 위한 문자로 쓰이는 경우도 있긴 있으니까."

아멜리의 어깨가 실망으로 축 처졌다. 모르간이 손끝으로 종이를 톡톡 치며 물었다.

"그나저나 어디서 나온 글이야, 이거?"

"어떤 책에서 우연히 봤어."

"우연히, 라고?"

모르간이 짐짓 미간을 좁혔다. 그런 모르간의 표정을 눈치채지 못한 채 아멜리는 고민에 빠졌다.

'마어라면 역시 마법사에게 물어봐야겠지? 내가 아는 마법사는 틀 군밖에 없는데 모르간에게 불러달라고 부탁해야 하나? 하지만 내가 이상한 마법에 걸렸다는 내용이거나 하면 어쩌지? 아아, 알고 싶기도 하고 왠지 모르는 게 나을 거 같기도 하고. 마법을 쓰는 건 좋지만 마법에 걸리는 건 무서워.'

문득 아멜리는 자신이 갖고 있는 또 다른 종이에 생각이 미쳤다.

"하나 더 물어봐도 돼?"

그녀는 스토니스에서 게일이 낮도깨비처럼 나타나 쥐여주었던 쪽지를 아직 간직하고 있었다. 현재는 쓸모가 없는 물건이 되어 버렸지만 짐 속에 넣어둔 채 버리는 걸 깜빡했다.

"별 내용은 아니겠지만 그냥 궁금해서."

모르간이 쪽지를 펼쳤다.

"우와, 엄청난 악필. 이 사람은……."

모르간의 눈동자가 좌우로 몇 번 굴렀다. 모르간은 종이를 한 번, 아멜리를 한 번, 또 종이를 한 번 보다가 배를 잡고 쓰러졌다.

"이상한 내용이야?"

모르간은 묘한 웃음을 실실 흘렸다.

"두 사람, 어떤 사이야?"

"누구랑 누가?"

"누구긴, 너랑 게일 말이야!"

어떤 사이냐고 묻는다면 한마디로 정의하기 몹시 어려운 사이라고 할 수 있었다. 은인, 친구, 여행의 동반자, 생사고락을 함께 하는 사이. 그래도 남에게 설명하라면 가장 무난한 것은.

"친구 사이야."

"거짓말."

모르간은 딱 잘라 반박했다.

"이 편지의 내용에 따르면 절대로 그냥 친구 사이일 수가 없는데?"

"대관절 무슨 말이 쓰여 있길래 그러니?"

마침 타이밍 좋게 방문이 열렸다. 호랑이도 제 말하면 온다더니, 쪽지를 쓴 주인공의 등장이었다.

"배고파서 수련이 안 돼. 니들 밥 안 먹냐아……. 잠깐. 그거 내가 아멜리한테 줬던 편지 아냐?"

"맞아요."

"읽었어?"

"아뇨. 안 그래도 모르간에게 읽어달라고 부탁하려는 참……."

아멜리의 말이 끝나기도 전이었다. 게일이 모르간의 손에서 쪽지를 뺏어 들더니 그 자리에 갈가리 찢어 제 입안에 와르르 털어넣은 후 꿀꺽 삼켰다. 툭 불거진 울대가 크게 움직이며 종이가 식도로 넘어가는 장면을 두 여자가 멍하니 바라보았다. 게일은 주전자의 물로 입가심을 한 뒤 인상을 팍 썼다.

"아멜리한테 아무 말도 하지 마. 아무 말도!"

모르간에게 경고를 남긴 채 게일은 바람처럼 방에서 나가버렸다. 황당함의 극치였다. 분명히 한때는 보라고 준 쪽지면서 이제는 치부라도 된 듯 필사적으로 감추는 까닭은 무엇인가? 아멜리는 전혀 이해가 되지 않아 무심코 모르간을 쳐다보았는데, 그녀는 의미심장한 미소를 띠고 있었다.

"게일님 왜 저러는 거야? 혹시 내 욕이라도 쓰여 있니?"

모르간이 살래살래 고개를 흔들었다.

"설마 사랑 고백이라거나?"

이번에도 땡이었다. 왠지 모르게 긴장하고 있던 아멜리는 한시름 놓았다. 하지만 대신 궁금해 미칠 지경이 되었다. 좋아한다는 내용도 아니고 싸우자는 내용도 아니라면 대체 뭘까?

"너도 방금 봤잖아. 나 입단속 당하는 거."

"언제부터 네가 게일님 말을 그렇게 잘 들었을까?"

"드잡이질도 이젠 지겨워. 게일에게 직접 물어보렴. 그게 빠를 거야!"

모르간은 방 밖으로 도망쳤다.

"나 목욕하러 간다. 너도 탕으로 와!"

멀어지는 허스키한 웃음소리를 들으며 아멜리는 때늦은 후회를 했다. 이런 날이 올 줄 알았다면 히스톤에 있을 때 칸과 놀지 말고 글공부나 할 것을. 아멜리는 주먹을 불끈 쥐고 결심했다.

"나도 배워버릴 거야, 글!"

그러나 금강산도 식후경, 글공부도 목욕 후였다. 아멜리는 여행의 때를 벗기 위해 모르간을 쫓아갔다. 지나가는 여관 직원에게 물어 블루스프링스의 투숙객이 공용으로 이용하는 대욕탕 구역으로 가니, 여탕과 남탕으로 분리된 노천탕이 있었다. 여탕 탈의실에선 모르간이 남장하느라 가슴에 묶은 붕대를 푸는 데 시간을 다 보내고 있었다.

"먼저 들어가. 붕대 정리 좀 하고 갈게."

아멜리는 모시로 만든 가벼운 욕의(浴衣)로 갈아입고서 탈의실을 나왔다. 멋진 석상과 우거진 수풀 사이에 노천탕으로 이어지는 돌길이 있었다. 맨발이었지만 바닥이 따끈하게 데워져 오히려 기분이 좋았다. 돌길을 따라 조금 걸었더니 곧 100명 정도는 동시에 들어갈 수 있을 만큼 커다란 샘이 나왔다.

"이게 온천이구나!"

아멜리는 감탄했다. 바람이 통하는 야외이건만 탕이 뿜어내는 수증기가 어마어마해 발밑도 잘 안 보일 지경이었다. 덕분에 시야가 제한되니 부끄러움이 많은 아멜리로서는 다행이었다.

"이 정도면 모르는 사람이랑 같이 목욕할 만한걸."

아멜리는 탕 가장자리에 쪼그려 앉아 김이 풀풀 나는 물에 손을 넣었다.

"앗 뜨거!"

팔팔 끓지도 않는 물이 왜 이리 뜨겁단 말인가. 아멜리가 살짝 빨개진 손을 조물조물 진정시키는데 탕 가운데에서 첨벙 하고 크게 움직이는 소리가 들렸다. 누군가 먼저 들어가 있었던 모양이다. 아멜리는 자신의 허둥대는 소리가 들렸을까 봐 조금 창피해졌다.

'그냥 모르간이 기다렸다가 들어가야겠다.'

몸을 막 돌리려던 때, 한 줄기 서늘한 바람이 탕 속의 낯선 이와 아멜리 사이를 스쳐 지나갔다. 수증기가 흐트러지면서 시야가 맑아졌다. 하지만 아멜리는 오히려 눈을 비볐다. 떡 벌어진 어깨와 옹골찬 등 근육을 본 듯한 느낌이 들었다.

그러나 상대가 긴 흑발을 틀어 올리고 있는 중이었으므로 아마 순간적으로 잘못 본 것이리라. 하지만 이내 들려오는 굵직한 목소리.

"음? 여기 혼탕이었소이까?"

상대방이 몸을 돌려 아멜리를 쳐다보았다. 그 바람에 전라 남성의 앞모습이 고스란히 아멜리의 안구로 뛰어들었다. 아멜리는 그대로 돌이 되었다.

"낭자?"

낯선 남자가 아멜리에게 다가오려는 듯한 움직임을 보이는 순간, 노천탕과 탈의실을 잇는 돌길 쪽에서 모르간의 목소리가 들려왔다.

"아멜리, 들어갔어? 물 어때?"

그 소리에 벼락같이 정신이 돌아왔다.

"오지 마, 모르간! 여기 치한이, 꺅!"

미끄덩! 찰나 동안 허공으로 붕 뜬 감각이 있더니 쿵 하는 둔탁한 소리와 함께 아멜리의 눈앞은 암전(暗轉)되었다.

아멜리는 침대 위에서 눈을 떴다. 화려한 비단벽지의 천장이 보였다. 먼 곳에서 웅얼거리는 대화 소리가 들리더니 곧 문이 닫히는 소리와 함께 모르간이 다가왔다. 자리에서 일어나려던 아멜리는 눈앞이 번쩍 하는 통증에 뒤통수를 짚었다. 혹이라도 난 것인지 두피가 약간 부어올라 있었다.

"깼구나."

아멜리는 눈만 끔벅거렸다. 아직 머리가 멍해 뭐가 뭔지 알 수 없었다. 모르간이 주전자 물을 한 잔 따라주었다.

"너 노천탕에서 미끄러져 기절했었어."

그 말에 어렴풋한 장면들이 머릿속에서 아지랑이처럼 피어올랐다.

"방금 여관에서 불러준 의생이 다녀갔는데 다행히 크게 다친 건 아니래. 머리에 혹 났으니까 찜질만 좀 해주라더라. 큰일 날 뻔했지 뭐야. 탕 안은 물기가 있어 미끄럽기 때문에 뛰면 안 돼."

아멜리는 모르간의 이야기를 듣는 둥 마는 둥이었다. 탕의 수증기처럼 뿌연 기억 속에서 무언가가 잡힐 듯 말 듯 했다. 탈의실에 갔고, 욕의로 갈아입었고, 뜨거운 물에 살짝 손을 댔다가, 바람이 불어와서……. 이내 기억을 모두 떠올린 아멜리가 숨넘어갈 듯 헐떡거렸다.

"치한! 아까 치한이 있었어!"

"내가 들어갔을 땐 아무도 없던데?"

"뭐라고?"

"여관 직원들까지 다 불러서 여탕 주변을 수색해봤는데 수상한 남자는 못 봤어. 탈의실 근처에도 여자 손님들밖에 없었고."

"이럴 수가. 그새 도망쳤나봐. 잡아야 해!"

"몸도 안 좋은데 너무 흥분하지 마."

"무슨 소리야. 치한이 나타났다니까? 실오라기 하나 안 걸친 변태 중의 상변태였다고! 이럴 때가 아니라 빨리 치안유지대에 신고를 하자!"

그런데 모르간의 태도가 의외로 미적지근했다.

"사실 네가 잠든 사이 블루스프링스 지배인이 찾아왔었어. 손님은 기절을 했고 치한은 못 잡았고, 우리 집은 망했구나 하고 꺼이꺼이 곡을 하던데. 얼마나 오래 묵든 숙박비 안 받을 테니 소문내지 말아달라고 사정사정하더라. 하긴 다른 곳도 아니고 온천에 치한이 출몰한다는데 어떤 미친 사람들이 놀러 오겠어?"

"설마 순순히 그러마 한 건 아니겠지?"

"알겠다고는 했는데."

"모르간!"

"아아, 그래. 그럼 이 여관 망하게 두자. 여기 직원들과 가족들이 길바닥에 다 나앉더라도."

아멜리의 눈빛이 날카로워졌다.

"왜 나한테 그런 식으로 말하니? 설령 여관이 망한다 하더라도 그건 순전히 치한 잘못이지, 내 탓은 아닌데."

"오, 안 넘어가네?"

"모르간!"

아멜리가 재차 꾸짖듯이 부르자 모르간이 키득키득 웃었다.

"농담이야. 그 사람들 말 들어줄 생각 없어. 애초에 누가 나한테 이래라저래라 하는 것도 질색이란다."

"하아, 거절했다니 다행이네."

"그래도 대어를 건졌지 뭐야. 치한 사건을 덮으려고 찾아오다니."

아멜리는 이상한 촉이 섰다.

"엉뚱한 짓을 벌이려는 건 아니겠지?"

"너 뒤통수 한 번 깨지더니 감이 별나게 좋아졌다?"

"온천장 사람들에게 나쁜 짓은 하지 마. 그 사람들도 간접적인 피해자이긴 하니까."

"이런, 아멜리. 날 너무 흰 눈으로 보지 말렴. 난 우리 손으로 치한을 잡자는 말을 하고 싶었어."

아멜리가 미심쩍다는 듯이 모르간을 쳐다보았다.

"우리 손으로?"

"그래. 우리가 직접 치한을 잡으면 정의는 정의대로 실현하고, 치안유지대 신고로 여관 영업에 안 좋은 영향 끼칠 필요도 없고, 여관으로부터 공짜 혜택은 그대로 받을 수 있단다. 한마디로 일석삼조. 어때?"

"치한을 잡으면 좋긴 하지. 하지만 과연 우리끼리 할 수 있을까?"

"범인은 범행현장에 다시 나타나는 법이야. 분명히 이 온천장에 머물다 보면 거동 수상한 놈이 나타날 거라고. 솔직히 난 범인이 여기 사람 중 한 명이라고 보고 있지만."

"뭐? 어떻게?"

"치한이 홀딱 벗고 있었다며."

잠시 잊고 있던 장면까지 떠오른 탓에 아멜리의 안색이 급격히 어두워졌다.

"네가 비명을 지르고 쓰러진 직후 여관 직원을 불러 치한을 찾아보라 했어. 만약 벌거벗고 있는 남자가 여관 밖으로 탈출했다면 사람들 눈에 안 뜨였을 리가 없고 여관 직원들도 못 찾아냈을 리 없어. 만일 어딘가 옷을 숨기고 있었다 하더라도 갈아입는 동안 잡혀버렸을걸. 하지만 여관 내부로 도망쳤다면 숨는 덴 금방이야. 나체여도 안 들켰을 가능성이 높아. 물론 그 치한이 무진장 운 나쁜 경우가 아니라면 말이지만."

"만약 그게 사실이라면, 범인이 투숙객이나 직원들로 좁혀지는구나."

"바로 그거야."

모르간이 빈 종이와 펜을 내밀었다. 아멜리가 멀뚱히 그것을 바라보았다.

"이건 뭐니?"

"탐문의 시작은 역시 몽타주 아니겠어."

"아하. 알겠어. 치한의 인상착의를……."

모르간이 고개를 도리도리 저었다.

"뭐하러 시간 낭비해. 거기부터 그려."

"거기라니?"

"거시기 말이야."

아멜리의 안색이 급변했다.

"무, 무슨 소리야! 그, 그건 왜!"

"치한 잡기에 있어 아주 핵심적인 단서잖아."

"말도 안 돼!"

"말이 왜 안 돼? 얼굴이야 스쳐 지나가다 볼 수 있는 거니 치한이 아니라고 박박 우기면 그만이야. 하지만 생식기는 절대로 그럴 수 없는 부분이잖아."

헉. 생각지도 못하게 논리적이라 아멜리는 말문이 막혔다.

"모양을 자세하게 묘사하면 묘사할수록 치한 잡기가 수월해진단다. 그러니 재주껏 잘 그려봐."

피해자의 트라우마에 관한 배려라곤 개미 눈곱만큼도 없었다. 어디로 보나 수려 그 자체인 미소년의 모습을 하고 있는 모르간이었지만 지금 이 순간 아멜리의 눈에는 지상에 현신한 마왕이 보였다.

"뭐 하고 있어? 안 그려?"

"기, 기억이 잘."

"너무 언뜻 봐서 그런가? 그래도 충격적이었으면 생생하게 기억에 남았을 텐데. 그 치한 물건이 영 신통치 않았나 보다, 에잉."

에잉은 무슨 에잉인가. 모르간은 대체 뭘 기대했던 것일까. 물어보기가 무서웠다.

"좋아, 실루엣 정도로 타협해보자. 크기는 커, 작아?"

"……."

"곧아, 휘었어?"

"……."

"깠어, 안 깠어?"

"……."

"아멜리. 내 말 듣고 있는 거야? 치한 잡기 싫어?"

어딘가의 파렴치한 성범죄 수사관처럼 모르간이 협탁을 탕탕 내려쳤다. 하지만 아멜리는 아찔해지는 정신을 추스르는 것이 고작이었다. 문화의 차이인지 정서의 차이인지 또는 성격의 차이인지는 모르겠지만, 일생 남의 입을 통해 들어볼 거라고는 상상도 못 했던 표현이 고막조차 거치지 않고 곧장 뇌세포를 마구 두드려 패고 있었다. 크다니, 곧다니, 깠다니? 이게 다 대체 무슨 소리란 말인가. 자세히 묻기는 두렵고 상상하기는 공포스러웠다. 결국 아멜리는 자포자기하듯 털어놓았다.

"크다 안 크다의 기준부터가 뭔지 모르겠어."

"전에 본 거랑 비교하면 되지."

"시집도 안 간 처녀 앞에서 무슨 말을."

"에이, 시집은 안 갔어도 애인은 있었을 거 아냐."

"……."

"없었어? 단 한 번도?"

느닷없이 비수가 꽂히고 연속으로 확인사살까지 당한 아멜리의 자존심이 먼지와 함께 바닥을 나뒹굴었다. 먹고사느라 바빴다고 하면 동정 받을까. 모르간은 진심으로 이해 안 된다는 표정으로 재차 물었다.

"그럼 게일은 뭐야?"

"친구."

"잔 적도 없어?"

자포자기에도 한계가 있었다. 아멜리는 벽을 지그시 바라보았다. 저기에 얼마나 세게 이마를 박아야 다시 기절할 수 있을까?

"와! 파샤인이 고지식하단 얘기를 듣긴 했지만 이건 상상초월인걸. 한창때의 사이좋은 청춘남녀가 단둘이 여행 다니면서 눈도 배도 안 맞춰봤다? 여자가 남자를 소 닭 쳐다보듯 했든가, 남자가 구실을 못 하든가 둘 중 하나가 아니고서야. 솔직히 말해봐, 어느 쪽이야?"

"아, 아무 쪽도 아냐!"

"개인적으론 후자가 의심스럽긴 해. 툭하면 짜증 내고 성 내고 하던 것이 다 욕구불만이라고 하면 아주 앞뒤가 딱딱 맞잖아."

"모르간. 그만해. 주제와 벗어난 얘기잖니. 게일님께 실례이기도 하고."

아멜리는 거의 애원했다. 물론 그녀라고 성에 대해 까맣게 모르거나 호기심이 전무한 것은 아니었지만, 역시 벌건 대낮에 큰 소리로 떠들 만큼 낯이 두껍진 않았다. 다행히 모르간은 삼천포에 오래 머무르지 않았다.

"어쨌든 지금 중요한 얘긴 아니니까 나중에 다시 하고."

"안 해!"

"아까 어디까지 얘기했더라. 아! 거시기!"

"목소리가 커!"

사실 피장파장이었다. 모르간은 미안미안 하고 사과하며 샐쭉 웃었다.

"정 묘사하기 어려우면 게일에게 부탁하는 것도 방법이라고 생각해."

아멜리는 알 수 없는 불길한 예감에 휩싸여 이불 끄트머리를 꾹 그러쥐었다.

"무슨 부탁을?"

"보여달라고 하는 거야!"

"뭘?"

"얘는. 우리가 뭐에 대해 얘기 나누는 중이었는지 벌써 까먹었어?"

아멜리의 벌어진 입에서 혼백이 빠져나오는 장면이 눈에 보일 듯하자 모르간의 광대가 씰룩씰룩 위로 움직였다.

"다른 거시기랑 그놈 거시기랑 비교하면서 공통점과 차이점을 짚어가다 보면 흐릿하던 인상도 구체화되지 않겠어?"

"아, 아……."

"아는 사이라 민망할 거 같다고? 최대한 이성적이고 냉정하게 「생물학적인 관점」에서만 관찰하면 괜찮아. 그리고 정의로운 아멜리라면 대의를 위해 5분간 안구의 행복을 희생하는 정도야 식은 죽 먹기일 테니까. 아니, 의외로 호강일지도, 풉!"

결국 모르간의 입에서 바람 터지는 소리가 났다. 그에 아멜리도 번쩍 정신이 들었다.

"싫어!"

"괜찮아. 풉! 남편이 생기기 전 예고편을 본다 생각하면, 마, 마음이 편안할 거야. 이히히힉!"

"모르간!"

하지만 모르간은 바닥을 누르며 귀곡성 같은 웃음소리를 내느라 격한 노성을 듣지 못했다. 별 대단한 음담패설도 아닌데 아멜리가 삶은 문어처럼 온몸이 시뻘게져 팔팔 뛰는 모습이 웃겨 죽을 지경이었다. 이런 게 어린애 놀리는 재미란 건가. 모르간은 자신의 새로운 취향을 발견했다.

반면에 아멜리는 울고 싶었다. 몇 시간 전 목격한 충격적인 장면이 불쾌한 담배연기처럼 머릿속을 뿌옇게 떠돌고 있었기 때문일까, 약간의 자극적인 말에도 연상은 일사천리로 이루어졌다. 눈을 떠도 감아도 부적절한 이미지가 아른거려 미치겠다. 마치 떠나가라 명령을 하는 것처럼 아멜리는 소리를 질러댔다.

"보기 싫어! 안 봐! 누구 거든 절대로! 다시는!"

"뭘 안 봐?"

굵직한 남자 목소리가 불쑥 튀어나왔다. 하필 머릿속 이미지와 절묘하게 맞아떨어지는 터라 아멜리는 더욱 기절초풍을 했다.

"꺄아아악!"

베개 하나가 휙 하고 날아가 문가에 서 있던 게일의 안면을 퍽 하고 강타했다.

"아이코 아파라."

무미건조하게 우는 소리를 하며 게일이 떨어지는 푹신한 솜뭉치를 태연하게 받아냈다. 일단 그는 이 상황을 이해할 수 없었다. 아멜리는 뭐에 씐 사람처럼 물건을 집히는 대로 던져대는 중이고, 모르간은 우물에서 갓 빠져나온 귀신 모양새로 바닥을 기고 있었다.

"니들 왜 그래?"

"타이밍 귀신이네, 당신. 이히히힉!"

"내가 보기에 귀신은 따로 있는 거 같은데."

"아멜리는, 풉, 보는 바와 같이, 히히힉! 상태가 좀 안녕치 못해."

"아아, 탕에서 미끄러져 기절했었단 얘긴 종업원한테 들었다.

근데 너도 넘어진 줄은 몰랐군."

"난 멀쩡해. 물론."

모르간이 급히 웃음기를 갈무리했다. 게일은 떨떠름한 표정으로 모르간의 실룩거리는 입꼬리를 바라보았다. 그러나 긴 말이 필요 있겠는가, 그는 고개를 절레절레 흔들며 아멜리에게 다가갔다.

"머리통 괜찮냐. 혹 났어? 얼마나 큰지 좀 보자."

게일이 다가온다. 이상한 소리를 하면서 다가온다.

'뭐가 커? 뭘 보자고?'

사색이 된 아멜리는 더욱 광분하며 게일의 접근을 거부했다.

"보기 싫어요! 안 봐요! 저리 치워요!"

"뭘 치워?"

"보기 싫다니까! 나가! 당장 나가!"

이불 속에 숨은 아멜리가 허우적허우적 발길질을 해댔다. 그사이 겨우 웃음을 진정시킨 모르간이 어리벙벙해진 게일을 방 밖으로 내몰았다.

"일단 나가 계시고, 아멜리가 좀 진정되면 봅시다."

쿵! 냉정한 바람을 일으키며 문이 닫혔다. 게일은 얼결에 들고 나온 베개를 꼭 쥐고서 답답한 듯 중얼거렸다.

"그러니까 도대체 뭘 보고 안 보냐고……!"

안타깝게도 게일의 소박한 의문은 영구미제로 남을 가능성이 매우 컸다.

22

안에서 새는 바가지 밖에서도 샌다

모르간은 김이 모락모락 나는 찻잔을 기울였다. 편안한 오후의 여유를 즐기는 듯한 모습이었지만 싱그러운 연둣빛 눈동자 한 쌍은 광장의 인파를 매섭게 훑어보는 중이었다.

오가는 사람들은 크게 두 부류였다. 기름기 도는 얼굴에 들뜬 눈빛을 하고 있는 자들, 혹은 10년도 더 된 듯한 누더기를 걸치고 하릴없이 거리를 배회하는 사람들. 전자는 외국에서 놀러온 귀족이나 부유한 상인 가족쯤 되어 보였고, 후자는 전자의 사람들에게서 어떻게든 돈을 빼내 보려고 애쓰는 부류였다. 모르간은 후자의 사람들에게 볼일이 있었다. 싸구려 액세서리와 장난감 등을 팔고 있는 노파? 아니다. 다 떨어진 코트 깃을 세우고 눈을 굴리는 노인? 아니다. 동냥 중인 꾀죄죄한 어린아이들? 아니다. 모르간처럼 오가는 사람들에 까닭 모를 눈길을 주고 있는 남성. 약에 취한 것처럼 멍한 눈만 하고 있지 않았다면 가능성이 있었을지도. 하지만 그것과는 정반대의 눈빛을 하고 있을 터였다.

'천천히 기다리면 한 명 정도는 나타나겠지.'

게일이 바비큐소스가 듬뿍 묻은 포크찹을 뜯으며 블루스프링스 쪽을 힐끔 쳐다보았다. 물론 광장으로부터 꽤 떨어진 저층 건물이 광장 옆 카페테리아 야외석에서 보일 리는 없었다.

"아멜리가 걱정돼?"

"슬슬 일어났을 수도 있겠다 싶어서."

"온천장에서 알아서 잘 보살펴줄 거야. 한 번만 더 사고가 일어나면 내 손으로 온천장 대문에 못질해주겠다고 지배인한테 개지랄을 떨고 나왔으니까."

"흠."

"시시때때로 상태 체크하러 가보라고도 했고."

그래도 게일은 별로 탐탁지 않은 표정이었다.

"그렇게 걱정되면 남아 있지 뭐하러 나왔어?"

"몰라서 물어?"

"내가 튈까 봐 따라 나왔단 얘기야? 징하다, 정말. 슬슬 마음의 문을 열어줄 때도 됐건만."

"마음의 문은 무슨. 현실의 문도 죄다 닫아버리고 싶은 판인데.

그뿐만 아니라 내가 널 따라나온 건…….”

게일이 말꼬리를 흐렸다.

“따라 나온 건?”

“……팜의 맛집으로 소문난 이 레스토랑의 포크찹과 립을 먹기 위해서다!”

실없긴, 하고 모르간은 다시 광장 중앙으로 고개를 돌렸다. 게일은 별 대꾸 없이 먹는 일에 집중했다. 아직 모르간은 몰라야 했다. 온천장에서부터 그들을 따라다니는 시선이 있다는 것을.

처음 시선을 느꼈던 때는 팜에 도착한 순간이었다. 왠지 뒤통수에서 웅성웅성한 침묵이 느껴지는 기분, 특정 방향으로 솜털이 곤두서는 듯한 피부 결의 감각이 자꾸만 신경을 예민하게 한 것이다. 하지만 예전에 겪었던 미행과는 다르게 시선은 간헐적으로 나타났다 사라졌다. 그래서 게일은 이틀째 아침에서야 확신할 수 있었다.

감시당하고 있다.

자동적으로 두 가지 가능성이 뇌리에 떠올랐다. 하나는 그레이의 잔당이 아멜리를 쫓아왔을 가능성. 또 하나는 써니필드 일당이 맨튼으로 떠난 척하다가 돌아와 급습하려 한다는 가능성이었다. 후자의 경우라면 당연히 급습의 타깃은 게일 자신이었다.

게일은 어느 쪽인지 확신할 수 있을 때까지 두 여자 앞에서 아무 내색도 하지 않고 있다가, 마침 모르간이 팜의 분위기를 살피러

나가겠다 하여 얼씨구나 하고 동행했다. 인질 감시라는 구실을 내세우긴 했지만 사실 낯선 시선의 목표물이 정확히 누구인지 알아내기 위함이었다. 아멜리가 치한과 맞닥뜨려 끙끙 앓는 중인 점이 좀 염려스럽긴 해도, 아멜리를 모르간과 숙소에 남겨두고 나오는 것보단 자신이 모르간에 붙는 편이 안전하다는 판단도 있었다.

외출 중에 모르간이 으슥한 곳으로 유인하려는 낌새를 보였다면 후자라고 확신하려 했다. 그런데 예상과는 전혀 다르게 모르간은 휴양객이 바글바글한 광장으로 나와 느긋하게 티타임을 가졌다. 대낮의 공공장소에서 급습이 이루어질 리 없으니 모르간이 유인책은 아닌 듯했다.

감시의 시선은 온천장부터 광장까지 그들을 따라왔다가, 그들이 레스토랑에 앉아 움직이지 않으니 사라져버렸다.

'역시 그레이 쪽인가? 하긴 지질지질 따라다니는 모양새가 스토커 마법사 같긴 해.'

게일은 솔직히 위기의식을 느낀다기보다 짜증이 났다. 변태가 아니고서야 타인에게 감시당하는 감각이 유쾌할 리 없었다.

'오래 끌 거 없이 오늘 조질까?'

감시의 시선은 다시 나타나리라. 어차피 아멜리도 안전한 곳에 떨어져 있으니 게일이 몸을 사려야 할 이유는 없었다.

"어이, 웨이터. 이거 한 그릇 더."

게일이 텅 빈 포크찹 그릇을 내밀며 추가 주문을 넣었다. 모르간이 질린 듯이 중얼거렸다.

"혼자서 몇 인분을 먹는 거야?"

"기초대사량이 높아서 그래."

"연비 나쁜 건 자랑이 아냐. 무식하게 벌크업하지 말고 나처럼 딱 효율적인 정도로 근육을 유지해봐."

모르간이 다리 한 짝을 번쩍 들어 쭉 뻗었다. 바지에 감싸여 있긴 해도 천 아래 탄탄한 몸매의 실루엣까지 감춰지지는 않았다. 게일의 근육이 사자의 그것과 비슷하다면, 모르간은 날쌘 영양이나 사슴과 같았다. 게일이 한껏 눈썹을 찌푸렸다.

"밥 먹는 데 족발 들이대지 마."

"좋으면서."

"좋긴 뭘 좋아! 목소리도 걸걸한 게 남장까지 하고서 끼 부리면 네가 아니라 내가 오해를 받는단 말이다!"

말 그대로 현재 모르간은 강력한 임팩트를 남겼던 첫 만남 때의 모습과 사뭇 달라진 상태였다. 머리카락은 목덜미가 다 드러날 정도로 쳤고 목을 가리는 남자 옷을 입고 있으며, 볼륨감 넘치던 가슴은 어떤 수를 썼는지 평평했다. 가끔 여자 같은 말투가 튀어나올 때를 제외하면 행동거지도 크고 거침이 없으니 처음 보는 사람 눈엔 영락없이 쾌활한 미소년이었다.

가끔 특출한 미모를 보고 성별을 의심하는 사람도 있었지만,

허스키한 목소리를 듣고 나면 '아 역시 남자로군.' 하며 납득하고 지나가곤 했다. 모르간의 모든 언행이 수상해 보이는 의심병에 걸린 게일은 그녀의 옷차림 역시 못마땅했다.

"애초에 왜 그런 꼴을 하고 있는지 원. 또 무슨 사기 치려는 궁리 중이냐?"

"신변 보호 문제도 있고, 솔직히 여자인 채 돌아다니면 너 같은 놈들 때문에 너무 힘들어."

"나 같은 놈이 뭔데?"

"입가에 흐르는 침도 못 닦고 날 쳐다보다가 시선 마주치면 주제파악도 못 하고 들이대는 멍청한 남자. 그러다가 까이면 자기 못난 건 인정 못 하고 나한테 악다구니를 써대지."

솔직히 약간은 찔렸다. 하지만 그는 부정해야 했다.

"난 안 그래. 내가 얼마나 쿨한데."

"양심이 있으면 가슴에 손을 얹고 말해봐. 나한테 못되게 구는 거 100퍼센트 정의의 응징이라고 할 수 있어? 무케스산에서의 앙금이 전적으로 돈 문제인 거 맞아?"

"그……렇고말고."

"뭐 본인이 우긴대도 옆에서 보는 사람들은 다 알지. 아멜리도 내심 다 알고 있을 거야."

게일이 포크를 문 채 움찔했다.

"당신 자존심 강한 건 알겠는데 좀 넘길 건 넘기고 인정할 건 인정해. 안 그러면 옆에 있는 사람들이 엄청 피곤해할걸."

문득 사이가 별로 좋지 않은 친형제들과 로열나이트 선배들의 모습이 게일의 뇌리를 스쳤다. 그런 점에서는 나름대로 수긍되는 충고이긴 했다. 하지만 만난 지 얼마 되지도 않은 타인의 충고를 곧이곧대로 받아들일 수 있다면 세상에 개과천선만큼 쉬운 일도 없는 것이다.

"나에 대해 잘 알지도 못하면서 이래라저래라 하지 마."

"그건 그래."

내심 말싸움을 벼르고 있던 게일은 피시식 김이 빠졌다.

"그래도 일리 없는 말은 아니라고 생각한다."

"앞으로 나한테 좀 친절하게 대해줄 거니?"

"잘해주면 네 범죄행위가 별거 아니었다고 착각할 거 아냐."

"누가 들으면 넌 세상에 티끌 한 점 없이 고귀한 분인 줄 알겠다."

"적어도 은혜를 원수로 갚지는 않는 분이다."

"얼마 전에 사람을 죽였잖아."

게일은 모르간이 말하는 것이 무케스산에서 만난 올리언임을 눈치챘다.

"그놈이 먼저 덤볐어."

"명분 있는 살인은 괜찮고 명분 없는 도둑질은 안 된다?"

"당연하지. 안 그러면 정당방위나 사형제도가 어떻게 성립해?"

모르간이 피식 웃다가 다소 식어버린 찻물을 들이켰다.

"뭐가 웃겨?"

"너무나 기사다운 사고방식이라서."

"불만이냐?"

"그럴 리가. 정당방위. 나도 동의해. 나를 죽이려고 공격하는 누군가가 있을 때 살아남기 위해 맞서 싸우는 건 매우 마땅하고 바람직한 행위지. 사지에 몰렸을 때는 모든 행위가 그래. 선도 악도 아닌 그저 하나의 수단이 되는 거야. 설령 그게 절도든 살인이든 말이야. 그건 어째서일까, 게일?"

채도가 다른 두 쌍의 녹색 눈동자가 허공에서 맞부딪쳤다.

"글쎄."

게일은 무심하게 대꾸하며 큼지막하게 썰린 스테이크 한 조각을 입에 넣었다. 모르간이 찻잔을 내리며 미소 지었다.

"「정의롭다」의 기준은 행위에 있지 않고 주체에 있거든. 세상에 「정의로운 행동」이란 없어. 「정의로운 인간」만이 있을 뿐이지. 「정의로운 인간」이 행동의 정의로움을 규정하면 나머지 사람들은 「정의로운 행동」이라는 게 있었다고 착각을 할 뿐이야. 당신도 아카데미에서 역사를 배웠다면 알겠지. 북부의 파만족이 최남단 맨튼까지 내몰려 결국 바다까지 건너게 됐을 때 그들은 멀어지는 맨튼을 보며 뱃전에서 곱게 손수건만 흔들었던가? 아니, 불붙인 화살을 쏘아 온 도시를 불바다로 만들었어. 가옥이 불타고 무고한 백성은 질식해 죽거나 화상을 입어 죽거나 무너지는 건물에 깔려 셀 수도 없이 죽었단 말이야. 그게 정의로운 행동인가? 파샤의 역사서는 아마도 그렇게 말하겠지? 젤원군의 발을 묶어놓은 뛰어난 기지였다고, 그때의 전략이 없었으면 오늘날의 파샤도 없었을 거라고 말이야. 아, 이런 말 한다고 내가 젤원을 옹호한다고 여기진 마. 젤원에 흡수되지 않고 독립된 세력으로 남아 있으려던 파만족이 젤원 황실로부터 얼마나 가혹한 대우를 받았는지도 알고 있으니까."

어느새 스테이크 접시는 텅 비었다. 미트소스 파스타와 크림스튜와 치킨샐러드 접시도, 각종 빵이 가득 담겨 있던 바구니도. 게일은 포크와 나이프를 내려놓은 뒤 꺽 하고 작게 트림을 했다.

"너, 내가 밥을 다 먹을 정도로 말을 길게 했다는 걸 알고 있냐."

"지루하면 끼어들지 그랬어? 타인의 의견은 얼마든지 환영인데."

"어릴 때부터 신물 나게 들어온 얘기고 지금도 그때와 다름없이 혓바닥으로 정의를 논할 생각은 없다. 어차피 결론도 안 날 것을."

"과연 귀족기사 출신. 내가 번데기 앞에서 주름 잡았네."

"일단 네가 똑똑하다는 건 잘 알겠다. 하지만 별로 좋은 일만은 아닌 것 같다. 지나치게 똑똑한 녀석들은 자기가 만든 궤변에 자기가 넘어가더라고. 너도 큰 코 다칠 날이 올지도 몰라."

"악담이야?"

"충고야."

"나에 대해 잘 알지도 못하면서."

"아까의 답례다."

"역시 뒤끝이 길어."

모르간이 피식 웃으며 이제 쓴맛밖에 남지 않은 마지막 찻물을 마셨다. 그 모습을 보는 순간 게일은 까닭 없이 이 상황이 몹시 멋쩍게 느껴졌다. 몸을 돌려 지나가는 웨이터에게 후식을 주문한 뒤 다시 모르간을 마주 보았을 때도 여전히 그랬다. 멋쩍고, 약간 껄끄러우면서 한편으로는 아리송한 기분. 그는 냅킨으로 입가의 기름기를 닦아내는 시늉을 하며 어색하게 굳은 얼굴을 가렸다.

"관심 없는 건 뒤돌아서면 잊어버려."

"그래?"

모르간은 별 의미 없이 듣고 흘렸다. 하지만 게일은 입 밖에 낸 직후 조금 후회했다. 바꿔 말하면 그가 집착하는 것은 그만큼 애착이 있기 때문이라는 뜻이었으니까.

어릴 때는 죽어라 인정하지 않았지만 칸에게 한 방 먹이고 파샤를 떠나고 나니 알게 됐다. 칸은 그가 이상적으로 생각하는 무사의 표본이었다. 칸에 대한 라이벌 의식도 어쩌면 소년의 동경 같은 것이었을지도.

책임 따위는 곧 죽어도 가지고 싶지 않았는데, 아멜리에 대해서는 그런 것이 생겨나고 있다. 이것 역시 아멜리가 그의 폭 좁은 관심범위 안에 들어간 사람이라는 뜻이었다. 그리고 사사건건 신경에 거슬리는 눈앞의 여자 역시.

'맞아 죽어도 입 밖으론 못 내지.'

모르간의 충고와 일맥상통하는 태도라고는 스스로도 생각했지만, 그래도 스무 해 넘게 가져온 스탠스를 손바닥 뒤집듯 바꾸기란 어렵다.

그때 모르간이 벌떡 일어났다.

"잠깐 다녀올게."

"어이, 쿨럭!

마침 주스를 벌컥벌컥 들이켜던 참이라 그만 사레가 들렸다. 게일은 얼굴이 빨개지도록 기침을 한 뒤 뒤늦게 의자 옆에 세워둔 검을 챙겨 모르간을 쫓았다.

"가, 같이 가! 쿨럭쿨럭!"

두 사람이 떠난 지 얼마 안 되어 웨이터가 큼지막한 파르페를 가지고 등장했다.

"오래 기다리셨…… 아니!"

수북하게 쌓인 빈 접시는 있는데 사람들은 온데간데없었다. 웨이터의 얼굴이 새파랗게 질렸다.

"무전취식범이다!"

처절한 절규가 광장에 울려 퍼졌다.

남자는 모자의 챙을 꾹 내리눌렀다. 가족으로 보이는 사람들이 분수대 근처에서 아이스크림을 먹으며 휴식을 취하고 있었다. 어린애가 세 명이나 포함된 가족이라 상당히 어수선했다. 아버지로 보이는 중년 남성은 아내의 지시에 따라 아이들이 옷에 흘린 아이스크림을 닦아주느라 분주했다. 딱 좋군. 모자 쓴 남자는 태연한 발걸음으로 그들에게 접근했다. 광장은 매우 혼잡하고 소란스러웠다. 후다닥 뛰어다니는 소년들이나 싸구려 잡화를 파는 노파가 남자의 앞길을 방해하기도 했다. 그래도 불평할 이유가 없었다. 이곳이 복잡할 장소일수록 그의 일도 순조로워지니까.

"아이쿠, 죄송합니다."

졸지에 어깨를 세게 부딪힌 중년 남성이 불쾌하게 인상을 찌푸렸다가 이내 점잖게 말했다.

"괜찮습니다."

딱 봐도 그렇고 그런 행색의 사내와 언쟁하느라 모처럼 온 가족들과의 휴가를 망칠 마음은 없었다. 모자 쓴 남자는 모자를 들어 약간 비굴해 보이는 미소를 한 번 지었다가 도망치듯 그 자리에서 벗어났다. 뒤에서 큰 소리가 났지만 그건 아이들 중 하나가 분수대에서 장난을 치다 바지를 다 적신 탓이었다.

광장 끄트머리에 이르러 모자 쓴 남자는 걸음을 멈췄다. 소매 안에 숨겨놓았던 남성용 지갑이 두둑하니 무거웠다.

"헤헷, 월척이군."

"그러게 말이야."

모자 쓴 남자가 흠칫 놀라 뒤돌았다. 짧은 잿빛 머리 소년이 공을 가지고 놀듯 웬 지갑을 던졌다 받았다 하고 있었다. 그 지갑의 모양이 익숙했다. 싸한 예감이 등줄기를 타고 흘렀다. 이상하다 싶을 때는 덤비고 따지기보다 삼십육계 줄행랑이 최고였다. 모자 쓴 남자가 지갑조차 포기하고 막 도망치려 할 때 귀에 익은 암호가 들려왔다.

"흰 고양이가 검댕을 쓴 곳."

"……리즈의 세 번째 굴뚝."

"만나서 반가워, 형제."

"빨리 말을 하라고. 쫄았잖아."

두 사람은 으슥한 골목 안으로 자리를 옮겼다. 모자 쓴 남자는 아직 경계가 덜 풀린 기색이었다.

"하나 더 있잖아?"

"물론."

모르간이 왼쪽 귓불을 뒤집었다.

국자 형태로 아주 작은 일곱 개의 점이 박혀 있었다. 모자 쓴 남자도 손목을 뒤집어 보여주었다. 그의 것은 원형이었다.

"윈 델람에서 왔나 보군. 용건은?"

"이 동네 소식 좀 들어보려고."

"왜 하필 나한테?"

"여긴 캐터리(Cattery)가 없잖아."

캐터리는 그들의 정보책을 뜻하는 은어였다.

"팜은 촌구석이니까. 가만 있자, 소식이라. 경기가 좀 안 좋다는 거 빼고는 특별히 없는데."

"온천물이 안 나온다는 건?"

"그거야 자연적인 일이잖아. 어쩔 수 없지. 그리고 그것 때문에 타격 받은 곳은 사실 별로 없어. 온천수에 끓인 물을 섞으면 다들 그럭저럭 버틸 수 있거든."

"물론 손님들한텐 비밀이겠지?"

"두말하면 입 아프지. 아참, 그렇지! 그 건으로 요새 「팜의 친구들」에서 공사를 하나 하고 있어."

"팜의 친구들이 뭐야?"

"팜 자치회와 자경단을 합친 조직이야. 이 동네는 지역 유지들 힘이 세서 자기들끼리 그런 걸 만들어 놀고 있는데, 웃긴 건 팜의 형제들에서 우두머리를 맡고 있는 아줌마가 치안유지대 단장과 남매라는 거지. 팜의 청장과는 부부고."

"알 만하군."

"저쪽으로 쭉 가면 킹스야드라고 좀 조용한 동네가 있어. 거기서 굴착공사를 하고 있다더라. 온천을 발견하면 팜의 친구들이 관리를 하면서 각 온천장에 온천수를 공급하겠대. 물론 유료로."

"온천장마다 자기들 탕이 따로 있는데 누가 그걸 사?"

"살 수밖에 없을걸. 원래 온천장은 탕 하나마다 세금을 얼마씩 내야 하는데, 불법으로 탕을 판 다음 신고를 안 해서 탈세하고 있는 업장들이 꽤 되거든. 그래도 워낙 여기가 좁은 동네다 보니까 유야무야하고 넘어갔는데, 아마 저 공사가 마무리되면 팜의 친구들 짱이 남동생이랑 남편을 찔러서 대규모 단속을 하겠지."

"팜 사람들도 알고 있어?"

"대강은."

"근데 조용하네."

"다행인지 뭔지 그쪽 공사가 별로 순조롭지 않아서. 착공한 게 벌써 작년 여름이었나? 아직 물도 못 발견했대."

"있던 물도 마르고 있는 판인데 새로 판다고 콸콸 나올 리가 있나."

모자 쓴 남자도 고개를 끄덕이다가 골목 어귀를 힐끔 쳐다보았다. 모르간도 자연스레 같은 방향을 바라보았지만 별다른 것은 보이지 않았다. 해가 쨍한 하늘과 그 아래 시끌벅적한 광장의 일부가 보일 뿐.

"설령 물이 발견된다고 하더라도 별문제가 안 될걸. 윈 델람 형제니까 나보다 잘 알겠지만 요새 아레나 짓고 있잖아. 그 때문에 남부의 건축 자재며 일꾼들이 죄다 수도로 몰리고 있다더라. 시장에서는 질 좋은 목재, 석재 같은 게 거의 금값이니 공사를 강행하려면 돈이 엄청 깨지지 않겠어? 팜의 친구들 예산까진 모르지만 그쪽 윗선들이 짠돌이인 건 알아. 아마 머지않아 공사는 중단될 거야, 분명."

"흐음."

"아무튼 온천이 마르기 시작한 시점부터 여기는 단물 다 빠진 도시나 다름없어. 나도 한두 해 정도만 더 해먹고 캐터리에 얘기해서 구역을 옮기려고."

"그 밖에 재미있는 얘긴 없어?"

"재미있는 얘기라. 불쾌한 얘기는 있는데."

남자가 이맛살을 찌푸렸다.

"어린 여자애들을 쫓아다니는 변태가 활개치고 다니고 있어. 그놈 때문에 자경단이 이 구역을 하루에도 몇 번이나 들쑤셔서 미치겠다. 마주치면 내 손에 죽을 거야, 그놈."

자연히 모르간은 온천장의 치한이 떠올랐다.

"혹시 장발에 키 큰 남자? 머리는 흑발이나 갈색이고?"

"듣기로 키는 별로 크지 않고 금발이라던데."

다른 사람인가. 모르간이 고개를 절레절레 저었다.

"치한에 변태에 엉망진창이군, 팜의 치안도."

모자 쓴 남자가 다시 힐끔 골목을 보았다. 사실 그는 대화 내내 골목 밖을 경계하고 있었다. 매우 조심성이 많은 성격인 듯했다. 모르간은 그를 어서 놓아주기로 관대한 마음을 먹었다.

"얘기 잘 들었어. 이건 수고비."

모르간이 금화 하나를 던졌다. 모자 쓴 남자가 허공에서 캐치한 뒤 씨익 웃었다.

"형제끼린 공짜로 들어도 되는 건데 뭘 이런 걸 다. 대신 나도 하나 줄게."

대뜸 날아온 것은 금화보다 훨씬 큰 물체였다. 모르간이 무심결에 두 손으로 받아보니 아까 중년 남성한테서 훔친 가죽지갑이었다.

"이걸 왜 나한테?"

"잘 부탁해!"

모자 쓴 남자가 골목 안으로 줄행랑을 쳤다. 모르간이 어리둥절하게 골목 어귀를 바라보았다. 아무도 없는데 저 남자는 왜 저러는 거지?

모르간이 좀 찜찜한 기분으로 골목을 빠져나온 순간, 철퍼덕 머리 위로 무겁고 커다란 무언가가 내려앉았다.

[잡았다 요놈!]

모르간을 쫓아가던 게일은 도중에 뒷덜미 솜털이 설 만큼 강력한 기운을 감지했다. 이제는 단지 감시의 시선이 아니라 의지를 가진 살기였다. 그러나 게일은 오히려 반겼다.

"오냐, 해보자!"

그는 즉흥적으로 발을 돌려 모르간과는 정반대 방향으로 달려갔다. 광장을 벗어나 굳이 황폐하고 인적 드문 좁은 길을 택해 굽이굽이 내달렸더니 어느 순간 인기척이라곤 느껴지지 않는 조용한 장소에 이르렀다. 태풍의 피해라도 겪었던 건지 지붕이 날아가거나 담벼락이 무너져 내린 폐가들밖에 없는 동네였다.

그중에서 담벼락이 비교적 온전히 남아 있는 집의 대문 안으로 게일은 뛰어들었다. 미행자도 그 뒤를 쫓았다.

그런데 막상 마당에 들어서니 게일이 보이지 않았다. 미행자가 잠깐 멈추어 서서 주위를 두리번거렸다. 그 조심성 없는 머리통에 대고 게일이 돌려차기를 선사했다

퍽!

자갈 많은 마당을 세 바퀴쯤 형편없이 구르고 난 뒤 미행자가

신음을 흘리며 일어났다. 게일이 검자루를 쥐었다. 상대방은 갈색 로브를 머리부터 발끝까지 뒤집어쓰고 있는 몹시 수상한 행색이었다. 게일보다 두 뼘 조금 안 되게 더 작은 키였고, 비틀거리고 있긴 하지만 얼핏 보기에도 전반적으로 체형의 밸런스가 좋았다. 무엇보다 그의 발차기를 정통으로 맞고도 바로 일어선다는 것에 감탄했다.

"말도 안 되게 맷집 좋은 놈이로군. 하지만 넌 오늘부로 끝났어."

"자, 잠깐!"

상대방이 당황한 듯 손을 저었지만 이미 게일이 검을 내지른 뒤였다. 챙캉! 두 사람의 검이 맞부딪치면서 스파크가 튀었다. 갈색 로브는 간발의 차이로 검을 뽑아 방어에 성공했지만 완력에서 밀렸다. 이를 악물며 부들부들 팔을 떠는 갈색 로브를 내려다보며 게일은 조금 감탄했다. 체격 차이가 꽤 나는데 제법 잘하고 있다. 챙! 갈색 로브가 간신히 게일의 검을 흘려냈다. 그 바람에 자세가 무너진 것을 좀 더 빠르게 되돌리지 못한 점은 미숙했다. 옆구리도, 명치도, 턱도 비었다. 게일이 주저 없이 다리를 움직였다.

퍽!

갈색 로브가 배를 움켜쥐고서 털썩 무릎을 꿇었다. 마치 모가지를 베어달라고 애원하는 자세나 다름없었던지라 게일은 오히려 공격을 멈추었다. 헉헉대며 고통을 다스리던 상대가 겨우 목소리를 쥐어짰다.

"가, 강하시군요. 한 수 배웠습니다. 무어 경."

게일은 볼을 긁적였다. 자세로 보나 체술로 보나 정석으로 무예를 익힌 자일 거라고 짐작은 했지만 막상 기사명을 불리니 당황스러웠다.

"누구냐."

"기억 못 하십니까. 작년 겨울에 뵌 적이 있습니다만."

"얼굴을 제대로 보여줘야 알지."

"아, 아차 그렇군요! 실례했습니다."

갈색 로브가 허둥지둥 후드를 벗었다. 조금 탁한 금발이 눈에 들어왔다. 이목구비가 조금 가늘고 그보다 연하로 보였다.

"모르겠는데."

전혀 기억에 없는 얼굴이었다. 상대방이 약간 민망한지 얼굴을 붉히다가, 정신을 차리고 양 손바닥을 가지런히 합했다.

"동녘의 광명, 북녘의 한풍, 남녘의 백과, 서녘의 여로. 나그네에게 아스라의 축복을. 나그네에게 아스라의 축복을. 마하트의 종 제임스 입센입니다."

게일은 오래되지 않은 기억이 떠올랐다. 그것은 패트리샤 공주와 파샤 일주를 떠나기 직전의 겨울이었다. 아스라 신을 섬기는 마하트 대신전에 새로운 홀리 가디언이 탄생하여 그 임명식에 축하사절단으로서 참석했던 것이다. 로열나이트 중에서는 힌다와 게일이 참석하고, 외교관인 패트릭이 동행한 출장이었다.

하지만 외국의 새로운 강자를 만나러 간다는 기대감에 견뎠는데, 막상 만나본 홀리 가디언은 나이도 어린 데다 그보다 실력도 하수인 것 같아 적잖이 실망을 했었다. 때문에 흥미를 금방 잃었고 기억 속에서도 금방 사라졌다.

'그 애송이 홀리 가디언이군.'

게일은 부지불식간에 혀를 찼다. 어떻게 저런 녀석이 홀리 가디언씩이나 됐지 싶었는데 이제야 이유를 알 것 같았다. 제임스 입센은 맷집이 엄청나게 좋았다. 머리통을 맞고도 명치를 맞고도 오뚝이처럼 벌떡벌떡 일어나는 걸 보니 말이다.

"성직자 주제에 미행이나 하고 다니고."

"죄송합니다. 사정상 신분을 숨기고 다니는 중인데 우연히 타르 블레이드를 보고 진짜인가 아닌가 긴가민가하여 확인하고 싶었습니다."

"살기 같은 거 날리지 말고 말로 부탁하면 되잖아, 말로!"

"이런, 부탁하면 그냥 보여주시는 거였나요?"

"아니."

"……."

상대방은 이미 살기도 사라졌고 무기도 거둔 상태다. 게일도 경계를 풀고 검을 집어넣었다. 제임스는 조금 들뜬 어조로 말을 이었다.

"언젠가 다시 한 번 만나 뵙고 싶었는데 이런 데서 그 기회가 찾아올 줄은 몰랐습니다. 솔직히 말하자면 조금 전까지는 영락없이 권터 바로스님일 거라고 예상했거든요. 투기가 대단한 강자가 느껴지길래 따라왔더니 적발의 검사인 데다 타르 블레이드 같은 검을 찼기에 전「아, 권터님이다!」하고 반가워서……."

발끈한 게일이 그의 말을 잘랐다.

"그 아저씨의 덥수룩한 적발과 나의 샤방샤방한 적발을 착각했다고?"

"예? 아, 제가 두 분 다 그리 자주 뵌 적은 없는 까닭에 헤어스타일까진 잘 기억하지……."

"넌 동태 눈깔이냐. 그쪽은 색깔도 방정맞은 당근색이고 난 고급스러운 와인색이란 말이다! 같은 적발이라도 급이 달라, 급이!"

"그, 그, 그러네요. 죄송합니다!"

제임스는 풀이 죽어 고개를 푹 수그렸다. 게일이 혀를 끌끌 찼다.

"여전히 소심하고 패기 없어 보이는군. 어떻게 홀리 가디언이 된 건지 신기하단 말이야."

제임스의 몸이 아주 미세하게 떨렸다.

"그나저나 홀리 가디언이 여기서 이러고 있어도 되는 건가? 대신전이나 원무녀 옆을 떠나지 말아야 하는 원칙이 있을 텐데."

"……흑."

"흑?"

희미하게 들려오는 요상한 소리에 게일이 귀를 쫑긋거렸다.

"흑, 흐흑…… 흑…… 흐어엉!"

아예 바닥에 철퍼덕 주저앉아 대성통곡을 하는 홀리 가디언을 앞에 두고 게일은 멍해졌다. 대체 왜 우는 거지?

제임스는 구슬프게 말했다.

"무어 경 말이 맞아요. 전 쓸모없고 무능력합니다. 대신전에 폐만 끼치는 수준 미달의 홀리 가디언이에요."

"난 그렇게까지 말한 적 없는……."

"어헝헝!"

떨떠름한 반박의 목소리는 제임스의 더욱 커다란 울음소리에 묻혀버렸다.

홀리 가디언이라 하면 최고위 성기사이자 교단을 이끄는 삼두(三頭) 중 하나이며, 고결한 인품과 카리스마를 갖춘 신성의 수호자이다.

다시 말해 그 존재감은 일국의 왕에 버금가는 의미가 있는 것이다. 그런데 게일의 눈앞에는 지금 채신머리없게 길바닥에 주저앉아 어린애처럼 우는 홀리 가디언이 있다. 남들에게 전하면 미쳤느냐는 소리 듣기 딱 좋았다.

"왜 저 같은 놈을 홀리 가디언으로 뽑았느냐며 지금쯤 다들 후회하고 있겠죠. 모두들 제가 권터님 같은 홀리 가디언이 되길 바라시며 천거해주셨을 텐데, 전…… 전…… 매일 실수만 저지르는 바보 천치 팔푼이일 뿐입니다!"

꾹꾹 쌓아놓았던 감정이 폭발한 것인지 한번 터진 제임스의 울음은 좀처럼 그칠 기미가 없었다.

'자기 비하가 심한 녀석이로군.'

게일은 한심하다는 눈길로 제임스를 바라보다가 그를 억지로 일으켜 세웠다.

"다 큰 사내자식 주제에 계속 질질 짤래? 홀리 가디언이 울면 대신전 전체의 망신이다."

"네! 맞습니다! 전 마하트의 망신거리예요. 원무녀께서도 제가 미덥지 않으니까 아무 말도 없이 떠나셨겠죠! 일이 이렇게 된 건 다 저 때문입니다. 저 같은 건 세계평화를 위해 그냥 죽어야 해요!"

자책하던 청년은 급기야 건물 벽에 머리를 마구 찧기 시작했다. 이마의 살갗이 찢어지며 피가 줄줄 흘러도 박치기를 멈추지 않았다. 너무 황당한 나머지 잠깐 넋을 놓았던 게일이 뒤늦게 그를 뜯어 말리려고 하는 순간.

빡!

뭔가 결정적인 소리였다. 곧 제임스의 몸이 땅바닥에 축 늘어졌다.

"죽었냐."

확인차 넌지시 물어보았다. 물론 대꾸는 없다. 게일은 고민에 빠졌다. 이 자식은 바보인가, 병신인가. 이 자식을 여기에 그냥 두고 갈까, 말까.

게일의 검이 윙 하고 가볍게 진동했다. 게일이 고개를 들었다. 마법화된 마력을 감지했다는 뜻이 아닌가. 하지만 주변을 둘러보아도 아무도 없고 인기척도 없었다. 그는 멋쩍게 뒤통수를 북북 긁다가 무심코 하늘을 보았다. 그리고 순간 굳었다.

"하늘 나는 스파게티?"

말 그대로 스파게티 같기도 하고 수십 마리의 지렁이 묶음 같기도 한 기괴한 물체가 푸른 하늘을 유유하게, 뻔뻔하게, 동시에 빠르게 날아오고 있었다. 하도 비현실적인 장면이라 게일은 그것이 자기 바로 머리 위의 하늘에 다다랐을 때까지도 그저 넋을 잃고 있었다. 그리고 괴비행물체가 사실 스파게티가 아니라 굵은 밧줄로 만든 그물임을 알아차렸을 때는 이미 그것이 덮쳐오는 중이었다.

[잡았다 요놈.]

어디선가 사람 목소리를 흉내 내는 구관조 같은 목소리가 들려왔다.

아멜리는 끙끙거렸다.

몸은 의자에 꽁꽁 묶여 있었고 맞은편 무대 위에는 춤을 추고 노래하는 소시지와 고구마가 현란하게 뛰어다니고 있었다. 인간도 아닌 것들이건만 너무 움직임이 활기차서 오히려 기분이 나빠졌다. 그만 보고 싶다. 아멜리는 애처롭게 옆을 바라보았다. 극장 지배인이 된 모르간이 훌라후프 세 개를 동시에 돌리고 있는 소시지를 보면서 폭소하고 있었다. 대관절 어느 포인트가 웃긴 건지 전혀 이해할 수 없었다.

"재미없어?"

재미없고말고. 그런데 어쩐지 목소리가 나오지 않아 아멜리가 고개를 도리도리 저었다. 모르간이 마술봉을 높이 치켜들었다.

"아멜리님이 재미가 없으시단다! 우리 극장의 슈퍼스타, 버섯군을 불러와!"

쿠쿵, 땅이 진동하면서 무대가 두 쪽으로 갈라지더니 가운데에서 인간만큼 커다란 버섯이 저벅저벅 걸어 나왔다. 슈퍼스타라 그런지 시장에서 금값이라는 송이버섯이었다. 아멜리는 또 기분이 안 좋아졌다. 약초꾼 하던 시절에도 본 적 없던 귀한 버섯이었다. 이런 데서 쇼나 하고 있어서 그랬나 보다. 버섯이면 버섯답게 산이나 숲에 있어야 약초꾼들도 먹고살 것 아닌가!

"낭자."

심지어 말까지 하는 송이버섯이었다. 아멜리는 배가 아팠다. 맛도 좋고 몸에도 좋고 말까지 하는 버섯인데 목야의 시장에 내놓으면 얼마나 비싸게 팔릴까!

사람들이 줄을 서서 팔라고 애원하리라.

"아멜리님. 버섯 군의 춤을 볼래?"

버섯은 먹는 거지 춤을 추는 게 아냐!

"그럼 따먹어 볼래?"

내 입으로 들어오는 게 다 무슨 소용이야. 내다 팔아야 해! 저걸 팔면 반년은 살고도 남을 돈이!

"근데 버섯 군이 없으면 우리 극장이 망해. 먹으면 안 되겠다. 대신 입에 넣고 살짝 맛만 보는 건 괜찮아."

모르간이 싱글싱글 웃으며 버섯 군의 등을 떠밀어 아멜리의 앞으로 데리고 왔다. 아멜리는 기겁을 했다. 진짜 사람만 한 버섯이라서, 그리고 버섯에 눈과 코, 입이 달려 있어서 너무 징그럽고 비위가 상했다.

"낭자."

"저, 저리 가."

아멜리가 필사적으로 고개를 돌렸다.

"낭자, 괜찮으시외까."

"미안해. 팔지 않을게. 그러니까 저리 가."

그러나 버섯 군이 아멜리에게 몸을 비벼댔다. 버섯 군이 이러는 건 필시 그녀가 욕심에 눈이 멀어 모르간 몰래 내다 팔려는 생각을 했기 때문이다. 극장에서 슈퍼스타로 즐겁게 살아가고 있는 송이버섯에게 내가 무슨 짓을!

"미안, 미안."

사과하고 또 사과했지만 버섯 군은 계속 그녀를 흔들흔들 밀어댔다. 화가 많이 난 것 같다. 어떻게 해야 화가 풀릴까? 아멜리가 울상을 지었다. 너무 몸이 흔들려서 멀미가 날 것 같았다. 버섯 군이 아멜리의 귀에 속삭였다.

"낭자. 일어나보시구려."

아멜리가 스르륵 눈꺼풀을 열었다. 누군가 침대맡에 있었다.

"버섯 군?"

"버섯 군?"

낯선 남자가 아멜리의 말을 따라 했다. 아멜리는 5초 동안 눈을 깜박거렸다. 꿈인가 생시인가 헷갈렸기 때문이다.

"무서운 꿈을 꾸는 듯하여 무례를 무릅쓰고 낭자를 깨웠소이다. 괜찮으시외까?"

아멜리는 남자를 천천히 관찰했다. 이상한 말투는 둘째 치고 비현실적으로 예쁜 남자였다. 천사상을 조각해놓은 듯 섬세하고 수려한 이목구비인 데다 갈색 머리를 라트샤 소녀처럼 쫑쫑 땋은 모양새가 범상치 않았다. 무엇보다, 모르는 남자다. 모르는 남자가 그녀의 침실에 있을 이유가 없었다.

'역시 꿈에서 덜 깼구나.'

아멜리는 다시 눈을 감았다. 그리고 정확히 2초 뒤에 눈을 번쩍 떴다.

아아아아악!

비명이 메아리치지 않은 이유는 남자가 아멜리의 입을 틀어막고 있기 때문이었다.

"거듭 무례를 범해 대단히 송구스럽소이다. 다만 낭자가 뭔가 오해를 하고 있는 듯하니 부디 소리를 지르지 말고 소인의 이야기를 들어주길 부탁드리외다."

아멜리가 고개를 끄덕거렸다. 낯선 남자가 천천히 손을 놓았다. 눌려 있던 아멜리의 아랫입술이 달달 떨리는 것을 보고 남자는 침대로부터 멀찍이 물러났다. 아멜리는 눈알을 굴려 실내부터 살폈다. 게일도 모르간도 안 보였다. 잠들기 전 둘이서 외출을 하고 온다고 말했던 것이 어렴풋이 떠올랐다. 그러나 지금이 몇 시인지, 그들이 언제 돌아올지에 대해서는 아무것도 알 수 없었다. 아멜리는 눈앞이 깜깜해졌다. 이 침입자가 무슨 목적으로 남의 방에 들어왔을까. 여자에게 일어날 수 있는 좋지 못한 범죄가 마치 주마등처럼 뇌리를 스치고 지나갔다. 어제는 노출광, 오늘은 겁간마라니, 정말 재수 옴 붙어도 이렇게 붙을 수가 없다.

"겁을 주려는 의도는 없었소이다. 소인은 그저 지나가다가 낭자의 상태가 걱정되어 들렀는데, 마침 낭자가 흉몽을 꾸는 듯 식은땀을 흘리며 뒤척이고 있기에 모른 척 지나가기보다 깨워주는 게 옳다고 판단하였소이다. 소인이 잘못 판단을 하였다면 진심으로 사과드리는 바이외다."

"저, 저는 그쪽을 몰라요. 누구신데 제 걱정을 했단 말이어요?"

"소인 「예쉬데르」라 하외다. 낭자와는 어제 대욕장에서 마주친 적이 있소이다."

아멜리는 눈을 꿈벅거렸다. 그러고 보니 오늘은 얌전하게 옷을 입고 있지만, 떡 벌어진 어깨에 탄탄한 체격이 어디선가 본 느낌이었다. 그때의 치한은 좀 더 짙은 머리색을 하고 있었지만, 생각해보니 머리카락이 물에 젖어 있는 탓이었을지도 모른다.

그렇다면 진짜 그 치한인가? 치한. 그 치한이다!

아멜리의 두 번째 비명이 울려 퍼지지 않았던 것은 순전히 예쉬데르의 민첩성이 일반인보다 월등하기 때문이었다.

"진정해주시구려."

입이 막힌 아멜리는 분노와 공포에 더해 억울하기까지 했다. 때려죽여야 마땅한 치한을 눈앞에 뒀는데 응징을 할 수 없다니! 아멜리의 눈에 눈물이 차오르는 것을 본 예쉬데르가 화들짝 놀라 얼른 두 손을 떼었다. 이때다! 아멜리가 거의 반사적으로 코앞에 있는 남자의 이마에 박치기를 가했다.

빡!

돌과 돌이 격하게 부딪치는 소리 직후 실내는 침묵에 휩싸였다. 폭력에 익숙하지 않은 아멜리가 간과했던 점은, 박치기는 맞은 사람만큼 때린 사람에게도 고통이 온다는 사실이었다. 두 남녀는 한동안 이마를 짚고서 몸을 부들부들 떨었다.

그래도 다부진 무골인 남자 쪽이 먼저 정신을 차렸다.

"활기찬 모습을 보니 마음이 놓이외다."

"치한! 변태! 가만 두지 않을…… 으윽."

아멜리는 조금 더 시간이 필요했다.

"아아, 역시 오해를 하고 있구려."

오해? 여탕에서 홀딱 벗고 있었으면서 오해? 아멜리는 남자의 뻔뻔한 낯을 노려보았다.

"소인은 타 대륙 출신인지라 젤윈의 문자에 익숙하지 않소이다. 그때는 그만 푯말을 잘못 읽어버렸구려. 마침 안에 아무도 없어 실수한 줄도 모르고 목욕을 하다가 그만 낭자와 마주치고 말았소이다. 본의 아닌 실책으로 폐를 끼쳐 참 미안하고 미안하외다."

"잘못 들어간 건 그렇다 쳐도 옷까지 벗을 이유는 없잖아요. 욕의가 있는데!"

예쉬데르가 멋쩍게 볼을 긁적거렸다.

"고향에서 지낼 때의 버릇을 미처 버리지 못하여……. 이쪽 사람들에겐 충격일 수도 있다는 생각을 못 하였소이다."

"고향이 어디길래요?"

"파이나외다."

아멜리는 히스톤에 머무를 때 본 적 있던 세계전도가 떠올랐다. 선더랜드가의 응접실에 크게 걸려 있는 멋있는 지도였는데, 게일이 각 대륙의 이름을 설명해준 적이 있었다.

파샤가 있는 땅이 램피, 젤윈이 있는 땅이 몬쥬이고 동쪽으로 멀리 떨어진 활짝 핀 꽃봉오리 모양의 땅을 파이나라 하였다.

"정말 거기선 목욕할 때 전부 벗는단 말이어요?"

"실오라기 하나 걸치지 않소이다."

"부, 부끄러움을 모르는군요."

"목욕의 목적은 신체를 정결히 씻어내는 것인데 옷을 입으면 목적을 이루는 데 방해가 되외다. 낭자는 옷 입고 목욕하는 것에 불편함을 느낀 적 없소이까?"

"맨몸을 드러내는 쪽이 훨씬 더 불편한데요……. 마음이요."

"이 땅의 문화나 관습이 고향과 사뭇 다르다는 사실을 알고는 있으나 적응하기가 여간 녹록지 않구려."

예쉬데르가 가벼이 탄식했다. 아멜리는 저도 모르게 입안이 바짝 말랐다. 상대방이 웬만한 미녀조차 완패감을 느낄 만한 화사한 얼굴로 한숨을 토하니 그 숨결조차 달콤할 것 같다는 엉뚱한 생각이 불쑥 든 탓이었다.

'이 사람 이야기는 진짜가 아닐까? 설마 이런 얼굴로 단순한 노출증일 리가.'

물론 변태성에 외모는 상관없다. 예전에 레올 시에서 만난 은발 소년도 하늘에서 갓 내려온 천사나 요정이 아닐까 싶을 정도로 기가 막힌 미모였지만, 실제로는 몸을 더듬고 강제로 키스를 해대는 치한 중의 왕치한이 아니었던가.

칸도 길거리에 나서면 지나가던 남녀노소가 뭐에 홀린 것처럼 쳐다보기 바쁘던 미남자였지만, 현실은 여자를 외딴 곳에 감금하는 상변태였다. 모르간 또한 제대로 꾸미면 세계가 경악할 법한 절세미녀인데, 실제로는 남의 물건을 슬쩍하고 입만 열면 거짓말이 줄줄 나오는 범죄자다.

아멜리는 기분이 묘해지기 시작했다. 동굴에서 나온 뒤로 세상에 이렇게 미남미녀가 많았던가 싶을 정도로 눈이 호강하고 있었지만, 어째 하나같이 특이하고 뒤가 구린 인물들이 아닌가. 이제는 미인과의 만남이 좋은 일인지 아닌지 판단이 서지 않았다.

'그나마 제일 정상적이던 미인은 도로시 정도구나.'

아멜리는 함께 파샤를 여행하던 갈색 머리의 쾌활한 미녀를 떠올렸다. 좀 덤벙거리는 데다 씩씩해서 시녀면서도 곧잘 공주의 수행기사 게일을 구박하곤 했다. 그때는 좀 별난 인물이라 여겼는데 돌이켜 보니 한때 그렇게 생각했던 것을 사과하고 싶을 정도로 건전하고 상식적인 아가씨였다.

'잘 지내고 있을까, 도로시. 동굴 문자를 왕궁 학자들에게 알아봐 준다고 했었는데. 이담에 맛있는 롤케이크 집에도 데려가 준다고 했었는데.'

갑자기 파샤에서 헤어진 사람들 생각이 나서 조금 울적해졌다. 한 달 동안 여행하며 그들에게 꽤 애착이 생겼었나 보다. 까칠해서 말도 제대로 안 섞던 루크까지 떠오르는 것을 보면 말이다.

"낭자?"

딴생각 삼매경에 빠져 있던 아멜리가 화들짝 정신을 차렸다.

"아직도 상태가 회복되지 않았나 보구려."

예쉬데르가 걱정스러운 표정을 지었다.

"아, 아니어요. 잠깐 딴생각에 빠져버렸네요. 죄송해요."

"다행이외다. 그만큼 긴장이 풀렸다는 뜻 아니겠소이까."

성격이 대단히 좋은 남자 같았다.

'하긴 나도 파샤나 젤윈에서 덤벙거린 적이 한두 번이 아닌데.'

같은 이방인이라 그런지 예쉬데르의 처지가 몹시 이해되었다. 또 직접 정중한 사과도 받지 않았나. 사과하는 동안 상대방은 시종일관 예의 바른 태도를 유지했으며, 신경이 곤두선 아멜리를 위해 일부러 조금 떨어진 거리에서 말을 거는 배려도 보였다. 이 정도라면 진정성 있는 사과의 태도로 볼 수 있었다.

"소인의 사과를 받아주시겠소이까?"

아멜리는 고개를 끄덕였다.

"네."

예쉬데르의 눈이 가늘게 휘어졌다. 우웃, 아멜리는 속으로 신음하며 눈을 돌렸다. 햇살 받은 강 물결처럼 현란하게 반짝거리는 미소는 직시하기가 어려웠다.

"낭자의 성명을 여쭈어도 되겠소이까?"

"어마, 내 정신 좀 봐. 아직 제 이름을 모르시는군요. 전 아멜리라고 해요.”

“귀여운 이름이구려, 아멜리 낭자.”

“고마워요. 하지만 제 고향에선 그냥 평범하고 흔한 이름인걸요.”

“아멜리 낭자는 어디서 오셨소이까?”

“램피 대륙에서 왔어요. 사실 그래서 예쉬데르 씨를 이해해요. 저도 젤윈의 관습을 잘 몰라 허둥댈 때가 종종 있거든요.”

“그렇소이다. 세상의 모든 말은 통하니 의사소통에는 문제가 없을 거라 안일하게 생각하고 몬쥬로 왔으나, 뜻밖에도 지역마다 미묘한 관습과 예절의 차이가 있어 의도치 않은 무례를 저지르곤 하니 참 곤란하구려.”

아멜리는 고개를 끄덕거렸다.

“맞아요. 내 뜻과는 정반대로 남에게 실례를 하게 될 때는 정말 당황스럽죠!”

“그럴 때는 현지인으로부터 조언을 얻거나 책과 신문 등으로부터 올바른 지식을 습득해야 하건만 소인의 행색 때문인지 현지인과는 교류하기가 어렵고, 말과 다르게 문자는 각 부족과 나라가 고유의 것을 취하니 이 역시 어려움이 많소이다.”

도로시에게 말투가 시골 사람 같다고 놀림받았던 기억이 스쳐 지나가 울컥했다.

“특히 문자를 모른다 하여 논리를 모르는 것이 아니오만, 젤윈어를 읽을 줄 모르는 이방인임을 알고 바가지를 씌우거나 무례하게 대하는 자들이 있소이다. 그럴 때면 정말 낙담하게 되곤 하외다."

"그 맘, 그 맘 저도 이해해요!"

무심코 두 주먹까지 불끈 쥐었다.

"우린 비슷한 점이 많은 것 같소이다."

"정말 그러네요."

몇 분 전의 날선 긴장과 경계는 봄눈 녹듯 사라지고 어느덧 훈훈한 바람이 젊은 남녀를 둘러쌌다. 아멜리는 좋은 의미로 몹시 놀랐다. 빛나는 풀의 동굴에서 파샤라는 낯선 세상으로 나온 이래, 이렇게 그녀의 심정에 공감해주는 사람을 만난 적이 없었다. 주위를 둘러보면 넌 왜 이렇게 모르는 게 많으냐, 말투가 왜 그러느냐 구박하는 게일 같은 부류나 무식한 시골 애라 그런 듯하니 잘 대해주자 하고 애잔하게 쳐다보는 패트릭 같은 부류뿐.

'이럴 수가, 말이 통하는 괜찮은 남자잖아?'

노출증 치한에서 특이한 이방인으로, 특이한 이방인에서 말이 통하는 남자로, 예쉬데르에 대한 평가는 시시각각 상향 조정되었다.

"혹은 크게 났소이까?"

"괜찮아요. 어제는 좀 부어 있었지만 계속 찜질해주니까 많이 가라앉았어요."

"다행이구려. 낭자가 계속 자리보전하고 있어 걱정했소이다. 소인이 놀라게 하는 바람에 미끄러져 머리를 심하게 다친 것은 아닌지 하고……."

사실 컨디션이 다운된 것은 어제 모르간이 심하게 놀린 정신적인 충격의 후유증 때문이었다. 하지만 그 복잡하고 민망한 사정을 어찌 알려주리. 아멜리는 그저 맥없는 웃음만 흘렸다.

"머리보다는 마음이 놀란 탓이랄까요. 생각해보니 예쉬데르 씨도 저 못지않게 놀라셨을 텐데."

"소인이?"

예쉬데르는 고개를 갸우뚱했다. 하지만 아멜리는 입장이 바뀌었다는 가정만으로도 심장이 벌렁거릴 지경이었다. 만일 실제로 원치 않게 낯선 이성에게 알몸을 보이고 말았다면 아마 수치심으로 수십 번은 기절하지 않았을까.

'불쌍한 예쉬데르 씨.'

아멜리는 가능한 한 예쉬데르를 덜 민망하게 해주고 싶어졌다. 하지만 안타깝게도 이런 종류의 사건은 백발노인이 될 때까지도 질기게 기억 속에서 살아남는 법이었다. 그것을 지워주긴 어려워도, 만일 아무것도 기억나지 않는 체한다면 상대방도 조금이나마 덜 창피하게 여기지 않을까.

"안심하셔요. 이젠 기억도 잘 안 나고요……가 아니라 애초에 잘 보지 못했어요!"

"낭자, 무엇을 말하는 것이외까?"

"그, 그러니까 예쉬데르 씨가 그때 옷을 벗고 있었잖아요? 아마 제가 다 봤다고 생각할 수도 있을 것 같은데요. 알다시피 그때

탕 안에 수증기가 워낙."

"소인의 음경 말이외까?"

"뿌영……."

한 박자 늦게 아멜리의 말이 흐려졌다.

"잘 보이지 않았다니 아쉽구려. 낭자의 눈엔 어땠을지 약간 궁금했소이다. 다른 여인들에겐 예쁘다는 칭찬을 제법 들었는데 말이외다."

예쉬데르가 쑥쓰러운 듯한 미소를 지었다. 동공 지진이 일어난 아멜리의 눈에는 들어오지 않았지만.

콰당!

느닷없이 별채의 현관문이 거칠게 열렸다. 예쉬데르가 벌떡 일어나 아멜리의 앞으로 나섰다. 밖에서 커다란 물체가 쏜살같이 날아들어 예쉬데르를 덮쳤다.

[잡았다 요놈!]

어딘가 어색한 인간의 목소리가 울려 퍼졌다.

"오호호호호, 잡혔구나, 치한!"

블루스프링스의 지배인이었다.

"누구 집을 망하게 하려고 여기서 얼쩡거린단 말이냐!"

정신을 차린 아멜리가 예쉬데르를 보니 그는 사람 팔뚝만 한 거대 밧줄로 엮은 초대형 그물에 갇혀 거의 압사를 당하는 중이었다.

"지배인님. 이게 무슨 짓이어요?"

"손님, 무사하셔서 다행입니다. 손님의 상태를 살펴보러 왔던 종업원이 아무래도 안쪽 낌새가 이상하다고 해서 말이죠. 「팜의 친구들」로부터 부랴부랴 플라잉 저스티스를 빌려 왔습니다. 이렇게 치한을 한 방에 잡아주다니, 역시 돈은 거짓말을 하지 않는군요. 오호호호!"

"플라…… 네?"

"추적마법을 쓸 수 있는 마구랍니다. 어쨌든 그건 중요하지 않아요. 이제 이 공공의 적을 혼쭐내줄 차례입니다. 여러분, 자경단 본부로 옮겨주세요."

지배인이 짝짝 박수를 치자 별채 밖에서 대기 중이던 건장한 종업원들이 우르르 들어와 예쉬데르를 그물째 번쩍 들었다.

"잠시만요! 제 말 좀 들어주셔요!"

지배인이 아멜리의 두 손을 꼬옥 잡았다.

"그간 심려가 많으셨지요. 드디어 천하에 몹쓸 치한을 잡았으니 손님의 심적 고통이 조금이라도 해소되길 바랄 뿐입니다. 부디 지난 사건을 관대하게 잊고 넘어가주시길 바라며, 다른 손님들께는 아무 말도 말아주세요. 기한 내에 치한을 잡아냈으니 담벼락에 페인트칠도 마시고, 광장에 대자보도 붙이지 마시고 지역 신문에 제보하지도 마시고요."

"조금 오해가 있었던 것 같아요. 사실……."

꾸욱! 지배인의 고운 손에 잔뜩 힘이 들어갔다.

"치료비도 공짜, 숙박비도 공짜, 삼시 세끼 특급요리도 공짜, 거기에 합의금도 별도로 드리고 값비싼 고급 마구까지 빌려와 손수 치한을 잡아드렸지 않습니까! 이 이상은 협박당한다 하더라도 해드릴 수가 없어요. 사람 사정 좀 봐주십시오, 제발."

"합의금? 협박?"

지배인은 울컥 눈물이 솟는지 소맷자락으로 입을 가렸다.

"여기까지가 저희 업장의 한계입니다. 부디 그 회색 머리 애송이, 아니 친구분께 잘 말씀드려주시길."

지배인은 번개처럼 등장해 바람같이 퇴장했다. 아멜리는 얼떨떨하게 남겨져 있다가 예쉬데르에게 생각이 미쳤다. 끌려 나간 예쉬데르는 이미 온데간데없었다.

"자경단 본부라고 했지?"

그녀가 사람들에게 물어물어 자경단 본부를 찾아갔을 때, 완장을 찬 사람들 사이로 낯익은 얼굴「들」을 발견했다.

"아멜리! 부르지도 않았는데 알아서 와준 거니? 우리 통했나 봐!"

이산가족 상봉이라도 한 듯 과하게 반가워하는 모르간이 있었고,

"내 말 좀 들어봐, 아멜리. 나 진짜로 이 여자가 식대 정도는 부담할 양심이 있을 줄 알고 지갑 안 가져간 거거든? 쪽팔리게 누가 먹튀를 해, 누가."

꽁꽁 묶인 채 뭍에 나온 물고기처럼 팔딱거리는 게일이 있었으며,

"게일님의 지인분이신가 보군요. 이런 모습으로 인사드리게 되어 참 부끄럽습니다만 제임스라고 합니다. 잘 부탁드려요."

단정한 용모의 낯선 청년이 고개를 꾸벅 숙이며 예의 바르게 인사를 건네왔다. 청년 옆에선 갓 끌려 들어온 예쉬데르가 약간 창백한 안색으로 가슴을 때리고 있었다.

"예쉬데르 씨 괜찮아요?"

"속이 좀 메슥거리긴 하지만 대체로 양호하외다."

아멜리와 친한 척을 하는 낯선 자를 게일과 모르간이 동시에 내리훑었다.

'강한 놈 같은데.'

게일은 잘 갈무리된 고수의 기를 느꼈다. 여러 겹의 옷 아래 감춰져 있지만, 체형의 밸런스가 좋고 실전에 딱 좋을 만큼 빈틈없는 근육질 육체를 갖고 있다는 것이 움직임을 통해 보였다. 체계적인 수련을 받아온 무사라는 뜻이었다.

'희한한 복장이네.'

모르간은 상대의 비범한 미모보다는 그의 차림새가 신경 쓰였다. 세계 각지의 사람들이 모여드는 젤원에서 한 번도 본 적 없는 의복 형태인 까닭이었다. 조금 치렁치렁한 스타일이 어느 교단의 고위사제복 같기도 했지만 그보다는 좀 더 기능적이고 활동적이었다.

왠지 값비싸 보이는 뱀무늬 가죽끈을 허리에 칭칭 동여맨 것도 이색적인 치장법이었다.

“이놈들아, 가만히 좀 있어라.”

턱수염이 무성하고 녹색 완장을 찬 남자가 팔자걸음으로 등장했다. 딱 보아도 이 본부에서 꽤 높은 위치일 듯한 풍모였다. 아멜리는 조심스러운 태도로 말을 붙였다.

“처음 뵙겠습니다. 저는 아멜리라고 해요.”

“안녕하시오. 자경단장 지크요.”

“혹시 이분들이 어찌 이러고 있어야 하는 건지 설명해주실 수 있나요?”

“지인들이오?”

“네.”

단 한마디의 말이 이렇게까지 부끄럽고 민망한 적은 살면서 처음이었다.

“이자들은 각자 범죄를 저질렀소. 그 후 뻔뻔스럽게 도주하다가 우리가 출동시킨 「플라잉 저스티스」에게 방금 잡혀서 본부로 끌려온 거요.”

“플라……?”

“우리 자경단의 에이스 녀석이지, 하하하! 강력한 추적마법이 걸려 있어서 아주 약간의 흔적으로도 용의자 및 범죄자를 색출해내는 녀석이라오.”

"지금 그물 말씀하시는 거죠?"

아멜리는 예쉬데르가 보쌈 당하던 혼란의 순간에 얼핏 들었던 블루스프링스 지배인의 말을 겨우 떠올렸다. 추적마법용 마구라고 했던가. 그런데 지크 자경단장은 거의 자식 자랑이라도 하는 것처럼 몹시 뿌듯한 표정이었다.

"플라잉 저스티스에 갇힌 범인은 오한, 발열, 멀미, 근육경련, 두통, 치통, 월경통, 류머티즘통에 시달리게 되지. 한 번 잡히면 탈출 시도 따윈 할 여력도 없소. 이 신통한 녀석 덕분에 우리 자경단이 젤윈 전체의 치안유지대나 경비업체를 통틀어 목표물 검거율 1위일 정도라오. 하하하!"

아멜리는 어디 가서 힘자랑 몸자랑이라면 결코 지지 않는 게일이 호락호락 잡힌 이유를 겨우 알게 되었다. 말이 포획용 마구이지, 실상 사람을 걸어 다니는 종합병동으로 만드는 저주받은 그물이 아닌가.

완장 찬 자경단원이 신고 내용이 적힌 서류를 한 장씩 넘기며 죄인들을 분류했다.

"이쪽 외국인은 여탕에 침입한 치한."

"오해가 아직도 안 풀어졌다니, 마음이 아프구려."

"이 소년은 관광객 지갑 노린 소매치기."

"모르는 남자가 다짜고짜 나한테 줬다니까 그러네. 난 분실물 보관소에 가져다주려던 참이었어요."

"빨간 머리는 식당에서 5인분 먹튀."

"몇 번을 말해요, 아저씨. 내 음식비는 이 여자가 냅니다!"

"훔친 돈으로?"

자경단원이 어이없다는 눈으로 게일을 무시하고 지나가 낯선 금발 청년을 가리켰다.

"제일 악질은 이 사람이오. 어린 소녀를 노리는 변태로 여러 차례 신고가 들어왔어."

"오해입니다!"

제임스는 억울함에 목이 메어 더 이상 말을 이어갈 수도 없었다. 그러나 자경단장의 연민 어린 눈빛은 제임스가 아니라 아멜리에게 향했다.

"아가씬 어쩌다 이런 사람들만 알고 지내요?"

"……."

아멜리는 정말로 딱히 할 말이 떠오르지 않았다.

"팜은 인기 있는 휴양지인 만큼 도시의 평판에 생계가 달려 있소. 일반적인 절차라면 치안유지대에 넘겨 팜에서 내쫓아야 하지만, 다들 객지인이고 하니 혹시 아가씨가 신원보증인이 되어 벌금을 낸다면 그냥 풀어줄 수도 있소."

"벌금은 얼마인가요?"

"두당 5만."

"네 명이면 20만? 벌금이 굉장히 세네요."

"약하면 벌이 안 되잖소."

아멜리는 이걸 어쩌지 하고 답답한 마음에 잡혀 들어온 사람들을 힐끔 쳐다보았다. 게일은 질리지도 않고 모르간과 으르렁대는 중이었고, 그 옆의 금발 청년은 훌쩍거리고 있었으며, 예쉬데르는 느긋한 분위기였지만 달리 말하자면 아무 생각도 없어 보였다. 아무래도 제임스와 예쉬데르는 벌금을 낼 수 없는 형편인 듯했다. 사실 모르간과 게일 분도 빠듯했다. 비상금을 박박 모으면 당장 발등의 불을 끌 수는 있겠으나 그 후 빈털터리로 살아갈 것이 문제다. 적어도 슬론 소장이 게일의 돈을 회수해 빠른 시일 내로 돌아온다면 다행이지만 과연 일이 생각대로 잘 될까. 어떻게든 되겠지 하는 식으로 비상금을 전부 벌금으로 냈다가 결국 슬론이 맨튼에서 실패를 한다면?

아멜리는 다소 침울해졌다. 저기에 장성한 청년이 넷이나 모여 있는데 경제적으로 의지가 되는 인물이 단 한 사람도 없다니. 자경단장의 말대로 왜 이런 사람들만 알고 지낼까 하는 자문이 휑한 마음에 메아리쳤다.

"조금 봐주시면 안 될까요. 다들 나쁜 사람은 정말 아니어요."

아멜리는 잠시 양심을 내다버리기로 했다.

"예쉬데르 씨는 문화의 차이 때문에 실수를 했다고 하고요, 게일님은 아마 같이 있던 사람에게 돈이 있는 줄 알았을 거고요. 모르간은 모함을 당했다고 하네요. 그리고 저분은."

아멜리가 낯선 사람인 제임스를 힐끔 쳐다보았다. 그는 인중을 타고 흐르는 맑은 콧물을 들이켜기 위해 안간힘을 쓰고 있었다. 지질하다, 그 한마디 외엔 떠오르지 않았다.

"뭐든 간에 오해겠지요……."

지크 자경단장은 고민하는 시늉을 하다가 다른 자경단원에게 손짓했다.

"이봐. 저 사람들 벌금 낼 돈이 없다는데 그냥 「그거」 시킬까?"

"괜찮겠군요. 특히 저 남자 세 명은 몸이 좋고 건강해 보이니."

아멜리가 불안하게 눈알을 굴렸다. 얼핏 들어도 낌새가 수상한 대화였다. 그러고 보니 이곳이 팜의 자경단이라고는 했지만 정확히 어떤 단체인지도 모르고, 본부에 모인 남자들은 모두 험상궂고 어딘가 세속에 찌든 느낌이 있었다.

'설마 돈 없다고 대신 신체 일부를 가져가겠다는 식은 아니겠지? 명색이 자경단인데. 아냐. 아닐 거야.'

그래도 노파심에 일단 물어는 보았다.

"저기, 「그것」이라면……?"

자경단장의 표정이 엄숙해졌다.

"「사회봉사」 말이오."

23

삽질 속에 꽃피는 로맨스

팜의 자경단은 다섯 명을 오랏줄에 굴비처럼 둘둘 엮어 도시 외곽에 보다 가까운 장소로 호송했다. 그곳은 주변에 인가가 거의 보이지 않는 산기슭으로, 이미 나무 일부가 베이고 뽑혀 공사를 위한 터가 닦여 있었다.

"여기가 어딥니까?"

"킹스야드라고 하는 동네다."

그들을 데리고 온 자경단원은 그렇게 대답한 뒤 공사장 간이천막에 들어갔다. 잠시 뒤 그는 눈썹이 팔자 모양으로 처진 중년 남자와 함께 나왔다.

자경단원이 그를 공사반장이라고 소개했다.

팔자눈썹 공사반장은 한자리에 모여 있는 사회봉사자들을 소시장에 나온 소처럼 차례로 훑어보았다.

“다들 젊고 건강하군.”

팔자눈썹 공사반장은 만족스러운 눈치였다.

“처음 왔으니 간단히 설명해주겠다. 사회봉사란 말 그대로 사회를 위한 봉사다. 너희들은 죄를 지은 만큼, 한 달간 매일 팜의 공공온천운영사업을 위한 공사에 투입되어 땅을 파고 흙을 나르는 등의 일을 할 것이다.”

게일이 팔꿈치로 모르간의 옆구리를 쿡쿡 찔렀다.

“소장 언제 도착하냐.”

“나도 몰라. 잘 풀리면 일주일 내로 오겠지.”

게일은 약간 안심했다. 돈 받고 마법사랑 싸우는 아르바이트도 좀이 쑤셔 죽을 지경이었는데 한 달이나 무보수로 반복적인 단순노동을 한다는 것이 가당키나 한가. 하지만 하늘에서 내려오는 동아줄처럼 곧 목돈이 도착한다. 그때 벌금을 털어낼 수 있으리라. 게일은 눈을 감고 마인드컨트롤을 했다.

‘일주일만 참자. 게일 선더랜드. 이것이 바로 네 생애 마지막 노동이다!’

제임스가 공사반장에게 물었다.

“공공온천운영사업이라는 게 무엇입니까?”

“최근 팜의 온천수가 말라 여러 온천여관이 영업을 중지하는 등 탕원 고갈 문제가 심각해지고 있다. 그래서 이 지역 지자체 「팜의 친구들」이 나서서 탕량이 풍부한 탕원을 개발해 팜 전체의 사업장에 공급할 계획을 하고 있다. 그렇게 되면 각 사업장의 무분별한 내탕 개발을 규제할 수 있고, 동시에 공공탕원 관리를 통해 자원 낭비를 억제할 수 있으니 일석이조지."

"참으로 유익한 사업 같군요!"

제임스가 순수하게 감탄했다.

"여길 파면 정말 온천수가 나오긴 해요?"

"저명한 수맥탐지가에게 의뢰해 이 부근 지하에 매우 풍부한 수자원이 있다고 확인을 받았으니 염려할 것 없다. 너희들은 아무 생각 없이 파기나 하면 돼."

"얼마나 깊이 파야 온천수를 발견할 수 있습니까?"

"그건 파봐야 아는 일이다. 아직 착공한 지 얼마 되지 않았지만 앞으로 밤낮없이 진행하면 몇 주 안에, 아니 당장 내일이라도 탕원을 발견하게 될지도 모른다. 어떤 의미에선 너희들의 삽질에 팜의 미래가 달렸다고도 할 수 있다. 억지로 끌려왔다 생각 말고, 책임감을 갖고 열정을 발휘해주길 바란다!"

공사반장의 힘찬 격려에 감화된 것은 제임스 하나뿐이었다. 내내 점잖게 있던 예쉬데르가 입을 열었다.

"공사를 상당히 서두르려 하는 것처럼 들리오만 까닭이 있소이까?"

"음……."

공사반장이 잠깐 뜸을 들이다가 공사터 가운데를 가리켰다.

"저 철탑이 보이나?"

거의 2층 높이의 철기둥과 그 주변으로 기둥을 지탱하고 있는 철골구조가 설치되어 있었다.

"저 늠름한 철탑은 「팜의 친구들」이 마법사에게 빌린 굴착기다. 기둥 끝에 달린 마력석의 힘으로 나선기둥이 돌아가 땅을 뚫고 들어가는 건데, 웬만한 암석층이라도 분쇄해버리는 매우 강력한 힘을 지닌 녀석이지. 아주 편리해. 그만큼 임대료가 상상 초월이다."

"얼만데요?"

"대외비라 구체적인 금액은 알려줄 수 없다. 다만 현재 예산으로 최장 한 달 정도 임대 가능한 수준이라고나 할까."

게일과 모르간이 쑥덕거렸다.

"냄새가 나는데."

"누가 중간에서 부풀렸나?"

"그리고 지가 뜯어먹겠지."

"현장에서 사람 쥐어짜는 거 보니 뻔하네."

공사반장이 인상을 쓰며 노려보았다. 게일과 모르간은 언제 떠들었느냐는 듯 천연덕스럽게 미소로 답했다.

"어쨌든 시간이 별로 많지 않다는 점을 유념해라. 하루 두 팀으로 나누어 진행할 텐데 너희 말고 다른 조가 주간조, 너희가 야간조다."

"왜 하필 우리가 야간조인데요?"

"주간조는 죄인이 아니라 인력시장을 통해 모은 일꾼들이다. 그들도 밤에는 쉬고 싶어 하지 않겠나."

"너무하는군. 우리도 밤엔 쉬고 싶은데."

"정말이지 말 많은 신참들이로군. 참고로, 너희들이 이곳에 있는 동안 내가 너희들의 수행능력과 성실성을 평가하게 된다. 평가 결과에 따라 사회봉사 기간은 얼마든지 연장될 수 있다. 저 빨간 머리 외에 불만 있는 자가 있으면 손을 들어라."

한순간 정적이 흘렀다.

"저는 낮에 따로 할 일이 있어서 오히려 야간작업이 좋을 것 같습니다."

"소인도 마찬가지외다."

"나도 야행성이라 밤이 편해."

게일은 배신에 치가 떨리는 눈으로 다른 세 명을 쳐다보았다.

다섯 명이 맡게 된 작업내용은 단순했다. 물을 퍼 올릴 때를 대비해 굴착기보다 낮은 지대에 물을 저장할 큰 구덩이를 파는 일과 간간이 굴착기가 퍼 올린 흙을 멀리 치워주는 일이었다.

"왜 신전에 연락 안 해?"

목장갑을 끼고 있는 제임스를 보며 게일이 이해할 수 없다는 듯 물었다. 대신전의 홀리 가디언. 온 세상 통틀어 열 손가락을 넘지 못하는 고귀한 신분이었다.

비록 젤윈의 대신전은 아니라 하더라도 신권은 국경을 초월하므로 지방 소도시의 공권력 따위는 가볍게 넘길 수 있었다.

"제가 여기 온 사실은 몇 명 빼고 아무도 모릅니다. 게다가 본의 아니게 소아성애자라는 추문이 붙었다고 하면 얼마나 다들 놀라시겠습니까."

"이 사람, 사제야?"

모르간이 관심을 보였다. 그러나 결코 긍정적인 뉘앙스는 아니었다. 제임스가 쭈뼛거리며 인사했다.

"정식으로 인사드리겠습니다. 아라아스라교의 성기사 제임스라고 합니다."

"호오라, 그런 주제에 어린 여자애를?"

제임스의 얼굴이 억울함으로 빨개졌다.

"오해입니다! 지나가는 어떤 소녀들의 얼굴을 쳐다본 적이 있긴 하지만, 그릇된 의도나 흥미에서 기인한 행위는 아니었습니다!"

"그럼 진짜 의도가 뭔데?"

"읏, 그, 그건."

거짓말에 능숙하지 않은 성기사의 도와달라는 눈빛을 외면하기 위해 게일은 예쉬데르에게로 눈을 돌렸다.

"그쪽은 이름이?"

"예쉬데르이올시다."

"난 게일. 아멜리의 친군데, 아까 듣자 하니 문패를 잘못 읽어

여탕에 들어갔다던가?"

"그렇소이다."

"치한들의 뻔한 레퍼토리긴 하지만 그렇다 치고, 왜 탕 안에서 발가벗고 있었수?"

"고향의 풍습이올시다."

"어디 출신이길래?"

"파이나이외다."

"과연."

게일이 깊은 인상을 받았다는 듯 고개를 끄덕거리다가 예쉬데르가 고개를 돌리자마자 잽싸게 모르간에게 귀엣말했다.

"들었어? 지가 파이나에서 왔대. 변태가 아니고 미친놈인가 봐."

"어쩐지 눈빛에서 똘기가 느껴지더라."

"다 들리오만……."

게일이 삽을 땅에 푹 내리꽂고 기댔다. 이제 겨우 시작인데 벌써부터 기운 빠진 한숨이 푹푹 새어 나왔다.

"너 팜에는 연줄 없냐?"

"없어. 슬론은 있을지도."

게일은 모르간 대신 슬론을 맨튼으로 보낸 결정에 대해 처음으로 후회를 했다. 생각해보니 모르간이 튀더라도 볼모로 남은 사기꾼 소장을 족칠 수 있으니 그리 손해 보는 장사는 아니었을 것 같다. 물론 아멜리는 절대로 동의하지 않았겠지만.

"빨리 삽이나 들어. 반장이 쳐다본다."

모르간이 주의를 주자 게일이 꾸물꾸물 삽자루를 쥐었다.

"나 같은 고급인력이 삽질만 하고 있어야 한다는 건 사회의 비극이거늘."

"누가 멍청하게 먹튀로 걸리래."

"하지도 않은 짓 때문에 끌려온 분이 하실 말씀은 아니지 않나?"

"나야 맘만 먹으면 결백을 입증할 수 있지만 소란 피우기 싫어서 참는 거야. 이 동네에서 슬론을 얌전히 기다려야 하니까."

"말은 잘해요."

공사감독이 소리쳤다.

"신입 네 명! 떠들지 말고 삽질해!"

게일이 죽상을 지었다.

"제기랄."

사실 게일만이 아니라 모두들 억울하다고 주장하고 있는 상황에서 하게 된 강제노역이 달가울 리는 없었다. 다만 제임스만큼은 예외였다.

"무어 경, 잠깐 괜찮습니까."

게일이 혼자 떨어진 것을 보고 제임스가 은밀한 태도로 말을 붙여왔다.

"게일이라고 해라. 용건은 뭐냐."

"전 현재 특별 임무를 수행 중에 있습니다."

"이 와중에 자랑이냐?"

"그게 아니고요. 아주 중대한 임무인데 보름 넘게 진척이 없어 곤란한 상황입니다. 혹시 같은 아라아스라교도로서 제게 손을 빌려주실 수 있습니까?"

"아니."

칼 같은 거절이었다. 예상과는 다른 전개에 제임스는 적잖이 당황했다.

"우선 자세한 내용을 들어주십시오. 듣고 나면 아마 생각을 달리하실 겁니다."

"싫다."

"어째서요?"

"첫째, 난 이제 아라아스라교 신자가 아니다. 둘째, 귀찮은 일에 말려들고 싶지 않다."

제임스의 얼굴이 새파래졌다.

"그새 개종하셨습니까?"

"개종도 뭣도 아니야. 그냥 아무것도 안 믿는다."

"그럴 수가! 믿음이 없는 삶이란 너무나도 삭막하고 불안하지 않습니까!"

"정정. 「나 자신」은 믿는다."

충격 받은 제임스는 바닥에 무릎을 꿇고 두 손을 모았다.

"아아, 태풍을 맞은 작은 물고기 한 마리가 아스라 신의 강으로

부터 떠내려가 버리고 말았군요. 제 잘못입니다! 먼 이국에서 때때로 무어 경의 삶과 믿음을 위해 축복의 기도를 드리곤 했는데 그 치성이 모자랐던 것입니다. 죄송합니다, 무어 경! 죄송합니다, 아스라 신이시여!"

"나도 모르게 그딴 짓을?"

게일은 심히 찝찝해졌다.

"그래도 거친 바다에서 강으로 회귀하는 연어처럼 아스라 신님의 축복 속에서 자란 영혼은 언젠가 어머니의 젖줄기를 찾아 돌아오겠지요. 세파에 더럽혀진 무어 경의 영혼이 맑고 깨끗하게 정화되는 그날이 오도록 기도 또 기도드리겠습니다!"

"하지 말라니까, 그딴 짓."

퍽!

제임스가 눈을 껌벅거렸다. 머리카락 사이로 푸스스 흙이 떨어져 내리고 있었다. 어느새 그들 곁으로 수레를 끌고 돌아온 모르간이 혀를 날름 내밀었다.

"흙이 수레 바닥에 남아 있길래 버렸는데 거기 사람이 있는 줄 몰랐네. 웬 벌레가 우는 줄 알았지."

졸지에 흙벼락을 맞은 제임스의 모습은 처량하고 비참해서, 게일조차도 병아리 눈물만큼의 동정심이 생겼다.

"괜찮냐?"

제임스는 전혀 아무렇지 않다는 듯 머리를 툭툭 털었다.

"박해 속에서 영혼은 더욱 정결해지는 법이니 오히려 반가운 일입니다."

신실한 아스라교도가 되기 위한 조건은 마조적인 마인드란 말인가. 게일은 모태신앙을 버린 것에 대해 한 점 후회도 없어졌다.

"다시 생각해보니 무어 경이 신자인지 아닌지는 중요하지 않은 것 같습니다. 세계의 안녕과 평화를 바라는 마음만 있으면 될 문제이니까요."

"지금 당장 세계가 멸망해도 나랑은 아무 마찰 없을 것 같은데."

게일은 삽자루를 응시하며 뇌까렸다. 꿈과 낭만의 대륙에 와서 기껏 하는 짓이 삽질인 이유를 아직도 이해할 수 없었다. 칸이나 힌다의 저주인가? 아니면 단지 팔자가 사나운 것인가. 이리저리 심기가 불편했던 관계로 게일은 줄기차게 제임스를 외면했다. 그러나 믿음으로 충만한 성기사는 순수한 의미로 집요했다.

"잠깐만 시간을 내주세요. 10분만요. 아니 1분! 1분으로도 충분합니다."

"볼일 보는 데까지 따라오지 마! 안 나오잖아!"

제임스는 과연 의지의 찰거머리였다. 단순한 거부와 무시는 절대로 통하지 않았다. 게일의 면박과 역성도 자연스레 점점 강도가 높아져 갔다.

"으이구, 짜증나. 내가 왜 이런 시달림을 당해야 해?"

게일은 정당하게 투덜거렸다. 하지만 사실 곁에서 지켜보는 눈에 불쌍해 보이는 쪽은 심한 소리를 들을 때마다 슬픈 강아지 눈망울을 하고서 고개를 스르륵 떨어뜨리는 제임스였다.

"얘기라도 한번 들어보시면 안 될까요?"

사회봉사 4인방이 잘할까 싶어 공사장에 따라왔던 아멜리가 보다 못해 나섰다. 제임스도 제임스지만 괜히 신경이 곤두서 있는 게일도 영 안타까웠기 때문이다.

"싫어."

"그럼 계속 화내고 짜증만 내실 거여요? 차라리 제대로 들어주고 딱 부러지게 거절하는 편이 나을 것 같은데요."

"넌 모른다. 저런 녀석들 말은 듣는 순간부터 인생 꼬이는 거야."

아멜리는 전혀 이해가 되지 않았지만 당사자가 싫다니 더 할 말이 없었다. 제임스가 뭐 마려운 강아지처럼 옆에서 낑낑거렸다.

"큰 부탁이 아닙니다. 정말 조금만 들어주십시오."

"큰 부탁이고 작은 부탁이고, 자기 일은 자기가 알아서 해."

"솔직히 말해서 저 혼자로는 벅찬 일 같습니다."

"교단에서 다른 인력을 불러오든가."

"그랬다간 소동이 벌어져서 안 됩니다."

"이것도 저것도 안 되는 주제에 나한테는 왜 떠밀어? 잘못되면 나한테 책임 전가하려고 그러지?"

"아닙니다!"

"알아서 해, 알아서. 모지리처럼 나만 따라다니지 말고."

훌쩍훌쩍.

게일은 앓느니 죽지 하며 짜증을 내면서 돌아섰다. 아멜리가 제임스에게 손수건을 건네며 위로했다.

"상처 받지 마셔요. 게일님은 말투가 나빠서 그렇지 제임스님께 유감이 있는 건 아닐 거여요."

제임스는 손수건을 받아들었지만 어쩐 일인지 눈물은 닦지 않고 물끄러미 응시했다.

"새소리가 들립니다."

"예?"

"방금 따뜻한 위로 속에서 성조(聖鳥) 안다미로의 지저귐을 들었습니다. 어쩌면 아멜리님도 아스라 신님의 은혜를 입으신 분일까요?"

천천히 아멜리에게로 향하는 눈물 젖은 눈동자가 유난히도 희번덕거렸다.

—듣는 순간부터 인생 꼬이는 거야.

왜 갑자기 게일의 목소리가 귓가에 메아리치는 걸까. 이유는 모르겠지만 그 때문에 빨리 자리를 뜨고 싶어졌다.

"제가 오래 머무르면 일에 방해가 되겠지요. 이만 가봐야겠어요. 모두들 힘내셔요!"

아멜리는 어색한 미소를 지으며 부랴부랴 자리를 떴다.

사회봉사를 시작한 지 이틀이 흘렀다. 제임스가 게일을 졸졸 따라다니는 동안 모르간은 자경단원들과 형님 동생 할 정도로 부쩍 친해졌다.

"무어 경의 지인은 대단히 사교성이 좋으시군요."

순진하게 감탄하던 제임스는 얼마 지나지 않아 모르간이 자경단원들에게 값비싼 담배를 몰래 건네주는 장면을 목격했다. 담배는 불법이 아니지만 소포타라는 바다 건너 대륙에서 수입해오는 상품이기 때문에 상당히 비싸다. 한마디로 모르간은 뇌물을 먹이고 있던 것이다.

"이럴 수가. 저런 짓은 하면 안 되는 것 아닌가요!"

제임스는 바르르 떨며 경악했지만 게일은 심드렁하게 삽질을 계속할 뿐이었다.

"안 될 건 뭐야. 선물인데."

"저럴 돈이 있으면 그냥 벌금을 내면 되지 않습니까."

"담배 몇 갑이 5만 벨보다는 싸다. 칫, 나도 돈만 있었다면……."

스토니스에서 아르바이트로 번 돈은 전액 아멜리의 손으로 들어갔다. 맨튼 도박장에서 시작해 차근차근 신용도가 깎여나간 결과였다.

"한 사람이 게으름을 피우면 그 자체로도 죄일뿐더러 다른 사람들에게도 좋지 않은 영향을 끼칩니다. 그렇지 않습니까, 예쉬데르님?"

"인생이라는 긴 여정 속에서 쉬어 가는 때도 필요한 법이외다. 다만 그 시기가 모든 사람들에게 있어 동일할 수는 없지 않겠소이까. 이해해주시구려."

달관의 경지에 이른 대답이었다. 제임스는 꿀 먹은 벙어리가 되었고 게일은 낄낄거렸다.

"너보다 저 녀석이 더 사제 같다."

의외로 지지를 얻지 못하자 제임스는 망설이다가 이내 마음을 다잡았다.

"역시 부당한 일을 좌시할 수는 없습니다. 무어 경, 아니 게일님께는 죄송하지만 지인분께 한 말씀 올리겠습니다."

"냅둬. 넌 상대도 안 돼."

하지만 제임스는 게일의 만류를 뿌리쳤다. 평소 마하트라는 거대 신전의 최고책임자 중 한 명으로서 기강을 무엇보다 중시하는 그였다. 다 같이 정한 규율을 지키지 않으면 피해자가 나오게 마련이고, 규율을 지켜야 모두가 공정한 기회와 대가를 골고루 얻을 수 있다.

비록 장소와 대상이 달라졌다고 하여 그 신념을 줏대 없이 바꿀 수는 없었다.

"모르간님. 혹여 어디 불편한 곳이라도 있습니까."

나무에 기대 누워 램프의 빛으로 책을 읽고 있던 모르간이 고개를 들었다. 숫기 없는 어린애처럼 쭈뼛거리는 금발의 청년이 그녀 앞에 서 있었다.

"왜요?"

"저의 신성력은 보잘 것 없지만 작게나마 치유의 힘을 발휘할 수 있습니다. 기꺼이 도와드리겠습니다."

"신성력으로 치유하려면, 대상에 손을 대야 하잖아요?"

"잘 아시는군요."

"나 가슴이 아픈데."

모르간이 자신의 옷깃을 들추며 요염하게 눈을 찡긋거렸다.

"대봐요."

요염하게 눈을 찡긋거리는 모르간 때문에 제임스는 괜히 얼굴이 달아올랐다. 동성이지만 상대의 용모는 몹시 아름다워 가만히 입 다물고 있으면 여자인지 남자인지 헷갈리는 묘한 분위기를 자아냈다.

"얼굴 빨개졌다."

"아닙니다!"

"그럼 어서 만져봐요, 내 가슴."

「손을 대다」든 「만지다」든 딱히 의미상 차이가 크지는 않을 터인데 후자는 왜 이렇게 부적절하게 들리는 것인가. 제임스는 안절부절못하고 꼼지락대다가 결국 포기했다.

"심하지 않다면 굳이 신성력으로 치유하는 것보다는 조금 쉬면서 자연 치유하는 게 나을지도 모르겠습니다. 하지만 다음부터는."

"다음부터는?"

"상태가 나쁘지 않으면 연장을 들고 다른 사람들을 거들러 오셨으면 합니다."

"왜요?"

"혼자만 쉬고 있으면 아무래도 형평에 맞지 않고, 사회봉사를 하는 취지도 오도될 수 있습니다."

"사제 나부랭이가 얻다 대고 훈계질이야. 재수 없게."

"네?"

장난기 가득했던 모르간의 눈빛은 어느샌가 싸늘하게 식었다.

"내가 여기 있으면 네 뇌관이 터지기라도 하니, 아니면 창자가 똥구멍 밖으로 빠져나오기라도 하니?"

"모르간님!"

"난 네 같잖은 교도가 아니란다. 교화하지 말고 저리 꺼져."

제임스는 충격을 받았다. 어려서부터 신전 안에서 키워지며 일찍이 무사로서의 재능을 개화한 덕분에 일반 성기사 시절에도 항상 특별 취급을 받아온 그였다.

열세 살 땐 벌써 차기 홀리 가디언 내정자로 지명되었기에 신전 안팎의 그 누구도 감히 그를 함부로 대하지 못했다. 게일이야 원래 거친 인물이니 그런가 보다 하고 넘어가도, 평소 잘 웃고 예의도 잘 차리던 모르간이 폭언을 하는 것을 보니 제임스는 오히려 자신이 무언가 크게 잘못한 게 아닐까 하는 의심이 들었다.

"기분 나쁘게 하였다면 죄송합니다. 저는 그저……."

"나랑 떡치고 싶어?"

"다 같이 협동을…… 네?"

제임스가 제 귀를 의심했다. 방금 들은 말이 뭐였지?

"가만히 있는 사람한테 다가와 일부러 신경 툭툭 건드려대는데, 발정밖에 이유가 없지 않나?"

"어……."

영원 같은 수초가 흐른 뒤에야 제임스는 입술을 달달 떨며 말했다.

"저, 저, 저, 전 남자입니다."

"잘됐네. 나 남자 좋아해."

이번에는 얼굴의 핏기가 사악 가셨다. 뇌리에서는 퍼즐이 딱딱 맞춰지고 있었다. 모르간을 볼 때마다 느꼈던 그간의 모든 위화감이 설명되고 말았다. 모르간의 외모가 중성적인 요염함을 가졌다든가, 곰살맞은 태도가 가끔은 상대를 유혹하려 하는 것처럼 보인다든가, 아멜리에 대한 스킨십이 과해도 게일이 별말 않는다든가 하는 이유는 바로 거기에 있던 것이다.

"자기도 그렇지 않아? 게일만 졸졸 쫓아다니는 것이 아주 노골적이던데."

"아닙니다! 제가 그분을 따라다니는 것은 중대한 사명 때문입니다."

"무슨 사명?"

"관계자 외 사람에게 말씀 드리기는 좀."

"입 밖에 내기 좀 그래?"

가늘어진 연둣빛 눈동자가 요사스럽게 반짝였다. 제임스는 왠지 모를 불길한 예감에 뒷걸음질을 쳤다.

"그럼 몸으로 말해줘."

덥석!

잡힌 건 분명히 손목인데도 제임스는 명치라도 얻어맞은 것처럼 숨이 턱 막혔다.

"사제들은 순결서약을 하니까 아직 해본 적 없지?"

"뭐, 뭘 말입니까?"

"알면서."

"이러지 마십시오!"

제임스가 모르간의 손을 허겁지겁 뿌리쳤다. 그랬더니 이번에는 부드러운 손이 제임스의 귓가로 올라와 통통한 귓불을 만지작거렸다. 제임스는 채신머리없이 튀어나올 뻔한 비명을 가까스로 삼켰다.

"게일한테 만날 징징대는 거 보니 사제직이 적성에 안 맞나 본데 이참에 환속해. 내가 도와줄게."

"말도 안 됩니다. 그런 건 생각해본 적도, 히이익!"

"처음만 좀 힘들지 곧 새로운 세계가 열릴 거야."

체격도 힘도 제임스가 모르간보다 우위였다. 그런데 어쩐 일인지 몸에 힘이 들어가지 않았다. 부드러운 손가락이 귓불을 지분거리며 열기를 전달할 때마다 목덜미의 솜털이 모두 곤두서고 등줄기가 짜릿짜릿했다. 혈관에 모래알이 굴러다니는 것 같은 자르르한 느낌에 온몸이 간지럽기도 했다. 단 한 번도 느껴본 적 없는 감각들에 제임스의 정신은 혼란의 도가니에 빠졌고 귓가에선 경고성 신호음이 울려 퍼졌다. 그때 모르간이 먹이를 앞에 둔 포식자처럼 윗입술을 날름 핥았다. 삐용삐용. 경고음이 더욱 커졌다.

'으으, 아스라 신이시여. 제게 대체 무슨 일이 벌어지고 있는 겁니까.'

눈앞이 빙글빙글 돌아 어지러운데, 타액에 젖어 더욱 붉어진 입술만은 유난히도 눈에 잘 들어오는 것이 당혹스러워 미칠 지경이었다.

"제가 잘못…… 아으. 그만하십시오."

"뭘?"

"귀, 귀를……."

"여기 약해?"

모르간에 제임스의 귓가에 후 하고 은근한 숨을 불어넣었다.

"꺅!"

제임스가 바닥에서 한 자는 뛰어올랐다.

"오늘 나랑 동정 떼……."

그러나 말 끝나기도 전에 성기사는 이미 빛의 속도로 달아났다.

"저놈 어디로 튀는 겨!"

먼 곳의 점이 된 제임스를 자경단원들이 욕을 하며 쫓아갔다. 모르간은 쯧쯧 혀를 차다가 태연히 바닥에 떨어진 책을 집어 독서삼매경으로 되돌아갔다. 이 모든 것을 게일과 예쉬데르는 먼발치에서 지켜보고 있었다.

"하나는 사기꾼이고 하나는 바보로군."

게일의 말에 예쉬데르가 동감했다.

"어떤 의미에선 천생연분이구려."

그날부터 제임스는 모르간을 자신의 천적으로 간주하게 되었다. 사제를 타락시키려는 악마이자 파렴치한 성추행범을 피해 열심히 도망 다녔고, 부득이하게 가까운 거리에서 작업을 해야 할 때도 항상 게일 뒤에 숨었다.

"쟤 여자야, 여자."

제임스가 귀찮았던 게일이 결국 진실을 폭로했지만, 그럼에도 제임스의 두려움은 가시지 않았다.

"남자이든 여자이든 무슨 상관입니까! 저자 안에 사악한 음심이 자리 잡고 있는 게 문제입니다!"

"아니, 뭐 그렇긴 한데 적어도 여자니까 네 엉덩이는 안전할 거 아니냐."

그것을 지나가던 모르간이 듣고서 씨익 의미심장한 미소를 지었다.

"과연 그럴까?"

쿠쿵! 제임스의 여린 멘탈이 곱게 빻은 가루가 되어 바람결에 흩어졌다.

"난 모르겠다. 둘이 알아서 해라."

게일은 뒤로 빠졌다. 예쉬데르도 둘이 장난을 치고 있다고 여긴 건지 무관심했다. 제임스가 기댈 수 있는 데라곤 오직 종종 격려차 공사장을 방문하는 아멜리밖에 남지 않았다.

"그분은 정말 너무합니다. 오늘도 저를 따라다니며 뒤태가 예쁘다느니, 길들이는 재미가 있겠다니! 흐흑!"

"모르간이 그런 소릴 했어요? 그건 너무 심했네요."

제임스가 번쩍 고개를 들었다. 드디어 말을 제대로 들어주는 사람을 만났다! 그는 고자질하듯 이어 말했다.

"그것만이 아닙니다. 말을 하지 않을 때도 자꾸 뚫어져라 쳐다봐 곤란합니다."

"제임스 씨를 자꾸 노려본다고요?"

"얼굴 말고 특정 부위를요, 훌쩍."

특정 부위? 조금 시간 차를 두고 이해한 아멜리가 민망함에 얼굴을 붉혔다.

'이상하네. 게일님과 아무리 독하게 싸워도 그런 짓은 하지 않던데. 아무래도 제임스님은 단단히 미운털이 박힌 모양이야.'

아멜리는 훌쩍거리는 제임스를 다정한 말투로 위로했다.

"다시는 그러지 말라고 모르간에겐 단단히 일러놓을게요. 제임스님도 모르간이 또 부적절한 행동을 하려 하면 단호히 거부하셔요. 싫다는 의사를 확실히 표현하는 게 중요해요."

아멜리가 손수건을 빌려주자 제임스는 코를 팽팽 풀었다.

"아멜리님은 참 친절하시군요."

"성희롱을 당하는 건 성별을 막론하고 큰 고통이라는 사실을 아니까요."

아멜리는 왕년의 빌슨이 떠올라 저도 모르게 두 주먹을 불끈 쥐었다. 제임스는 더욱 크게 감동했다.

"신전 밖 사람에게 이렇게 다정하게 대해진 건 처음인 것 같습니다."

"그래요?"

"네, 보통은 침을 뱉거나 흙을 뿌리거나……."

"심하잖아요!"

아멜리는 가볍게 충격을 받았다.

여린 성격에 성실한 청년 같은데 어쩌다 그런 모진 꼴을 당했을까?

"몸은 고난을 당해도 영혼을 아스라 신께서 굽어 살펴봐주시기 때문에 괜찮습니다. 그리고 사실 당해도 쌉니다. 전 정말 많이 모자라거든요."

아멜리는 제임스가 아무렇지 않게 자기비하를 하는 모습에 또 충격을 받았다.

"제임스님. 그런 말은 겸손이 아니라 자기 자신에 대한 폭력이어요."

"하지만 사실입니다. 저는 모자란 사람인 주제에 신전 분들에겐 과분한 기대를 받고 있어요. 하지만 제대로 부응한 적이 없는 천치이기도 합니다. 처음 신전에 들어갔을 때도 신전에서 가장 높으신 분이 큰 잠재력을 지닌 아이가 왔다며 축복을 해주셨는데, 아직까지도 잠재력에 불과합니다. 아마 지금쯤 제 무능함에 크게 실망하셨을 거예요. 모두 제 수행과 노력이 부족해서겠지요. 부끄럽습니다."

아멜리가 고개를 끄덕였다.

"제임스님의 잠재력이 왜 깨어나지 않았는지 알 것 같아요."

"제가 모자라니까, 부족하니까 그런 거지요."

"아니어요. 자꾸만 제임스님이 그런 말로 잠재력의 씨앗에 그늘을 드리우기 때문인 거여요."

“훌쩍, 그늘이요?”

제임스가 손등으로 눈가를 훔치고서 고개를 들었다.

“잠재력이란 씨앗과 같은 거라고 생각해요. 씨앗이 움트려면 흙만 필요한 게 아니라 물과 햇빛도 꼭 필요하잖아요? 그런데 제가 지금 보니 제임스님은 수행으로 영양가 있는 흙은 주었을지 몰라도 물과 햇빛을 전혀 주지 않았어요.”

“물과 햇빛이 뭐죠?”

“사랑과 자신감이죠.”

제임스는 뒤통수를 한 대 맞은 듯 눈을 크게 떴다. 아멜리의 태도는 몹시 진지했고, 그 목소리는 진실했다.

“스스로를 나쁘게 말하지 마셔요. 자신의 잠재력을 믿고 아껴서 꽃을 피워내셔야죠. 제임스님의 꽃은 신전 높은 분의 예상대로 틀림없이 아주 크고 아름다울 테니까요.”

게일이나 모르간이 이 자리에 있었다면 한 마리의 조류가 되고 말았을 것이나, 제임스의 마음속에서는 전에 없던 거대한 감동의 물결이 넘실넘실 파도치는 중이었다. 아까와는 다른 의미로 제임스의 눈시울이 붉어졌다.

‘아멜리님은 정말 착하고 다정하시구나. 만난 지 얼마 안 된 내 일도 마치 자기 일처럼 마음 써주시기도 했고, 이렇게 아름다운 말로 격려도 해주시고. 그야말로 성녀와 같아. 혹시 어쩌면…….’

심장이 쿵덕쿵덕 널을 뛰는 소리를 들으며 제임스는 어렵사리

운을 뗐다.

"혹시 아멜리님은요."

아멜리가 작은 목소리에 귀를 기울이기 위해 제임스에게 몸을 기울였다. 서로의 얼굴이 가까워지자 제임스는 더욱 긴장해 말을 버벅거렸다.

"아, 아멜리님은 애, 애……."

"애?"

아멜리의 시선에 제임스는 얼굴이 뜨거워지는 것을 느꼈다. 이런 걸 여성에게 물어보는 건 난생 처음이었다. 그러나 용기를 내고 싶었다.

말하자. 말해버리자! 제임스가 눈을 질끈 감고 외쳤다.

"애용하는 경전이 있으세요?"

잠깐의 정적이 있었다.

"경전이요?"

제임스는 제 실수를 깨닫고서 후다닥 손을 내저었다.

"아차, 죄송합니다! 그전에 종교가 뭐냐고 먼저 물어봤어야 하는데!"

"종교는 없긴 하지만……."

그러자 제임스의 얼굴이 불 들어온 듯 환해졌다. 그는 품속을 주섬주섬 뒤지더니, 두 손을 모아 수줍게 책 한 권을 내밀었다. 그의 손끝을 따라 책도 달달 떨리고 있었다.

"아멜리님께 좋은 말씀 전하고 싶습니다. 이건 제가 가장 좋아하는 아스라경전 제17번 판본입니다. 작은 사이즈라 들고 다니면서 읽기도 좋으니 부디 받아주세요!"

"갖고 다닐 정도면 제임스님이 무척 아끼는 책 아닌가요?"

"전혀 신경 쓰지 마세요! 전 같은 책이 크기별로, 글꼴별로, 책표지 색깔별로 스무 권도 더 있습니다!"

"그, 그렇군요. 하지만 역시 저 종교에 대해선 잘 모르고요. 관심도 그다지……."

"평소 고민 같은 것 있으신가요? 몸이 아프거나 밤잠 못 이루신 적은 없으신가요?"

"있기야 있는데요."

인간이라면 누구든 그렇지 않나, 하는 의문이 아멜리의 머릿속을 맴돌았다. 어쨌든 제임스는 아멜리에게 우환이 있다는 말에 더욱 화색이 만연해졌다.

"이 경전을 하루에 한 장씩만 읽어도 그런 문제가 싹 사라질 겁니다. 아스라님의 말씀은 진리이자 광명이자 축복이니까요. 자, 어서 받아주세요!"

결국 박력에 떠밀려 경전을 받았다. 제임스의 반짝반짝한 눈이 책을 열어보기를 강력하게 요청하고 있었다. 첫 장을 펼쳐본 아멜리가 미간을 살짝 좁혔다.

"못 읽겠어요."

"공통신어를 모르시는군요. 걱정 마세요. 신어는 파샤권어나 범어보다 훨씬 익히기 쉽답니다. 각 신전에서도 무료로 가르쳐주고 있으니 배울 곳도 많고요."

아멜리는 그 말의 의미를 헤아려보았다. 배워서라도 읽으라는 건가?

"아아, 제가 여건만 됐다면 기꺼이 직접 가르쳐드렸을 텐데 말입니다. 오, 그렇지! 사회봉사 가기 전에 아멜리님 방에 들러 하루에 한 장씩 읽어드릴까요?"

"그렇게까지 하실 필요는."

"아니면 저희 대신전에 방문해보시는 게 어떨까요? 대신관께서 직접 경전 원문을 읽고 해석해주시는 제례에 참여하면 경전의 이해가 보다 쉬우리라 생각됩니다."

"전 그렇게 본격적인 건 잘 모르는……."

"혹시 부담스러워 그러신가요? 걱정 마십시오! 제례가 열리는 날이면 아스라교도가 아니라도 신전에 얼마든지 들어올 수 있기 때문에 비신자들도 제법 많이 온답니다. 제게 인사차 들른다고 생각하시고 가볍게 방문해주세요."

아무래도 제임스는 사람 말을 제대로 듣지 않는 버릇이 있는 듯했다.

"참! 저희 신전은 음식 맛있기로도 소문났답니다. 부디 꼭 방문하셔서 좋은 말씀 들으시고 은혜도 받으시고 맛있게 식사도 하시길 바랍니다.”

식사는 그냥 식당에서 하고 싶은데. 하지만 아멜리는 차마 입 밖에 내어 말하진 못했다.

“아멜리님 연령대면 청년부 활동에도 참여할 수 있으시겠군요. 제가 몸담고 있는 월요기도회라든가 야간경전연구회라든가 뜻깊고 유익한 모임도 많습니다. 친구도 많이 생기고 계절마다 다 함께 여행도 가니까 틀림없이 즐거울 거예요!”

퍽!

느닷없이 땀에 젖은 수건뭉치가 제임스의 뒤통수를 때렸다. 일하다가 한숨 돌리러 구덩이에서 올라온 게일이 벌레 씹은 표정을 하고 있었다.

“전도하지 마.”

“왜요?”

“그냥 꼴 보기 싫어.”

제임스가 울상을 지었다.

“너무합니다. 무어 경도 한때는 신자였으면서.”

“한 대 더 맞겠다고?”

결국 제임스는 엉덩이를 걷어차인 뒤 눈물을 그렁그렁 달고서 물러났다.

모르간이 제임스를 괴롭히고 제임스가 게일에게 징징대느라 바쁜 동안 아멜리는 예쉬데르와 친분을 차곡차곡 쌓아가고 있었다. 말투와 옷차림이 조금 묘할 뿐이지, 따지고 보면 아멜리가 알고 있는 사람 중 가장 훌륭한 인품을 가진 남자였다. 점잖고 친절하고, 예의 바르며 인사성이 밝고, 근면성실한 데다 오해를 뒤집어쓰고 낯선 곳에서 사회봉사를 하게 되었으면서도 불평 한마디 하지 않았다.

억울하지 않으냐고 예쉬데르에게 넌지시 물어보니,

"세상만사 어찌 내 뜻대로만 될 수 있겠소이까. 이것도 하나의 경험이자 교훈으로 여기리다."

라는 달관한 답변이 돌아왔다.

아멜리가 예쉬데르에 호감을 느끼는 이유는 하나 더 있었다. 어떤 의미에서는 두 사람 모두 고향을 아주 멀리 떠나온 이방인들로, 현지 적응에 약간의 곤란을 겪고 있다는 점이었다. 그럼에도 좌절하지 않고 매사에 최선을 다하는 예쉬데르의 태도는 본받을 만한 것이었다.

"게일님이 예쉬데르 씨의 반만 따라갔어도 난 아무 걱정이 없었을 텐데."

"빨간 머리도 나름 성실하지 않아?"

모르간은 창밖을 바라보았다. 공사장으로 나갈 시간이 아직 남아 있어서 게일은 별채 정원에서 땀을 뻘뻘 흘리며 검술 훈련에 매진 중이었다. 모르간이 가르쳐준 글자를 끄적끄적 따라 쓰면서 아멜리는 작게 한숨을 쉬었다.

"본인이 꽂힌 것에 대해선 아주 진지하시지. 하지만 사람이 어떻게 좋아하는 것만 하며 살 수 있겠니. 게일님은 귀찮아하고 싫어하는 것에 대해서도 조금 더 성실해질 필요가 있어."

"아멜리는 꼭 게일의 보모 같아."

"어마, 어떻게 알았지? 나 예전에 아이 돌보기 많이 했었어. 우리 고향의 어린애들은 모두 한 번쯤은 내 손을 거쳤을걸."

"과연. 잘 어울리네."

왠지 모르간은 시큰둥한 말투였다.

"모르간은 아일 싫어하니?"

"딱히 좋지도 싫지도 않아. 찡찡거리는 아이는 질색이지만."

"어린애가 떼쓰는 소릴 싫어하는 사람들이 많긴 하지."

"특히 시장바닥에서 돌고래 울음소리를 내면서 주저앉아 떼쓰는 애가 최악이야. 내 발로 직접 엉덩이를 걷어차 주지 않으면 꿈속에까지 나온다고."

"농담두 원. 하하하."

"생각해보니 그때가 현행범으로 체포된 첫 경험이었군."

모르간이 아련한 눈으로 창밖 하늘을 바라보았다. 아멜리는 못 들은 체하며 글자 쓰기 연습에 집중했다.

"파샤 범어는 좀 할 만해?"

"응. 상상했던 거보다는 쉬운걸."

아멜리는 최근 모르간에게 문자를 배우고 있었다. 골치가 아프리라는 각오를 했는데 동굴에서 글자 흉내 내기 놀이로 단련이 된 덕분인지 막상 익혀보니 그다지 어렵지 않았다. 게다가 평민 문자인 범어는 동굴 책의 문자보다 형태도 훨씬 간단하고 글자 종류도 훨씬 적었다.

"이 속도라면 쓰기는 금방 떼겠다. 슬론이 오기 전까지 다른 문자를 하나 더 배울 수도 있겠는데?"

"음, 그렇다면 젤윈 범어가 좋겠어."

히스톤에서는 선더랜드 저택에서 사용인들이 챙겨주는 대로 편하게 지냈기에 딱히 글자를 배워야 한다는 필요성을 느낀 적이 없었다. 그러나 지금은 모든 것을 스스로 헤쳐 나가야 하는 젤윈 땅이었다. 당장은 게일에게 의지하고 있지만, 만일 스스로 글을 깨치면 책을 읽을 수 있고 편지도 쓸 수 있다. 메모도 남길 수 있고 길거리의 간판도 읽을 수 있다. 지금보다 여러모로 생활이 편리해지고 낯선 문화에 적응하기도 쉬워질 터였다.

번뜩 아멜리의 뇌리에 좋은 아이디어가 스쳤다.

"모르간, 이따 초대장 쓰는 거 도와줄 수 있니?"

"웬 초대장?"

"예쉬데르 씨와 제임스 씨를 점심식사에 초대해야겠어."

"느닷없이?"

"요새 다들 고생이 많잖니. 맛있는 밥으로 기운 내게 해주고 싶어."

"상냥하기도 하지."

"또 얼마 안 지나면 뿔뿔이 헤어지게 될 테니까 그전에 한 번쯤 같이 밥 먹어도 좋은 추억이 될 것 같아."

아멜리는 예전에 발번의 친구들이 차려주었던 소박하면서 풍성한 생일상을 떠올렸다. 음식은 소박했지만 정성이 가득 담겨 있었고, 또 사랑하는 친구들과 함께해서 더욱 행복했던 순간이었다. 아멜리는 그때의 훈훈한 분위기를 재현하고 싶었다.

"어려울 때 나눠 먹는 끼니는 사람 간의 정을 두텁게 만드는 것 같아."

"흐응."

"그리고 난 게일님과 예쉬데르 씨를 친구로 만들고 싶어."

"왜?"

"예쉬데르 씨처럼 교양 있는 동년배의 남자와 가까이 지내면 게일님도 좋은 영향을 받게 될 것 같지 않니?"

“참으로 귀엽고도 쓸데없는 발상이로구나. 반대의 경우도 염두에 두렴.”

“반대의 경우?”

“먹을 가까이 하는 사람은 검어진다지.”

아멜리는 게일만큼이나 무절제하고 놀기 좋아하는 예쉬데르를 상상해보았다. 하지만 너무 어색해서 전혀 그림이 그려지지 않았다.

그리하여 아멜리는 초대장을 예쉬데르와 제임스에게 건네주고야 말았다. 예쉬데르는 흔쾌히 초대를 받아들였다. 하지만 제임스는 배불리 먹고 떠들 수 없는 처지라며 초대를 거절하더니 병든 닭처럼 빌빌거리며 사라졌다.

인원이 정해졌으니 장을 볼 차례였다. 신선한 재료는 아침 장을 봐야만 얻을 수 있기에 하루 기다렸다. 그러나 이른 아침이 되었어도 삽질하다 돌아온 게일과 모르간은 자느라 바빴다. 아멜리는 할 수 없이 혼자 광장으로 향했다. 그 근처의 식료품점과 정육점에서 장을 볼 계획이었다.

‘충동적으로 식사 대접을 하겠다고 말은 했지만 뭘 만들지? 전에 도로시한테 파샤의 요리법을 몇 가지 배웠지만 해본 적이 많지 않아서 자신이 별로 없는데. 역시 솜씨를 발휘하려면 라트샤 전통요리를 해야 할 텐데 젤원에 마땅한 재료가 있을까나?’

너무 딴 생각에 골몰했던 탓일까, 아멜리는 마주 오던 남자와 어깨를 툭 부딪치고 말았다.

"앗, 죄송합니다."

아멜리가 사과하며 고개를 들었다가, 흠칫 얼굴이 굳었다. 상대방은 검은 가면을 쓰고 있었다. 검은 로브도. 아무리 대낮이라지만 먼 데서 보면 길을 돌아가고 말 수상한 행색이 아닐 수 없었다.

"세게 부딪친 거 같은데, 괜찮습니까?"

목소리는 중후했다.

"네, 죄송합니다."

부축하려는 손길을 사양하고서 아멜리가 걸음을 서둘렀다. 그런데 검은 가면이 다시 앞을 가로막았다.

"혹시 모르니 의생에게 가봅시다."

"괜찮은데요. 길 좀 비켜주시겠어요?"

"따라와요."

검은 가면이 막무가내로 아멜리의 팔을 잡아끌었다.

"무슨 짓이어요?"

"의생에게 데려다 주려는 것뿐입니다."

"필요 없다니까요."

아멜리는 다리에 힘을 주고 버텼지만 남자의 완력이 한 수 위였다.

"이거 놔!"

"악!"

검은 가면이 힘껏 채인 정강이에 반사적으로 손을 가져갔다.

이때다! 아멜리가 숙소를 향해 내달렸다. 정신을 차린 검은 가면이 재빨리 아멜리에게로 손을 뻗쳤다.

휘리릭! 타이밍 좋게 날아온 검푸른 채찍이 검은 가면을 막았다. 세차게 얻어맞은 검은 가면의 비명에 놀란 아멜리가 뒤를 돌아보다가, 정면에 다가온 다른 이를 미처 보지 못했다. 퍽 하고 가볍게 부딪치자 상대방이 아멜리를 부축했다.

"괜찮소이까, 아멜리 낭자."

아멜리는 그 다정한 말투가 눈물 나게 반가웠다.

"저, 저 사람이 갑자기."

"위험하니 물러나 있으시구려."

예쉬데르는 안심하란 듯이 미소를 지어주더니 검은 가면에게로 다가갔다.

"그대는 누구시외까."

검은 가면은 예쉬데르의 물음을 무시했지만 반쯤은 의도하지 않은 것이었다. 팔뚝에 감긴 채찍이 거머리처럼 달라붙어 떨어질 줄 몰랐다. 피가 안 통하니 팔의 감각이 점점 무디어져 가고, 이러다가 팔이 끊어지는 게 아닌지 덜컥 겁이 났다.

"네놈, 뭔데 남의 일에 끼어드는 거냐."

"약자가 핍박당하는 것은 그 누구에게도 「남의 일」이 아니외다."

"정의의 사도 놀이에라도 심취했나. 좋은 말로 할 때 이것을 떼어내라. 그렇지 않으면, 크윽!"

으르렁거리던 검은 가면의 남자가 털썩 무릎을 꿇었다. 가벼운 전류가 순식간에 정수리부터 발끝까지 짜르르 흐른 탓이었다.

"그대, 「도굴범」이 누구인지 알고 있소이까?"

"무슨 헛소리냐."

"검은 가면과 검은 망토."

"모른다!"

예쉬데르의 입이 샐그러졌다.

"정신이 대답을 거부한다면 「몸」에 물어볼 수밖에."

검은 가면이 헉 하고 숨을 들이켰다. 마치 피부가 한 꺼풀 벗겨지는 것처럼 허전하고 설렁한 기운이 전신으로 빠르게 퍼져나가고 있었다. 채찍이 그의 체력을 게걸스럽게 빨아들이는 것이었다. 알아도 속수무책이었다. 검은 가면이 무기력감에 휩싸여 털썩 무릎을 꿇었다. 채찍은 예쉬데르의 손아귀로 돌아갔다.

"해치웠나요?"

"저자는 당장 운신하기 힘들 테니 심려 놓으시구려."

아멜리는 예쉬데르의 채찍을 바라보았다. 검푸른 뱀피로 만들어진 그 채찍은 마치 살아 있는 것처럼 꿈틀거렸다. 예쉬데르의 명령을 알아듣는 것도 같았다.

"그것도 마법 도구인가요?"

예쉬데르가 빙긋이 웃었다.

"소인의 친구 「아리크부카」라 하외다. 인사해라, 부카."

채찍이 스스로 움직여 아멜리의 뺨을 비볐다. 그야말로 뱀이 살갗 위에서 스르륵 움직이는 느낌이라 아멜리는 살짝 소름이 돋았다.

"아, 안녕……."

"아리크부카도 소저가 마음에 든 모양이외다."

기뻐해야 하는지 마는지 조금 애매한 순간이었다. 그때 아멜리의 눈에 검은 가면의 수상한 거동이 포착되었다. 얼핏 보기에 몸을 일으키려고 애쓰는 것처럼 보였지만 아멜리는 이미 그레이라는 마법사를 겪어본 터라 검은 가면이 바닥을 짚는 손놀림이 예사롭지 않다는 사실을 곧바로 눈치챘다.

"마법을 쓰려는 거 같아요!"

예쉬데르가 반응하기 전 간발의 차로 마법이 먼저 완성됐다.

"스왐프!"

땅바닥에 쓰인 마어의 나열이 붉게 빛났다. 아멜리와 예쉬데르가 딛고 있는 땅이 마치 곤죽처럼 질척거리기 시작했다. 발이 푹푹 늪에 빠져버리자 예쉬데르는 아멜리를 번쩍 안아 들었다. 그 사이 뒷골목 안으로 도망치는 검은 가면의 모습이 보였다.

"아리크부카!"

날카로운 외침에 검푸른 채찍이 화살처럼 날아갔다. 그러나 이미 검은 가면의 남자는 사라지고 난 뒤였다. 마법사가 사라지자 마법도 멈췄다. 땅은 원상태로 돌아왔지만 예쉬데르의 두 발은 땅에 묻힌 상태가 되어버렸다. 예쉬데르는 아멜리를 조심스레 내려준 뒤 자신의 다리를 내려다보며 연신 감탄했다.

“흡사 대지에 뿌리 내린 나무가 된 것 같은 기분이외다.”

“아프지 않아요?”

아멜리가 걱정스럽게 물었다.

“전혀. 외려 땅이 따뜻하여 편안하게 모래찜질을 받는 듯하외다. 그나저나 길 한가운데에서 계속 이러고 있다간 사람들에게 민폐를 끼치게 될 텐데 말이올시다.”

예쉬데르의 표정이 진지해졌다.

“낭자, 삽질 잘하시외까?”

“…….”

다른 아이디어가 없으니 아멜리는 골목 밖 가장 가까운 인가에서 급한 대로 호미와 모종삽을 빌려왔다. 예쉬데르의 발치에 쪼그려 앉아 열심히 땅을 파고 있자니 고향 생각이 절로 났다.

‘감자나 고구마를 캐본 게 언제 적이더라. 농사일에 손 놓은 지도 꽤 됐구나. 나도 참 팔자가 좋아진 걸까?’

그러나 다음 순간 스스로 기가 막혀 땅이 꺼져라 한숨을 쉬었다.

‘길바닥에서 남자나 캐고 있는 내 팔자가 좋다니, 말이 안 되는 소리지.’

예쉬데르가 아멜리의 한숨을 오해하고서 사과했다.

“고생시켜서 미안하외다, 낭자.”

"천만에요. 예쉬데르 씨는 절 구해주려다 이렇게 된 건데요. 오히려 제가 죄송하지요."

"마법사가 금세 다시 나타나진 않을 것이외다. 천천히 하시구려."

"예쉬데르 씨가 불편하잖아요. 얼른 꺼내드릴게요."

아멜리가 더욱 재게 손을 놀리기 시작했다. 예쉬데르는 멋쩍게 매끈한 턱을 쓸었다.

"참 면목이 없소이다. 마법사가 운신하지 못할 거라 장담하였거늘 결과적으로 방심한 꼴이 되었으니 말이외다."

"그래도 마법사가 그대로 달아났으니 망정이지요. 다시 공격을 받았으면 큰일 날 뻔했어요."

단단한 흙을 부수느라 호미를 퍽퍽 내리치고 있던 아멜리가 문득 머리 위로 쏟아지는 시선을 느꼈다.

"왜 그러셔요?"

"마법사에게 봉변을 당할 뻔했는데도 퍽 담담하구려."

이런 일은 하도 겪어 이젠 이골이 났다, 고 말하면 예쉬데르는 어떤 표정을 지을까. 아멜리는 어색한 웃음을 짓고 말았다.

어느덧 삽질은 성공적으로 끝났다. 예쉬데르는 자유로워진 발을 까딱까딱 움직여보았다.

"구조해주어 감사하외다."

"제가 할 말인걸요."

"이런! 손에 흙이 묻었구려."

예쉬데르가 자신의 옷자락으로 아멜리의 손가락을 꼼꼼하게 닦아냈다. 아멜리는 별안간 심장이 쿵쿵 뛰기 시작했다. 단단하고 큰 손에 쏙 들어가 있는 자신의 손을 보자 새삼「남자와 여자」 사이라는 것이 피부에 와 닿았다.

"제, 제가 할게요."

"그러시구려. 이만 숙소로 돌아가시겠소이까?"

아멜리는 잠시 고민했다. 이대로 계속 돌아다니면 위험할까? 하지만 예쉬데르는 마법사가 바로 또 나타나지 않을 것 같다고 말했다. 오늘 장을 보지 않으면 내일 점심 만찬에 맞춰 음식 준비를 하기 어려운 데다, 신선하고 질 좋은 식재료를 구하려면 사실 지금 당장이라도 걸음을 서둘러야 했다. 생각을 정리한 아멜리가 결의에 찬 눈빛으로 말했다.

"장을 보러 가야겠어요."

청아한 웃음소리가 마른하늘에 울려 퍼졌다.

"역시 낭자는 재미있소이다."

"제가요?"

아멜리는 고개를 갸웃거렸다. 발번 친구들한테도 유머감각 있다고는 들어본 적이 없는데.

"소인도 동행하겠소이다."

"그래주시면 굉장히 고맙지만요. 혹시 어디 가는 중 아니었나요?"

"왜 그리 생각하시오?"

"그야 숙소에 있지 않고 밖에 나와 있으니까요."

"아……."

"아?"

예쉬데르가 웃는 낯으로 약간 뜸을 들였다.

"낭자에게 전할 말이 있어 쫓아 나왔다고 해둡시다."

전할 말? 해둡시다?

애매한 대답이라 아멜리는 아리송해졌다. 같은 숙소를 써서 얼굴 보기 어렵지 않은데도 굳이 따라 나와 할 말이 뭘까?

'앗, 설마 식사 같이하지 못하게 됐다는 말은 아니겠지?'

예쉬데르는 혼자 무언가를 곰곰이 생각하는 듯했다.

"조금 이를지도 모르겠으나 이렇게 된 마당에 그냥 솔직하게 털어놓는 게 좋겠구려."

"급한 일이 생겼다면 어쩔 수 없지요."

역시나, 하면서 아멜리는 내심 시무룩해졌다. 모처럼 들떠서 사람들을 초대했는데 두 명이나 거절을 하다니.

"그게 아니외다, 낭자."

예쉬데르가 아멜리의 한 손을 잡았다. 흙 묻은 손임에도 개의치 않고 자신의 입가에 가져가더니 부드러운 손등에 그의 입술을 꾹 눌렀다.

"예, 예쉬데르 씨!"

황금빛으로 일렁이는 눈동자에 허둥대는 아멜리의 모습이 담겼다.

"소인의 정인(情人)이 되어주시겠소이까."

청천벽력 같은 고백이었다.

크하하하하하하!

난데없는 소음에 초로의 남자가 이맛살을 찌푸리며 눈을 떴다. 그의 눈앞에는 언제 나타났는지 푸른 머리칼의 청년이 배를 잡고 구르는 중이었다. 청년은 흰 빛에 감싸여 있는 나일의 팔을 보며 낄낄거렸다.

"꼴 죽인다, 나일."

"바쁘다더니 뭐하러 나타났나."

"비샤가 말한 그 계집애 잡으러 갔던 거 맞아? 누가 보면 오우거라도 상대하고 온 줄 알겠다."

겉보기에는 현격히 나이 차가 존재하는 두 사람이었으나 푸른 머리의 청년은 거침없이 하대를 했다. 노마법사도 그 점에 대해서는 전혀 개의치 않았으나, 딱 봐도 시비 걸러 온 것이 명백했으니 고운 말이 나올 리 없었다.

"꺼져라."

"아무리 연구실에서 썩어가는 곰팡이 신세였다지만 기본적으로 노는 물이 있는데, 이건 좀 심하잖아. 민간인 계집애한테 팔이 아작 나는 수준이라면 다른 마법사랑 붙었을 땐 어떻게 되는 거야? 가랑이 사이가 날아가나?"

"에이든!"

"뭘 열 받고 그래. 내가 틀린 말을 한 것도 아닌데."

점잖던 마법사는 결국 낯을 붉히고 말았다.

"그 여자 때문에 이렇게 된 게 아냐. 여자를 거의 다 붙잡았을 때 웬 놈이 나타난 거다."

"지나가던 잡놈한테 당한 게 퍽이나 자랑이다. 네가 그러니까 비샤 발 닦개 신세를 못 벗어나는 거야."

"난 비샤가 아니라 수장을 따른다. 수장의 명령이 비샤를 통해 왔다고 하여 거부하는 네가 잘못됐다 생각하지 않나."

"수장 명령이고 뭐고 그 돼지 같은 년은 감히 내게 이래라저래라 못 해. 마주치기만 하면 손을 봐주겠는데 눈치는 더럽게 빨라서 벌써 몇십 년이나 연구실 밖으로 한 발짝도 나오질 않으니, 젠장."

"그랬다간 수장이 널 가만두지 않을걸."

"가장 총애하는 애완돼지를 건드렸으니까?"

에이든이 이죽거렸다.

"그녀는 우리 조직의 브레인이다. 팜에서의 실험도 비샤의 정신조작 연구가 선행되지 않았다면 불가능했다. 실험은커녕 우리도 다른 사내들과 마찬가지로 데보라에게 죽었을 것임을 너도 알지 않나."

"자신의 무능함을 합리화하기 위해서 남을 추켜세우는 것만큼 쉬운 방법도 없군."

"수장의 연구실 출신이라 비샤에게 적개심을 가지는 건 안다. 하지만 공과 사 정도는 구분을 해!"

낄낄거리고 있던 에이든의 표정이 사라졌다.

"뭐?"

과하게 흰자위가 드러난 눈이 희번덕거리며 나일에게 되물었다.

"연구실이 어째?"

이런 젠장. 나일은 싸하게 냉각되는 공기 속에서 욕설을 삼켰다. 멀쩡히 있다가도 느닷없이 홱 눈이 도는 것이 에이든의 고질적인 문제였다. 조직의 행동대장 격이었던 그가 최전선으로 나가지 않고 이런 변방으로 쫓겨나듯 발령 난 데에는 다 이유가 있는 것이다.

'하지만 나도 더 이상은 못 참아.'

나일은 넌덜머리가 났다. 자신은 보모가 아니라 연구자였다. 좌천되어 좀이 쑤셔 죽으려는 에이든과 달리, 이곳에는 중요한 사명을 갖고 연구를 하기 위해 왔다. 동료의 더러운 성격을 받아주는 일은 한두 번이면 족했다.

다행히 에이든이 먼저 푸스스 웃으며 분위기를 쇄신했다.

"내 나이의 반도 안 산 애송이니까 한 번은 봐준다."

"……."

"하지만 내 앞에서 한 번만 더 아는 척 지껄이면 그땐 너도 「그 지옥」을 직접 보게 될 거야."

나일의 침묵은 순종보다는 체념이었다. 그래도 에이든은 만족스럽게 머리를 흔들었다.

"그래, 놈들은 몇이라 했더라?"

"내 「눈」을 보내 놈들의 숙소를 확인했을 때 그 여자의 일행은 붉은 머리의 타르 블레이더, 무력이 없는 회색 머리 꼬마 하나, 그리고 내게 상처를 입힌 채찍쟁이가 전부였다."

"대충 안주거리는 나오겠군. 타르 블레이드까지 내가 먹어도 되겠지?"

"상관없을 거다. 비샤가 요구한 건 흑발의 여자 하나였어."

"근데 왜 그 여자를 원하는 거지?"

"쓸 만한 마력 공급원에 대한 정보를 갖고 있다 했다."

"겨우 그거? 나참, 차라리 샤샤의 변태적인 취미 때문이라 할 것이지."

"움직일 거면 채찍쟁이를 조심해. 그 채찍, 마구인지 뭔지 모르겠다만 상당히 특이했다."

에이든이 더 이상 듣기 싫다는 듯 손을 흔들었다.

"나 간다."

"그 여자에게로?"

"아니. 식사하러."

나일의 표정이 와작 구겨졌다.

"기다려. 한가할 때 나설게."

에이든은 나른한 하품을 하며 떠나갔다. 덩그러니 혼자 남은 나일이 음습하게 뇌까렸다.

"먹고 똥 싸는 것밖에 할 일이 없는 놈이 바쁜 척은."

"고백 받았다고?"

"마법사가 나타났어?"

동시에 소리 지른 게일과 모르간이 서로를 빤히 쳐다보다가, 다시 득달같이 아멜리에게 달려들었다.

"그 자식이 뭐라던?"

"그레이 패거리야?"

이번에도 목소리가 겹쳤다. 다시 서로를 마주 보는 게일과 모르간의 눈빛에는 상대를 한심하게 여기는 감정이 듬뿍 깔려 있었다.

아멜리가 흥분한 두 사람을 진정시켰다.

"저기, 질문은 차례대로……."

"마법사 얼굴 봤어? 무슨 계통이었어? 널 왜 데려가려 했대?"

흥분한 모르간이 아멜리의 양어깨를 쥐고 흔들어댔다. 게일도 질 수 없다는 듯 아멜리의 얼굴을 부여잡고 억지로 시선을 마주했다.

"거 아주 웃기는 놈일세. 만난 지 얼마나 됐다고 들이대? 그래서, 그래서 넌 뭐라고 했는데?"

이 사람들이 정말! 아멜리가 손을 파닥파닥하며 두 사람을 떨쳐냈다.

"예쉬데르 씨에겐 생각할 시간을 달라고 했고, 마법사는 가면을 쓰고 있어서 얼굴을 보지 못했지만 땅과 관련된 마법을 썼답니다."

게일이 뜨악한 표정으로 외쳤다.

"거절 안 했어?"

"오, 급고백에 대한 답변치고 긍정적이잖아?"

답변을 잘못한 건지 이제는 모르간까지 고백 이야기로 관심을 돌려버렸다.

"예쉬데르 씨는 친절하지 매너 좋지 잘생겼지 튼튼하지. 어디 하나 흠 잡을 게 없잖니."

이방인적인 풍모를 배제하면 내실은 발번에 살 때부터 이상적으로 여기던 신랑감에 딱 들어맞는 사내였다.

“얌전하게 생겨서는 꽤 하는데, 아멜리.”

“그런 거 아니야.”

국을 젓는 아멜리의 손놀림이 세 배쯤 빨라졌다.

게일은 입을 꾹 다문 채 조금 전까지 다듬고 있던 상추를 도로 집어 들었다.

‘이럴 수가. 아멜리가, 다른 누구도 아닌 아멜리가.’

꼭지를 따는 손끝은 바르르 떨렸다. 그것은 배신의 충격이었다.

‘나보다 잘나가고 있다니! 그것도 젤윈에서!’

지금껏 무케스산에서 모르간의 의도적인 유혹에 된통 당했던 것을 제외하면 제대로 된 추파 한번 받아보지 못했다. 파샤에서 난봉꾼이라 폄하당하고 구박받던 이유를 그 자신이 자유분방하고 향락적인 젤윈 스타일이었기 때문이라고 큰소리치고 다녔던 만큼, 게일의 자존심에는 쩌적 굵은 금이 가고 말았다. 사실, 게일이 인기 없는 이유는 곁에 늘 껌딱지처럼 붙어 있는 아멜리 때문에 「품절남」이라고 오해받은 탓이 컸지만, 현시점에서 게일에게 그러한 자각은 없었다.

“사귈 거니?”

아멜리의 대답을 게일이 가로챘다.

“서로 갈 길이 다른데 사귀긴 뭘 사귀어.”

그런데 아멜리의 얼굴이 약간 달아올랐다.

“고백을 받아주면 절 따라오겠대요.”

"헐."

"대박!"

모르간이 휘파람을 불었다.

"그 남자 아멜리한테 제대로 꽂혔나 보네."

"아냐. 어차피 젤윈을 유랑할 계획이었다고 하던걸. 꼭 나 때문만은 아닌 거야."

"할 일이 없대? 변변찮은 한량 아냐."

과연 이 대사를 게일이 해도 좋은 것인가 하는 의구심이 아멜리의 뇌리를 잠깐 스쳤다.

"호감도 있고 갈 길도 같다면 한번 만나보지그래?"

"남 인생이라고 아무렇게나 말하지 마라. 뭐 하다가 온 놈인지, 빚은 없는지, 집안에 우환은 없는지, 모아놓은 돈은 있는지, 처자식 먹여 살릴 능력은 있는지, 남자로서의 책임감은 있는지, 기타 사상과 가치관은 건전한지, 술 여자 담배 도박은 하는지 안 하는지, 이상한 주사를 갖고 있진 않은지. 못해도 그 정도는 기본 정보로 깔아두고 만나볼까 고민을 해야지. 내 말이 틀려?"

으응? 아멜리가 미간을 좁혔다.

"그거 안 좋은 쪽으로 대답하면 거의 다 게일님 아니어요?"

가족들과 불화를 빚다가 잘 다니던 직장 때려치우고 야반도주한, 게다가 외국에 와 들뜬 기분에 노름으로 전 재산을 날린, 평소에 맥주를 차 마시듯 마셔대는, 없는 형편에도 잠은 고급 여관에서 자야 한다고 우겨대는, 왕년의 별명이 히스톤의 난봉꾼이었던 남자가 트릿한 눈으로 되물었다.

"어째서?"

"모르시면 됐어요……."

아멜리는 그냥 입을 다물었다. 본인은 자각하지 않는 편이 행복할지도.

"그렇게 안 봤는데 의외로 연애를 진지하게 하는 편이신가 봐. 항상 그런 걸 다 알아본 다음에야 여잘 만나?"

"그럴 리가 있냐, 구질구질하게."

두 여자의 황당해하는 표정을 의식한 게일이 천연덕스럽게 말을 보탰다.

"난 그래도 돼. 아멜린 안 돼."

하늘 아래 한 점 부끄러움도 없다는 듯한 뻔뻔한 이중 잣대는 무엇이란 말인가. 아멜리가 꺼림칙하게 게일을 쳐다보는데 모르간이 풀이를 해주었다.

"당신은 막살더라도 아멜리만큼은 건실한 사람과 제대로 연애하기를 바란다는 거지?"

게일이 끝을 다 딴 상추 한 뭉텅이를 소쿠리에 담으며 고개를 끄덕거렸다. 아멜리는 가슴이 뭉클했다. 어쨌거나 걱정해준다는 얘기가 아닌가. 표현방법은 좀 이상한 것 같지만.

모르간은 게일과는 다른 의견이었다.

"아무리 오래 알고 지내도 사람 속을 어찌 다 알겠어? 원래 연애의 묘미란 몰랐던 사람을 알아가는 데 있는 거야."

"그러니?"

"그렇고말고. 용기 있는 자가 미인을 얻는다는 말은 몸싸움에 국한된 얘기가 아니라고. 불확실함에 전심전력으로 자신을 내던지지 않으면 행복을 쟁취할 수 없는 것이 「연애」라는 이름의 전쟁이란다."

귀가 솔깃해진 아멜리와 달리 게일은 콧방귀를 뀌었다.

"전쟁에서 진다는 것의 리스크가 얼마나 큰지 알기나 하냐, 이 여자야."

"몰라. 난 항상 이겼거든."

"승리가 아니라 먹튀였겠지."

"자기 얼굴에 침 뱉기 하니?"

"네가 뭘 안다고."

"딱 보면 견적 나오지. 아님 한번 말해보시든지. 한 여자랑 가장 오래 연애했던 기간이 얼마야?"

게일은 못들은 척 상추 끝을 따는 데 열중했다. 아멜리는 고민스러워졌다. 모르간의 말도 일리가 있었다. 하지만 왕년의 게일처럼 가벼운 연애를 하고 싶지도 않았다.

'모르간 말대로 내가 누군가와 연애를 하기에 너무 용기가 없는 걸까?'

돌이켜 보면 확실히 친구들 중에서도 안젤라나 베스처럼 성격에 대범한 구석이 있는 친구들이 남자도 곧잘 만났다. 제인처럼 재고 따지는 것이 많거나 아멜리 자신처럼 지나치게 신중한 성격은 연애라는 사건과 인연이 별로 없었던 것이다.

'예쉬데르 씨에게 좀 더 마음을 열어보는 것도 나쁘지 않을지도.'

아멜리는 곧 다시 맞대면하게 될 예쉬데르를 떠올리며 정성스레 식사 준비를 했다.

그날 저녁 메뉴는 향초에 싸서 쪄낸 돼지고기찜, 감자 경단을 넣은 맑은 국수, 닭고기와 각종 채소를 넣고 푹 끓인 스튜, 구수한 보리빵, 비장의 소스로 무친 샐러드가 되었다.

"차린 건 별로 없지만 많이 드세요. 재료가 원래 쓰던 것과 좀 달라서 맛이 어떨지 모르겠네요."

예쉬데르가 고기찜을 한 점 집어먹고 고개를 주억거렸다

"음, 담백하고 정갈한 맛이구려."

"젤윈식 음식이랑 전혀 다르지만 맛있네. 전부 파샤의 전통음식이니?"

이미 국수 가락을 볼이 미어터지게 입에 넣은 게일이 고개를 갸웃거렸다.

"파샤에 이어 요이아 있엉아?(파샤에 이런 요리가 있던가?)"

아멜리는 내심 뜨끔했지만 최대한 태연히 둘러댔다.

"제 고향에서 먹던 음식들이에요. 시골요리라서 게일님은 잘 모르시나 봐요."

"하긴 내가 파샤 음식을 전부 먹어본 건 아니지."

다행이 게일은 대수롭지 않게 넘어갔다. 사실 최대의 관심사는 어느 나라 음식인가 하는 문제 따위가 아니었던 것이다. 모르간이 먼저 치고 나갔다.

"파이나 출신이라고 했죠?"

"그렇소이다."

"몬쥬와 파이나 사이에는 망해가 있는데, 어떻게 건넜어요?"

"배를 탔소이다."

"내 말은, 망해에는 인간을 극히 혐오하는 녹색인어족이 사는데 어떻게 통과했냐는 거예요."

"인간을 싫어하는 녹색인어가 있는가 하면 좋아하는 녹색인어도 있소이다."

"말도 안 돼."

"어디에나 예외는 있는 법이외다."

담담히 대답하는 예쉬데르의 모습에 모르간은 속으로 헛웃음을 지었다.

'말처럼 쉬웠으면 이쪽이 천 년이나 파이나와 교류가 끊겼겠어?'

하지만 얼토당토않은 말을 하는 것에 비해 예쉬데르의 눈빛이나 태도나 언어의 조리성은 정상적이었다. 사기꾼도, 허언증도 아니라면 파이나에서 왔다는 이야기가 진실이란 말인가?

모르간은 자신의 사람 보는 눈을 나름 자부하고 있었지만 예쉬데르라는 남자의 속은 꿰뚫어보기 어려웠다. 그렇다고 화기애애한 식사 자리에서 섣불리 의심하고 추궁할 수는 없으니, 미심쩍은 눈초리로 쳐다보는 일 외엔 도리가 없었다.

"예쉬데르 씨, 많이 들어요."

"낭자는 요리를 자주 하지 말아야겠소이다."

"입에 안 맞아요?"

아멜리의 표정이 어두워지자 예쉬데르가 슬며시 웃었다.

"요리 솜씨가 지나치게 뛰어나 주변 사람들을 금세 포동포동한 돼지로 만들어버리겠구려."

"아이, 놀랐잖아요."

하하하. 호호호. 소름 끼치도록 낯간지러운 웃음꽃이 피는 장면 앞에서 게일의 포크질은 점차 기계적이 되어갔다. 염장질에 식욕이 떨어진 이유도 있지만 예상보다 아멜리의 가드가 허술해 보여 놀란 탓도 있었다. 하긴 저렇게 기생오라비처럼 생긴 데다 (게일 기준에) 버터 바른 듯 느끼하고(게일 기준에) 눈웃음도 헤프니(게일 기준에) 순진한 아가씨라면 쉽게 혹할 만하다.

'저렇게 공략법이 쉬운 애를 데리고 감금 플레이나 하다가 차인 놈이 바보지.'

게일은 왕년의 라이벌을 떠올리며 혀를 찼다.

칸은 확실히 인기 많은 남자였지만 그건 어떠한 노력의 결과가 아니라 원체 인물이 잘나고 능력이 출중해서였다. 노력하지 않아도 여자가 줄줄 따르니 이성의 환심 사는 법을 고민해봤을 리 없고, 적당히 밀당하는 법도 알 리 없다. 칸이 그런 것을 알았다면 혹시 또 아는가. 지금쯤 아멜리랑 아무 문제 없이 쎄쎄쎄를 하고 있었을지.

'역시 멍청한 숙맥보단 나처럼 좀 놀아본 남자가 알짜배기라니까.'

흡족한 표정으로 꿀꺽 빵을 삼키는 게일의 옆구리를 모르간이 쿡 찔러왔다.

"멍청하게 쪼개고 있지 말고 아까 아멜리에게 했던 충고를 좀 실천해보시지?"

"아참."

게일은 쩝 입맛을 다셨다. 아무래도 사내놈한테 붙임성 있게 말 걸려니 흥이 안 났다.

"예쉬데르 군? 예쉬데르 씨? 올해 나이가 어떻게 되쇼?"

"스물여섯이외다."

"나랑 동갑이잖아. 잘됐군. 이렇게 된 거 서로 말 편하게 하는 건 어때?"

"뜻대로 하시구려."

"그 먼 파이나에서, 젤윈까지 무슨 볼일이 있어 왔나?"

"우리 부족 대대로 내려오는 귀한 성물(聖物)을 바다 건너에서 나타난 「검은 자」들에게 약탈당하고 말았소이다. 소인은 그것을 회수할 때까지 고향으로 돌아갈 수 없소이다."

"검은 자들?"

"그들을 목격한 동포가 그리 말하였소. 검은 가면에 검은 옷을 입은 마법사들이었다고."

그 순간 게일의 어깨가 움찔 움직였다. 그도 늘 검은 가면에 검은 로브를 뒤집어쓰고 다니는 무리를 알고 있었다. 하지만 설마.

"아멜리를 습격한 마법사도 검은 가면을 썼다고 했잖아요?"

"공교로운 우연일 수 있소이다."

"우연이 아닐 수도 있죠."

"그렇다면야 소인으로선 더없이 다행스러운 일이 될 것이외다. 성물의 행방을 알 수 있는 단서가 될 테니."

"마법사들이 나서서 뺏어 갈 정도면 성물이라는 게 꽤나 값진 물건인가 봐요."

"침 닦아라."

게일이 모르간에게 면박을 주었다. 예쉬데르는 그저 잔잔하게 미소 지었다.

"다른 무엇으로도 대체할 수 없다는 건 사실이외다. 마치 소인에게 아멜리 낭자가 그러하듯."

게일과 모르간이 먹으려던 음식을 동시에 떨어뜨렸다. 아멜리는 홍당무처럼 익은 제 뺨을 감싸 쥐었다.

"놀리지 말라니까요."

하하하. 호호호. 또 다시 남녀의 웃음소리가 낯간지럽게 얽혔다. 모르간은 너무 느끼해서 체할 것 같다며 가슴을 쿵쿵 쳤다. 게일도 가히 표정이 좋지 못했지만, 그래도 이 상황의 긍정적인 면을 발견한 참이었다.

'느끼하게 굴 줄도 아는 걸 보니 칸처럼 우격다짐으로 밀어붙이진 않겠군. 그나마 나은 건가.'

식사 후 아멜리와 예쉬데르는 산책을 나갔다. 요리사와 손님이 빠졌으니 나머지는 자연스레 설거지조가 되어 뒷정리를 시작했다.

"지켜보지 않아도 돼?"

"아멜리가 어린애냐."

"아니지. 하지만 당신이 팔불출이잖아."

"뭘 근거로 그런 말을?"

"아멜리가 그레이한테 잡혀갔을 때 말이야. 아멜리가 잘못되면 그 자리 있는 사람들 다 죽이고 당신도 따라 죽을 거 같은 분위기던데?"

"……."

한때 히스톤의 난봉꾼이라 불렸던 자신이 어쩌다 이런 말까지 듣게 됐을꼬. 게일은 달그락달그락 설거지를 하면서 자신의 신세를 한탄했다.

"그 남자가 파이나에서 왔다는 건 믿어?"

모르간이 그릇의 물기를 닦으며 물었다.

"말도 안 되지."

"믿기 어렵긴 하지만 조금은 그럴싸하지 않아? 말투나 복장만 봐도 이쪽 사람이 아닌 건 분명하니까."

"하긴 투기도 제법……."

마법사를 물리쳤다는 아멜리의 이야기를 듣지 못했더라도, 예쉬데르에게서 느껴지는 기운은 뜨내기 무사와는 확연히 달랐다.

아마 웬만한 로열나이트와도 일대일로 대적할 수 있는 수준이리라.

"난 진짜면 좋겠어."

"왜?"

"인간을 좋아하는 녹색인어가 정말 있다는 얘기잖아. 예쉬데르가 설득했다면 나도 설득할 수 있을 거야. 그럼 미지의 대륙과 교역이 가능해질 거고, 그야말로 신시대가 출범하겠지."

"파이나랑 교역해서 뭐하게?"

"고문서를 찾아보면 몬쥬나 램피 같은 데는 나지 않는 식물이나 향신료, 광물이 파이나에 있다고 나와. 그걸 독점 수입할 수 있으면 하늘에서 돈비 떨어지는 거나 다름없어. 이런, 내가 먼저 예쉬데르를 꼬실 걸 그랬나?"

"능욕의 희생양이 제임스 하나로 부족한가 보군."

열려 있던 창문으로 새 한 마리가 날아들었다.

"어, 슬론이다."

게일의 표정이 이상해졌다.

"저 새가?"

답할 가치도 없는 질문을 무시하고서 모르간은 전서구의 다리에서 쪽지를 빼냈다. 쪽지에는 지난번 연락에 대한 응답이 있었다.

"뭐래?"

게일의 채근에 모르간이 고개를 들었다. 그녀의 연둣빛 눈이 즐거운 듯 반짝거렸다.

아멜리와 예쉬데르는 담소를 나누며 정원 오솔길을 따라 걷다가 잠시 쉬기 위해 정원 분수대의 가장자리에 앉았다. 분수대 중앙에는 몸을 뒤틀며 승천하는 용의 조각상이 놓여 있었고, 용의 입에서 유백색의 온천수가 콸콸 쏟아지며 물보라를 뿌렸다.

"이유는 모르겠지만 젤윈에는 유난히 용 석상이 많은 것 같아요. 스토니스에 있을 때도 돌로 만든 용 조각을 자주 봤거든요."

"젤윈의 국교는 아라고밀교이고, 고밀 신은 용의 수호신이기도 하외다. 하여 이곳 사람들에게는 용이 고밀 신의 화신으로서 성스럽게 여겨지고 있다고 들었소이다."

"예쉬데르 씨도 종교가 있나요?"

"마홀 신을 섬기고 있소이다."

"마홀 신은 어떤 신이에요?"

"어둠과 명부를 다스리는 남신으로, 안식과 재생을 상징하고 영혼의 수호신이기도 하외다."

"고밀 신이 용의 수호신이라 젤윈 사람들이 용을 친근하게 여긴다면, 예쉬데르 씨는 귀신을 친근하게 여기겠네요?"

"산 자가 곧 죽은 자가 되고 죽은 자가 곧 산 자가 되는 법이외다. 산 자를 사랑했던 만큼 죽은 자도 사랑할 수 있으며 산 자를 두려워했던 만큼 죽은 자를 두려워할 것이외다."

아멜리가 알 듯 말 듯 알쏭달쏭한 소리에 고개를 갸웃거리자, 예쉬데르가 다정스레 웃으며 화제를 돌렸다.

"낭자도 신을 모시고 있소이까?"

"대단한 종교를 믿지는 않아요. 다만 「산신님」에게는 이따금 기도를 했어요."

"산신님은 어떤 신이외까."

"나무여요."

"나무?"

"제 고향마을 어귀에 붉은 천을 매달아 놓은 나무 한 그루가 있거든요. 수령이 아주 오래되어서, 웬만한 사람이 두 팔 벌려도 다 못 안을 정도로 기둥이 굵은 나무였어요. 우리 마을 사람들은 그

나무 앞에 돌탑을 쌓으며 소원을 빌곤 한답니다. 내일 날씨가 맑게 해달라거나, 비가 오게 해달라거나, 아이 감기가 어서 낫게 해달라거나요. 저는 약초꾼이었기 때문에 오늘 산행에서 좋은 약초를 많이 발견하게 해주세요 같은 기도를 많이 했어요."

"잘 이루어졌소이까?"

"그건 잘 모르겠어요. 하하. 그래도 한번 기도를 하고 나면 마음이 든든해지니까 발걸음이 가벼워져요. 좋은 약초를 캔 날에는 고구마경단이나 밀가루경단 같은 걸 만들어서 산신님 앞에 두기도 해요. 그러면 산신님의 부하들이 내려와서 음식을 물고 가죠."

아멜리의 목소리가 약간 떨리는 것을 예쉬데르는 기민하게 알아차렸다.

"고향이 그리운가 보구려."

"아니라면 거짓말이죠."

"파샤는 먼 곳이 아닌데, 돌아가면 되지 않소이까."

"사정이 좀 있어요."

곧 죽어도 고향이었다.

아는 사람은 남아 있지 않겠지만 자신이 나고 자란 땅과 마을이 그곳에 남아 있을 터였다. 히스톤에 있을 때 여유 부리지 말고 진작 들러봤다면 좋았을 텐데. 아멜리는 씁쓸한 후회를 삼키며 예쉬데르에게 물었다.

"예쉬데르 씨는 고향이 그립지 않아요?"

"떠난 지 그리 오래되지 않아 그런지 향수병은 앓은 적이 없구려."

"언제 파이나를 떠났는데요?"

"약 한 달하고 보름 전이외다."

"정말 얼마 되지 않았네요. 몬쥬에서 파이나로 가는 데는 배로 얼마나 걸리나요?"

"열흘이외다."

아멜리는 깜짝 놀랐다.

"그것밖에 안 걸리나요? 제가 파샤에서 젤윈으로 올 때도 그 정도 걸린 것 같은데?"

"인간의 기술이라면 아주 오래 걸렸겠지만, 인어가 끌어주면 천 리 바닷길도 한달음이외다."

"그건 참 잘된 일이네요. 제가 혹시 파이나로 가더라도 이곳으로 돌아오기가 수월……이 아니라."

아차, 아멜리는 속으로 식은땀을 흘렸다. 만약 예쉬데르와 사귀고 결혼까지 하게 되면 시댁이 고향과 멀어서 어쩌나 하고 설레발을 치며 앞서 나가던 망상이 무심코 입 밖으로 나와버린 것이었다.

"예, 예쉬데르 씨 말을 들으니까 파이나에 대해 관심이 생겨서요. 한번쯤 가봐도 좋겠다 싶고, 어어, 호, 혹시 예쉬데르 씨가 이쪽에서의 볼일이 끝나 고향으로 돌아간다면 저도 따라가 볼 수 있지 않을까 하고 그런 생각을."

상황을 무마하기 위해 더듬더듬 말을 잇는데, 상대방은 고개를 돌린 채 얼굴을 가리고 있었다. 가늘게 떨리는 어깨의 움직임으로 보아 웃음을 필사적으로 참고 있는 게 분명했다.

'속으로 아주 웃기는 여자라고 비웃고 있으면 어쩌지?'

아멜리는 울상을 지었다.

오늘밤 자기 전엔 이 방정맞은 조동아리를 쉰 대쯤 때리고 자야 할 것 같다. 잠시 후 조금 얼굴이 빨개진 예쉬데르가 헛기침을 흠흠 한 뒤 입을 열었다.

"낭자라면 파이나로 언제든 환영이외다."

감사하다, 고 해야 맞는 것인가. 아멜리는 산책이고 뭐고 방으로 돌아가고 싶어졌다.

"다만 한 가지 말해주고 싶은 것은, 소인과 함께한다 하여 꼭 파이나로 갈 필요는 없으리라는 것이외다."

"에, 어째서요?"

"소인이 낭자가 원하는 곳으로 가면 되지 않소이까."

"그치만 예쉬데르 씨의 식구들이 파이나에 있을 거 아니어요?"

"소인은 가족이 없소이다."

아멜리가 눈을 둥그렇게 떴다. 세상에, 이런 우연이 있을 수가. 자신과 공통점이 많은 남자라고 여겼지만 설마 이런 점까지 비슷할 줄은 몰랐다.

"양친께선 오래전에 돌림병으로 세상을 떠나셨고, 남동생이 하나 있었지만 어릴 때 사고로 양친 계신 곳으로 갔소이다."

예쉬데르를 올려다보는 아멜리의 눈길에는 동병상련이 가득했다.

"외롭게 컸겠군요."

"별로 그렇지도 않소이다. 몸을 의탁하던 곳은 항시 사람이 많은 신전이라 외로울 틈이 없었소이다. 또한, 친부가 못다 해준 교육은 양부로부터 모두 배워 아무런 불편함 없이 성인식도 잘 치렀소이다."

"양부요? 어딘가에 양자로 들어갔던 거여요?"

"아, 모친의 두 번째 정인을 뜻하는 것이외다."

그렇군요, 하고 짠한 표정으로 고개를 열심히 주억거리던 아멜리는 수초가 흐른 뒤에야 이상함을 느꼈다.

"어머니의 두 번째 정인? 정인이라면 애인이라는 뜻 아니어요?"

"그렇소이다."

"아아, 친부모님께서 이혼을 하셨던 거로군요."

라트샤에서는 몹시 희귀한 경우이지만 백여 년 뒤의 세상으로 온 아멜리는 파샤나 젤원에서 이혼이란 양자의 합의가 있으면 예전만큼은 어렵지 않게 가능하다는 사실을 배웠다. 그리하여 자연스럽게 그것을 떠올렸지만.

"이혼이라면 혼인을 해야 가능하지 않소이까. 소인의 부족은 혼인제도가 없으니 이혼도 불가능하외다."

뎅—. 어디선가 난데없이 큰 종소리가 들려오는 것만 같았다.

'혼인이 불가능해? 파, 파이나식 농담인가?'

하지만 기대와 달리 아무리 기다려도 「농담이지롱!」 같은 말은 튀어나오지 않았다.

"혼인을 안 한다고요? 어떻게 그럴 수가? 그럼 가족은 어떻게 생기는 거여요?"

"성인식을 치른 자식은 모친으로부터 독립을 하는데, 마음 맞는 정인이 생기면 같이 살고 합의하에 자식을 보기도 하외다. 하지만 그 과정에서 서로에 대한 어떠한 구속력도 발생하지 않소이다. 살다가 두 사람의 마음이 틀어지면 얼마든지 헤어지고 새로운 정인을 만들 수 있소이다."

뎅뎅뎅뎅뎅—.

크고 방정맞은 종소리가 이제는 뇌를 뒤흔들었다. 혼인하지 않은 남녀가 동거를 하면서 아이를 기르다가, 또 헤어지고 새로운 이성을 만나 산다는 것은 라트샤 기준으로 보면 거의 짐승의 행태나 다름없고, 보다 개방적인 현시대의 파샤 기준으로 보더라도 구설에 오를 가정사였다. 그런 것이 당연시되는 파이나라는 대륙은 도대체 얼마나 풍기 문란한 땅이란 말인가.

'홀딱 벗고 목욕한다고 할 때부터 알아봤어야 하는데!'

아멜리는 혼미한 정신을 가다듬고 물었다.

"만약 아이가 생겼는데 헤어져버리면 그다음은요? 아이는 누가 키우고 돈은 누가 벌어오죠?"

"소인네 부족이 기본적으로 모계사회다 보니 양육권도 친모 우선이외다. 양육비는 먼저 헤어지자고 한 쪽이 부담하는 것이 관례인데, 합의가 동시적으로 이루어졌다면 직접 아이를 기르지 않는 쪽이 부담하외다."

"그 사람이 돈이 없다면요?"

"그만한 경제적 여건도 안 됐다면 애초에 아이를 가지지 않을 것이외다."

아멜리는 말문이 막혔다. 하긴 돈이 없을 땐 애를 안 낳는 게 가장 좋은 경제계획이긴 하다.

'애 낳고 나 몰라라 하는 게 아닌 걸 보니 생각보다 막장은 아닌가 보네.'

초반의 충격은 조금 완화되었다. 그래도 사회의 근간이 혼인한 부부로부터 비롯된 가정이라 믿어온 아멜리는 이 신기한 난혼사회에 대해 무성한 궁금증이 일었다.

"엄마랑 아빠랑 헤어지고 새 아빠가 생기거나 하면 아이가 혼란스러워하지 않나요?"

예쉬데르가 매끈한 턱을 쓰다듬으며 과거를 회상했다.

"글쎄올시다. 사람마다 다르겠지만 소인의 경우에는 「아버지의 역할」을 해주는 성인 남자가 곁에 있는 것으로 만족했던 것 같소이다. 일단은 성인식이 중요하니 말이외다."

"성인식이요?"

"이쪽에는 없는 관습인가 보구려. 마할족의 남녀는 열여덟이 되면 통과의례로 홀로 파이나 대륙 일주를 해야 하외다. 마할족 외의 일곱 부족을 만나고, 열일곱 개의 섬에 위치한 소신전에서 의식을 치르고 돌아오면 비로소 성인으로 인정을 받소이다."

"맙소사, 열여덟밖에 안 된 어린애들이 그런 걸 한단 말이어요?"

"크게 어렵지 않소이다. 필요한 지식 전반을 수년에 걸쳐 부친으로부터 미리 교육받으니까."

"그럼 안전한 거여요?"

"가끔 죽는 사람도 있긴 하외다."

"세상에. 마할족은 굉장히 터프한 사람들이군요. 굉장해요."

아멜리는 열여덟 생일을 떠올렸다. 특별히 힘든 일을 한 건 없고 여자 친구들과 모여 밤늦도록 먹고 떠들고 한 게 끝이었다. 하아. 입에서 심란한 한숨이 절로 나왔다. 라트샤와 다른 목욕법, 라트샤와 다른 혼인제도, 라트샤에는 없는 성인식. 이방인이란 단지 옷차림이나 말투로 구분 짓는 것이 아니었다. 사상과 가치관이 전혀 다르기 때문에 이방인이라 하는 것이다.

"솔직히 어찌해야 할지 잘 모르겠어요. 에쉬데르 씨는 멋지지만 저와는 너무 다른 사람이네요."

"결국에는 같은 인간이외다."

"그야 그렇지만요."

"기쁘면 웃고, 슬프면 울며, 아끼는 이를 존중하고 배려하는 인정(人情)을 갖고 있다면 서로 함께하지 못할 이유는 없소이다. 나고 자란 장소가 다르니 당연히 서로 다른 점도 있겠지만, 마침 우리 둘 다 젊은 나이라 살아갈 나날은 소 터럭처럼 많으니 차차 알아가고 맞춰가면 되겠구려."

"하지만 혼인으로 맺어지지 않는다면 의무나 책임도 없잖아요. 같이 지내다 보면 크게 다투거나 실망하게 되는 날이 틀림없이 올 텐데, 부부가 아니라면 굳이 노력을 할까요? 더욱이 예쉬데르 씨는 용모도 인품도 훌륭한 분이니 저보다 더 나은 여자를 만나기도 쉬울 텐데요."

"낭자는 두 가지를 잘못 생각하고 있구려."

"제가요?"

"첫째, 낭자보다 「더 나은」 여자는 존재하지 않소이다. 단지 「다른」 여자가 존재할 뿐. 둘째로는, 낭자를 선택한 것은 소인의 의지이자 바람이외다. 그렇기에 타인이 정해준 규칙 속에서 의무나 책임을 가질 필요가 없소이다. 오직 스스로 그러하고자 하면 되는 것이외다."

"하지만 마음이 식으면요."

"물론 감정은 변하기도 하는 것이외다. 그러나 맹세는 변하지 않소이다. 낭자가 소인을 받아들여 준다면, 우리가 함께하는 동안 낭자의 행복을 위해 전심전력을 다하기로 스스로 맹세하였소이다. 함께하는 동안이라는 것은 말 그대로 헤어지는 그 순간까지를 포함하였으니, 쉬운 이별이 낭자의 마음을 아프게 한다면 소인은 절대로 그리할 수 없소이다. 이 맹세가 지켜지는지는 소인의 양심이 지켜볼 것이외다. 그것은 소인이 세상에서 가장 속이기 어려운 상대이기도 하외다."

예쉬데르가 섬세한 손길로 아멜리의 귀밑머리 한 올을 살며시 뒤로 넘겨주었다.

"이 정도면 낭자가 생각하는 「의무와 책임」에 부합하는지?"

아멜리는 새삼스러운 눈길로 그를 바라보았다.

'어쩜 이렇게 강한 사람일까!'

사는 세계가 다르다는 이유로 자꾸만 칸을 밀어냈던 아멜리로서는 예쉬데르의 적극성이 놀랍고도 신기했다. 그녀는 칸을 볼 때마다 회의와 걱정이 앞섰고, 애정이 깊어지려 할 때마다 최악의 경우를 가정했다. 그것이 자신을 보호하는 현명하고도 유일한 방법이라고 생각했기 때문이다. 하지만 예쉬데르는 어떠한가?

스스로를 믿고 나아가기로 결심했다.

타인의 입장에서 그러한 결정을 바라보았더니, 결코 어리석지도 위험하지도 않아 보였다. 자신의 감정을 억누르며 움츠러들기보다, 자신의 진솔한 감정을 존중함으로써 스스로를 보호하는 방법도 있는 것이었다.

"아직도 소인이 낯설게 느껴지시외까."

"낯설기보다는 놀라워요. 저 예쉬데르 씨 덕분에 뭔가 하나를 깨달은 것 같아요."

"좋은 깨달음이외까?"

"그럼요."

"잘됐구려."

"하지만 아직 하나를 모르겠어요."

"무엇이외까?"

"제가 왜 좋으셔요?"

아멜리는 내내 신경 쓰이던 부분을 결국 단도직입적으로 물어버렸다.

"좋은 데 이유가 있어야 하외까?"

"솔직히 저랑 같이 다니는 모르간이, 남장을 하고 있긴 하지만 훨씬 미인이고요. 전 시골 출신에 부자도 아니고 재주도 별로 없어요. 모르는 것도 많고, 글도 이제야 배우는 중인걸요. 예쉬데르 씨가 왜 제가 좋다는 건지 전혀 이해가 안 되어요."

자학은 좀 비참하지만 툭 까놓고 물어보지 않으면 두고두고 예쉬데르의 진심을 의심하게 될 것 같았다. 왜냐면 아무리 고민해도 예쉬데르 같이 근사한 남자가 자신에게 반할 이유가 전혀 없었던 것이다.

아멜리는 긴장하며 상대의 답변을 기다렸다.

예쉬데르는 별로 고민도 하지 않고 대답했다.

"낭자는 귀엽고 상냥하고 재미있고 요리 솜씨도 훌륭하고 좋은 향기도 나외다."

잠시 정적.

"설마 그게 다여요?"

"더 필요하외까?"

아멜리는 허탈했다. 억울함마저 스멀스멀 피어올랐다. 목숨 건 사랑인 듯 진지한 분위기로 설득할 땐 언제고, 반한 이유가 저게 다라니! 별로 대단한 것도 없지 않은가!

"사실 귀엽고 상냥하기만 했어도 충분했는데, 엉뚱한 구석도 있고 요리 솜씨까지 좋으니 금상첨화 아니외까."

사람 마음 간사하다더니 천사처럼 보이던 미소가 이제는 능청스러워 보였다.

"전부 너무 평범하지 않나요?"

예쉬데르가 말한 이유는 어느 여자에게라도 조금씩 존재하는 일면이라는 생각이 들어 아멜리는 여전히 이해할 수 없었다.

"소인에겐 특별하외다."

본인이 그렇다니 더 할 말은 없지만.

"더욱이 낭자에게선 굉장히 향긋하면서도 독하지 않은 내음이 늘 따라다니던데, 무슨 특별한 향수라도 쓰는 것이외까?"

"아뇨, 딱히."

아멜리가 확인차 제 팔뚝에 코를 대보았다. 몇 시간 전까지 열심히 요리를 했던지라 음식과 향신료 냄새만 옷자락에 좀 짙게 배어 있을 뿐이었다.

"살 내음이란 말이구려."

황금빛 눈동자에 이채가 돌더니, 붉은 혀가 날름 마른 입술을 축였다.

"그거 참 기대가 되는구려."

"뭐가요?"

"아무것도 아니올시다."

아멜리는 하늘을 바라보았다. 먹고 떠드느라 시간 가는 줄 몰랐더니 벌써 서녘이 붉게 타오르고 있었다.

"슬슬 킹스야드로 가야 할 시간이어요."

"고백에 대한 답변은 언제 들을 수 있겠소이까?"

"하루만 더 생각할 시간을 주시겠어요?"

"재촉하는 게 아니라 단지 궁금해 물어본 것이니 천천히 답 주시구려."

"고마워요."

"그런데 밤에 낭자 혼자 남는 것이외까?"

"아니요. 낮의 사건 때문에 게일님이 당분간 옆에 붙어 있으라고 해서 저도 가야 할 거 같아요."

"낭자는 피곤하겠지만 오래 볼 수 있어 좋구려. 그나저나 게일도령과는 어떤 관계인지?"

은근슬쩍 의미심장한 질문이었다. 다행인지 불행인지 모르간의 놀림 때문에 이미 면역이 되었기에 아멜리는 자신 있게 즉답했다.

"제 목숨을 구해준 적이 있는 은인이자 친한 친구여요."

"소인도 오늘 낭자를 구해드렸으니 지고 있진 않는 것이외까?"

"이게 무슨 경쟁인가요, 하하."

아멜리와 예쉬데르는 화기애애한 분위기 속에서 정원을 떠났다. 그리고 얼마 후 그들이 있던 자리에서 나방 한 마리가 포르르 하늘로 날아올랐다. 활짝 펼친 양 날개에는 인간의 눈처럼 길쭉한 눈이 검게 박혀 있었다.

"잠깐 저랑 얘기 좀 하실 수 있어요?"

"뭔진 모르겠지만 이따 하면 안 되냐."

밤새 삽질하고 흙을 나르다 돌아온 게일은 한시라도 빨리 침대로 기어 들어가고픈 열망에 사로잡혀 있었다.

"죄송하지만 지금이어야 해요."

"모르간, 모르간으론 해결 안 돼?"

"연애도사님이 필요해요."

끙, 게일은 결국 아멜리에게 질질 끌려 나갔다. 이미 이불 속에 쏙 들어가 꿈나라 여행을 떠난 모르간의 뒤통수를 부럽게 쳐다보면서.

정원의 벤치에 나란히 앉아 아멜리는 간밤에 예쉬데르와 나누었던 얘기를 여차저차 모두 풀어냈다. 그런데 졸린 탓인지 아니면 관심이 없는 탓인지 게일은 연신 하품만 해댔다.

"사귈지 말지 결정만 남은 거잖아, 그거."

"그……렇다고 볼 수 있죠."

"그 정도는 혼자 결정하라고. 나 자러 간다?"

아멜리는 잠시 제임스가 된 기분을 맛보았다.

"제가 예쉬데르 씨와 떠난다 해도 상관없단 말씀이어요?"

"상관은 있겠지. 여행 경로도 바뀔 거고. 널 데리고 못 가는 장소에도 갈 수 있을 거고."

아멜리의 눈이 가늘어졌다.

"절 데리고 못 가는 장소?"

"이상한 생각 마라, 아가야. 아타락시아 같은 데 말이다. 위험한 곳. 모험가의 성지."

"지금까지 제가 게일님의 발목을 잡고 있던 거로군요. 저랑 헤어지면 오히려 홀가분하시겠어요."

섭섭함이 물씬 묻어나는 어조였지만 게일은 비몽사몽이라 눈치채지 못했다.

"몰라. 헤어져봐야 알지."

"……."

정원은 평화롭게 아침 새가 지저귀는 소리만 들릴 뿐, 고요했다. 게일은 그대로 깜빡 졸다가 고개가 아멜리의 어깨에서 확 미끄러져 떨어지는 바람에 화들짝 깼다.

"어, 뭐야. 나 졸았나?"

아멜리를 쳐다보니 옆얼굴이 몹시 굳어 있었다. 게일이 게슴츠레한 눈을 끔벅끔벅했다.

"무슨 일 있어?"

"제 얘긴 다 끝났어요. 들어주셔서 감사해요. 그럼 이만."

아멜리가 벌떡 벤치에서 일어났다. 게일은 그녀를 잽싸게 잡아 도로 앉힌 뒤 잠기운을 몰아내려고 제 볼을 쭉 잡아당겼다. 아멜리는 글썽글썽한 눈을 들키지 않으려고 얼굴을 잔뜩 찡그리며 허벅지를 꼬집었다. 모르간이 보았다면 분명 파샤인들 아침 체조는 요상하기도 하다며 놀렸을 만한 장면이었다.

"아우씨, 너무 세게 꼬집었네."

게일이 시뻘겋게 자국 난 제 뺨에 손등을 문댔다.

"왜 그러는데? 말 안 해주면 내 꿈자리가 몹시 뒤숭숭해진다."

아멜리는 소맷부리로 눈가를 쓱 닦아낸 뒤 어렵게 말을 꺼냈다.

"제가 약한 게 속상해요."

"뭐냐. 그런 걸로 스트레스 받고 있었어?"

김이 팍 샜다. 한편으로는 아멜리의 처지가 이해가 되기도 했다. 그녀가 의자와 상관없이 이상한 소동에 휘말려 구른 것이 한두 번인가.

"여기 로열나이트 출신의 훌륭한 교관이 있잖냐. 호신술 가르쳐주마."

"……."

"배우고 싶은 무기가 따로 있어? 활? 창? 곤봉? 쌍절곤? 말만 해. 내가 못 다루는 무기는 없으니까."

"지금부터 무술을 배운다 하더라도 달인이 되려면 얼마나 오래 걸리겠어요."

"노력도 안 하고 강해지려고?

"그게 아니어요. 그동안에도 계속 게일님의 짐이 되는 게 싫은 거여요."

"짐? 내가 아까 너보고 짐이랬어?"

게일은 멍청한 표정으로 기억을 되짚었지만 떠오르는 건 까만 밤에 까만 소뿐이었다.

"차라리 제가 슬론 소장님이나 예쉬데르 씨였으면 좋겠어요. 그럼 게일님도 절 마음껏 의지할 수 있을 테니까요. 그레이처럼 위험한 마법사가 덤벼도 함께 싸울 수 있고, 위험에 빠져도 제가 구해드릴 수 있고요. 무엇보다 게일님이 가고 싶은 곳이라면 어디든 걱정 없이 떠날 수 있을 텐데."

"아니, 난 우락부락한 남자들이랑 여행하는 건 싫은데……."

게일의 진지한 중얼거림은 자기만의 상념에 흠뻑 빠져 있는 아멜리에겐 들리지 않았다.

"기회가 있을 때 헤어지는 게 낫지 않을까요?"

"그 파이나 녀석을 따라가려고?"

"꼭 예쉬데르 씨가 아니더라도요. 지금이라면 저 혼자서도 젤윈에서 살아갈 수 있을 것 같아요."

아멜리는 이 시대를 살아갈 여력이 생겼다. 문자도 익히고 있고 문화와 관습도 많이 익숙해졌으며, 동굴에서 가져온 보석을 또 팔면 경제적 기반도 어느 정도 마련되리라. 스토니스 때처럼 큰 도시의 인력시장에 가면 일거리도 구할 수 있을 것이다. 그동안은 칸이 쫓아와 해코지할지도 모른다는 우려 때문에, 또 그녀에게 달리 연고지가 없기 때문에 지극히 자연스럽게 같이 여행을 다녔다. 하지만 역시 이렇게 커다란 나라 안에서 사람 하나 찾아내기란 무리가 아닐까. 특히 그녀처럼 평범한 사람을 말이다.

'게일님에게 걸림돌이 되고 싶진 않아.'

약간은 인간적인 섭섭함과 실망감 때문에 충동적으로 내린 결심이지만 번복할 마음은 들지 않았다.

"싫은데."

아멜리가 고개를 들었다.

“못 헤어지겠다.”

“어째서요?”

“걱정되니까.”

“제가 약해서요?”

“네가 오우거만큼 힘이 세든 나만큼 싸움을 잘하든, 그런 문제가 아냐. 그냥 네가 내 시야에 없다는 것만으로도 칸이 널 쫓아가지나 않았는지, 어디서 또 그레이 같은 놈과 맞닥뜨리진 않는지 계속 걱정하게 될 거 같아. 그 와중에 모험이고 나발이고 집중될 리가 있냐.”

아멜리는 어안이 벙벙했다. 하늘 같은 공주님 호위도 좀이 쑤셔 못 하겠다 불평하던 남자의 입에서 이런 소리가 나올 줄이야. 게일은 멋쩍게 머리를 북북 긁었다.

“아무래도 네가 칸과 나가서 안 돌아오던 날 밤, 안 좋은 예감을 무시해버렸던 게 일종의 트라우마가 됐나 봐. 파샤를 떠난 뒤로 이상하게 네 안전에 대해 책임감이 느껴진단 말이야.”

“책임감…….”

“예쉬데르랑 사귀거나 말거나 그건 네 결정이지만, 적어도 내 눈 닿는 곳에는 있어라.”

“언제까지요?”

“믿을 만한 녀석이 나타나 널 평생 목숨 바쳐 지키겠다고 내 앞에서 맹세할 때까지."

"예쉬데르 씨는 아닌 거여요?"

"내가 말했지. 집안에 빚이나 우환은 없는지, 처자식 먹여 살릴 능력은 되는지, 건강은 한지……."

"그만! 그만!"

아멜리가 말이 길어지려는 게일을 말렸다.

'이런 사람 어디서 본 적 있는 거 같은데.'

떠올려 보니 무케스산에서 이상형의 조건을 읊어대던 모르간의 모습과 똑 닮았다. 역시 두 사람이 툭 하면 으르렁대는 건 동족혐오 때문이었던 것이다.

"제가 다 갖춘 사람 만날 때까지 기다렸다간 게일님은 평생 아타락시아 같은 곳엔 못 가게 될지도 몰라요."

"괜찮아. 어차피 넌 좀 이상한 놈들이 꼬이는 체질이잖아. 네 옆에서 그런 놈들만 퇴치해도 모험은 실컷 할 수 있을 것 같아."

게일은 자신이 아는 아멜리의 과거 인연들을 손에 꼽아보았다.

"감금 플레이를 즐기는 기사에 스토커 마법사에 온천장 치한에 길거리 추행 마법사에……. 그러고 보니 진짜 심각하네, 너."

"노름꾼도 추가해야지."

두 남녀의 사이를 불쑥 끼어든 것은 평소보다도 약간 더 갈라진 허스키 보이스였다. 별채 창문을 열고 창틀에 기댄 모르간이 반만 뜬 눈으로 그들을 바라보고 있었다.

"당신 목청도 참 크다. 밤새 삽질하고 와서 졸리지도 않니?"

"어디서부터 엿들었냐."

"믿을 만한 녀석이 어쩌고 했을 때부터. 그렇게 죽고 못 살 거 같으면 둘이 그냥 살림을 차리지그래."

"아름다운 우정을 더럽히지 마라."

"남녀 사이에 우정이 어디 있어?"

게일이 고개를 주억거렸다.

"어떤 의미에선 이미 우정을 넘어섰달까. 말하자면 우애?"

"꼭 가족 플레이 하면서 썸을 이상하게 타는 애들이 있더라."

모르간이 피식 비웃었다.

"하긴 오빠 오빠 하다가 여보 하게 돼도 여전히 가족은 가족이네. 그치, 아멜리?"

아멜리는 대답 대신 조금 부산스럽게 자리에서 일어났다.

"둘 다 얼른 자요. 전 아침 공기 좀 마셔야겠어요."

"멀리 가지 말고 이 근처에서 놀아."

아빠가 어린 딸에게 충고하듯 외친 뒤 게일은 하품을 쩍쩍 하며 실내로 들어갔다. 그와 모르간의 모습이 사라지자마자 아멜리는 털썩 주저앉았다. 왠지 모르게 몸에 힘이 들어가지 않고 술이라도 한 잔 걸친 것처럼 후끈후끈했다.

'내가 왜 이러지?'

아멜리는 상쾌한 아침 공기 속에서 한참이나 머문 후에야 숙소로 돌아갈 수 있었다.

그리고 그날 오후 늦게 예쉬데르를 불러냈다. 아멜리의 대답은 거절이었다.

"알겠소이다."

예쉬데르는 거절을 몹시, 매우, 아주 흔쾌히 받아들였다.

"예쉬데르 씨, 괜찮아요?"

"낭자가 싫다는데 소인이 더 무슨 말을 하겠소이까."

아멜리는 심란해졌다. 나는 혹시 놀림 당했던 게 아닐까? 예쉬데르가 그런 아멜리의 속내를 눈치채고 슬쩍 웃었다.

"소인은 바람을 기다리겠소이다."

"바람이라니요?"

"여인의 마음은 갈대와 같다고 하였으니, 곁에 있다 보면 바람이 소인 쪽으로 부는 때도 찾아오지 않겠소이까."

"설마 따라오려고요?"

순간적으로 아멜리는 칸이 떠올라 몸이 굳었다. 거절을 받아들이지 못하는 남자에 대해서는 약간 공포심이 있었다.

"걱정 마시구려. 낭자가 불편할 일은 없을 것이외다. 소인은 싫다는 여인을 괴롭히는 파렴치한은 아니올시다."

"그건 정말 감사한 일이지만……."

예쉬데르의 분위기는 그때의 칸과는 전혀 다르긴 했다. 재미있어한다면 재미있어한달까.

"소인은 일하러 가야 하니 이만."

"아, 네에 네."

아멜리는 덩그러니 남겨졌다. 그러나 예쉬데르가 떠나면서 중얼거린 말을 듣고 말았다.

"낭자에게 유혹당하게 될 그날이 참으로 기다려지는구려."

과연 이 결과가 자신이 원하던 대로 잘 끝난 것인가, 아멜리는 조금 찜찜한 예감에 사로잡혔다.

24
습격

“형님! 피곤하지 않으신가요?”

모르간이 불쑥 천막 안에 웃는 낯을 들이밀었다. 의자에 앉아 졸고 있던 애꾸눈의 자경단원이 퍼뜩 깨어 흘린 침을 닦았다.

“어어, 그럼.”

“어차피 삽질하는 사람들은 따로 있으니 쉬엄쉬엄 하세요. 여긴 형님보다 윗사람도 없잖아요.”

“자넨 언제 봐도 싹싹하구먼. 흐흠, 오늘도 뭐 좀 있나?”

“물론이죠. 신선주라고 들어보셨을까요?”

“허허허! 내가 술 당겼던 건 어떻게 또 알았어?”

“형님 맘이 제 맘이죠. 어서 한 잔 받으시죠.”

모르간이 싱글싱글 웃으며 잔에 술을 채웠다.

“매일 밤 힘드시겠어요. 낮에는 이렇게 자경단원들이 공사감독까지 하러 나오지 않는다면서요?”

“그야 그쪽은 평범한 일꾼들이니까 그렇지.”

“밤에 공사를 하지 말든가, 정식 인부들을 모집하면 형님들이 고생할 필요 없을 텐데 말이에요.”

“거야 윗선의 결정이고 아랫것인 우리야 시키는 대로 할 수밖에.”

“치안유지대에서 별말 안 해요? 원래 체포된 범죄자는 관할 치안유지대의 소관이 되고, 국법에 따라 처리되어야 하잖아요. 「팜의 친구들」이 이렇게 빼돌리듯 데려가면 서로 다투게 되지 않나요?”

모르간이 넌지시 떡밥을 던졌다. 이것이 그간 나태한 자경단원들에게 술이며 담배를 갖다 바치며 아부를 떤 목적이 바로 이것이었다. 「팜의 친구들」과 엮이게 된 것은 의도치 않은 일이었지만 피할 수 없으면 즐기라는 말처럼, 그들 소굴의 한가운데에서 「형제」가 알려준 것 이상의 정보를 캐내기로 마음먹은 것이다. 정식 국가기관도 아닌 단체가 죄수의 노동력을 착취하고 있으니 필시 구릿한 냄새를 풍기는 배후세력이 있을 것이다. 이에 관한 정보를 얻어두면 필시 훗날 도움이 되리라. 제임스가 아스라 신을 맹신하듯, 모르간은 정보와 지식을 맹신하는 사람이었다.

“팜의 친구들이나 치안유지대나 다 우리 마을 사람들인데 뭘. 필요하면 도와야지.”

"하긴 이러면 예산 절감은 많이 되겠군요."

"예산보다도……."

자경단원이 술 한 모금을 넘긴 뒤 목소리를 은밀하게 낮췄다.

"밖에 있는 녀석들한테 말하지 마."

"뭘요?"

"이 자리에서 사람 여럿 죽어 나갔어."

모르간의 귀가 쫑긋거렸다.

"사고로요?"

"사곤지 뭔지 모르겠단 말이야. 공사를 하고 있다가도 눈 돌리면 사라져버리니 말이야."

검은 턱수염을 가진 자경단원이 소변을 보고 천막 안으로 돌아오면서 이야기를 받았다.

"예전부터 이 지역에 그런 얘기가 있긴 했어. 고향을 등지고 도시로 떠나는 젊은 남자는 망령에게 끌려간다고 말이야."

모르간은 며칠 전에 묵었던 레이븐스우드의 상 당한 집을 떠올렸다. 그 집 아들도 그런 사연이었다.

"단순히 괴담 같은 건 줄 알았는데요."

"나도 그랬지. 실제로 겪어보기 전까지는."

"이 공사장에서만 집중적으로 일어나는 건 좀 이상하긴 해. 저주라도 받았는지 원."

"지금까지 몇이나 사라졌는데요?"

"지난주로 딱 쉰."

"50명이나요?"

모르간이 눈을 크게 떴다.

"그런데도 이렇게 조용해요? 난리가 나도 한참 날 숫자 같은데."

"모르지, 관계자 외에는. 「팜의 친구들」에서 필사적으로 입단속을 했거든."

"치안유지대도 몰라요?"

"그쪽 대장이 관청 대장이랑 친인척이래. 서로 짝짜꿍하고 넘어가기로 한 모양이야. 여기 공사만 망하는 게 아니라 팜 자체도 망할 수 있으니까."

"아무렴. 이런 관광도시는 그런 류의 소문이 퍼지면 끝장이지."

"실종자를 찾는 사람들은요?"

"어차피 여기 인부들은 다 타지방 인력시장에서 건너온 외지인들이라서 몇 달 안 보인다고 헐레벌떡 찾으러 오는 사람은 없어. 아님 다른 데로 이미 떠났다고 해도 그만이지. 마음이야 안 좋지만 어쩔 수 없지. 사실 우리가 그렇게 만든 것도 아니고 말이야."

"원인은 조사해봤나요?"

"치안유지대나 자경단원이나 은밀히 실종자를 찾아본 적이 있긴 하지만 소득은 없었어."

"가면의 저주일지도."

검은 턱수염 자경단원이 술잔을 스스로 기울이며 중얼거렸다.

애꾸눈이 아는 체를 했다.

"오오, 자네도 들었구먼, 그거."

"무슨 얘기예요?"

"마지막으로 목격한 다른 인부들이 그러더라고. 사라진 녀석들이 이상한 가면 같은 걸 쓰고 있었다고."

"데스마스크, 그거 데스마스크였대."

검은 턱수염이 소름끼친다는 듯 몸을 부르르 떨었다.

"아무래도 이 공사장 저주받은 거 같아. 계속 땅 파다가 시체더미라도 나오는 거 아닌지 원."

"그 가면 혹시 갖고 있어요?"

"아니. 실종자들이랑 같이 사라졌어."

"아깝네요. 진짜 데스마스크라면 누군가의 얼굴형을 본떠서 만들었을 텐데 그 얼굴을 알아보는 사람이 마을에 있다면 사건의 실마리가 됐을지도 모르잖아요."

"오! 너 머리 좋네! 우리 자경단에 들어오지 않을래?"

"하하. 됐어요. 조직이라면 지긋지긋해."

"아쉽네, 아쉬워. 너라면 내 오른팔이 될 수 있을 텐데. 그래도 기분이다. 내 잔 한 잔 받아라!"

술자리의 흥이 왁자지껄하게 무르익어갔다.

밖에서 여느 때와 같이 구덩이를 파고 있던 제임스는 한결 시끄러워진 천막 쪽을 힐끔 쳐다보았다.

다행스럽게 무시무시한 요녀는 밖으로 나올 기미가 없었다.

"무어 경……."

게일이 벌레 씹은 표정으로 뒤돌아보았다. 마치 고백 직전의 소녀처럼 제임스가 수줍게 그를 쳐다보고 있었다.

"얘기 한 번만 들어주시면, 이후 무어 경이 어떤 선택을 하든 전적으로 따르겠습니다."

그가 쥐고 있는 삽자루로 저 애절한 표정을 한 대 때려줄 수 있다면 소원이 없을 것 같았다. 그러다 게일의 시선이 문득 예쉬데르와 마주쳤다. 예쉬데르가 굽은 등을 펴고 이마의 땀을 쓱 닦더니, 흙더미가 담긴 수레 손잡이를 쥐었다.

"흙이 많이 찼구려. 버리고 오겠소이다."

"내가 가도 되는데."

"올라간 김에 잠시 휴식을 취하다 오고 싶어서 그렇소이다. 한 15분쯤 후에 올 터이니 느긋하게……."

예쉬데르가 의도적으로 말꼬리를 흐렸다.

"느긋하게 뭐?"

게일의 물음에 답하지 않고 예쉬데르는 떠나갔다. 덕분에 게일의 기분은 한층 더 구려졌다.

"무어 경."

제임스가 또 징징거리는 소리를 냈다. 게일은 하늘을 바라보며 마음속으로 아스라 신에게 물었다.

'이놈을 죽여선 안 되는 이유 500개만 대면 당신의 종, 기꺼이 살려드리리다.'

물론 대답은 없었다. 게일은 땅에 삽을 팍 꽂았다.

"좋다, 제임스! 남길 유언, 아니, 할 말 있으면 해봐라."

제임스의 귓가에 축복의 폭죽이 팡파라라팡팡 터졌다.

"무어 경! 역시 무어 경은 아스라 신의!"

"14분 남았다."

"아, 네넷!"

제임스가 진지하게 표정을 굳혔다.

"본론부터 말씀 드리겠습니다. 저는 한 달 전에 실종된 마하트의 원무녀, 클로이님을 찾고 있습니다."

게일은 뜨악한 얼굴이 되었다. 원무녀라 하면 신전 소속 무녀들의 우두머리이자 홀리 가디언, 대제사장과 더불어 교단의 삼두였다. 기실 존재감으로 따진다면 대제사장의 몇 배, 홀리 가디언의 수십 배였다. 대제사장은 대신관 중 가장 연륜이 많고 사제들의 지지를 많이 받은 자를 뽑고, 홀리 가디언은 시험을 거쳐 수많은 성기사 중 가장 강하고 믿음이 충만한 자로 발탁한다. 그러나 원무녀의 선발 조건은 좀 더 특이했다.

"신탁 받을 사람이 사라지다니, 마하트는 망했구먼."

그 말에 제임스의 눈가가 바르르 떨렸다. 심한 말이라고 생각했지만 제임스 자신이 보아도 심각한 상황이긴 했다.

원무녀는 신의 목소리, 즉 신탁을 듣는 능력이 있는 자이다. 그리고 세상에는 신탁으로 좌우되는 권력이 허다했기에 신탁은 교단의 권세와도 직결되었다. 따라서 선발 직전까지 대제사장이나 홀리 가디언이 잠시 공석일 수는 있어도 원무녀가 공석인 법은 없었다. 극단적으로 말하면 그것은 게일 말대로 신전의 쇠락을 상징하는 일이기 때문이었다.

"원무녀가 실종되도록 그쪽 신전 사람들은 눈 뜨고 뭐 했대?"

"대외비이긴 하지만, 솔직히 말해 클로이님의 실종은 이번이 처음이 아닙니다."

"음?"

"과거에도 어느 날 홀연히 사라지셨다가 아무렇지도 않게 다시 나타나신 적이 두 차례 있습니다. 당시엔 수일 내로 무사 귀환하셨기에 사건이 조용히 수습될 수 있었다고 들었습니다. 하지만 이번엔 좀 길어지는 듯하여 다들 이만저만 걱정이 아닙니다."

"무사 귀환이 문제가 아니잖아. 원무녀가 신전 밖으로 나오면 신성력이 약화되는 거 아닌가?"

일반적으로 알려진 바에 의하면 원무녀는 세속의 오염에 물들어 신성력이 약화되는 일을 방지하기 위해 신전의 가장 내밀한 장소에서 한 발짝도 나오지 않는 폐쇄적인 생활을 한다. 원무녀와 만날 수 있는 것도 신전의 정결한 사제들뿐이지, 신자 대부분은 아무리 독실하다 하더라도 원무녀의 실루엣조차 접할 수 없다.

이는 지상에 존재하는 모든 교단에 공통적으로 적용되는 엄격한 원칙이었다.

"당시엔 저도 일개 성기사였던지라 자세한 내막은 모르겠습니다. 다만 클로이님께서 출타하신 연유는 신의 계시와 관련이 있었기 때문에 신성력도 약화되지 않았다는 것 같습니다."

"그딴 변명, 근본주의자들한테는 안 통할걸."

"으음……."

제임스는 반박하지 못했다. 어떤 교단이든 그 중심부는 권력 다툼으로 인해 일촉즉발의 긴장감이 감돌고 있기 마련이다. 그러나 대부분의 교도들은 원무녀를 신성과 동일시하며 맹신하고 있어 커다란 교단이 하나의 통일성을 갖고 유지될 수 있다. 문제는 원무녀가 세속을 접하게 될 경우였다. 정결함을 잃은 무녀야 새로 뽑으면 그만이지만, 기존의 신탁이 정말 신의 목소리였는지 의심받을 수 있다. 또 「신이 쓴 경전을 믿는가, 인간을 통한 신탁을 믿는가」라는 오래된 종교논쟁을 야기하기 시작할 것이다. 신전이 소란해지면 결과적으로는 파국이 도래한다. 그것도 신전 하나만이 아니라 수많은 국가가 얽힌 파국.

"원무녀의 실종을 알고 있는 자에게는 교단 내부적으로 철저히 함구령을 내려놓았습니다. 소문은 쉬이 퍼지지 않을 것입니다."

"근데 나한텐 왜 말 못 해서 난리였냐."

제임스가 슬픈 얼굴을 했다.

"저 혼자 수무녀의 조언대로 팜 일대를 이 잡듯이 뒤졌지만 클로이님의 단서조차 찾지 못했습니다. 도움이 절실히 필요하지만 사안의 중대함 때문에 아무한테나 부탁할 순 없고, 이제 와서 신전으로 다시 돌아갈 수도 없고요. 이런 때 마침 무어 경과 우연히 맞닥뜨린 것도 일종의 계시라고 저는 생각합니다. 무어 경은 로열나이트이자 타르 블레이더인만큼 무척 믿음직스러운 인재이고, 또 언행이 거칠긴 하시나 사안의 경중을 무시하고 경솔히 행동하실 분도 아니라 믿습니다. 또, 이런 말씀 드리기는 좀 송구합니다만 외려 신앙심이 깊지 않으셔서 솔직히 털어놓을 수 있는 겁니다."

"하긴 광신도들은 원무녀가 자리에 없다는 얘기를 듣는 순간 입에 거품을 물겠지."

"저, 죄송합니다만 광신도라 하지 마시고 신앙심이 몹시 깊은 신자들이라고 해주시지 않겠습니까."

제임스가 마음에 몹시 걸리던 단어를 끝내 지적했다. 게일의 눈빛이 싸늘해졌다.

"얘기 다 끝났냐?"

"아, 아뇨! 아무튼 이런 사정이 있어 무어 경께 부탁드리고 싶은 것입니다. 부디 저와 함께 클로이님을 찾아주십시오!"

"……."

제임스가 주눅 들어 손가락을 꼼지락거렸다.

"왜 그런 눈으로 절 보십니까."

아닌 게 아니라 게일의 눈빛에는 한심, 경멸, 분노, 황당 등 다양하고도 부정적인 감정들이 복잡하게 얽혀 있었다.

"아라아스라교단의 사람 보는 안목이 개탄스러워서 그런다. 아무리 인재가 없기로서니 너 같은 맹추를 홀리 가디언으로 뽑아 놓다니. 쯔쯔."

"저도 압니다……. 훌쩍!"

"울지 마!"

게일이 짜증스럽게 외쳤다.

"숨바꼭질을 도와달라는 그 부탁 하나 하려고 사람을 몇 날 며칠 동안 따라다녀? 그러고 있을 시간에 원무녀나 찾으러 다닐 것이지."

"아닙니다. 낮에는 매일 팜 안팎을 열심히 뒤지고 있습니다!"

"웃기지 마, 네 변태 같은 시선이 낮이고 밤이고 느껴져서 뒤통수에 땜빵이 생길 지경인데."

"그럴 리가요!"

"넌 널 희롱하는 모르간을 욕할 입장도 아니다. 날 몰래 지켜보는 너도 도긴개긴인 줄이나 알아라."

제임스의 얼굴이 빨개졌다.

무슨 오해를 당해도 참을 수 있지만 저 사악한 음녀와 비교당하는 것만큼은 참을 수 없었다.

"아닙니다! 저 절대로 낮에는 무어 경을 몰래 훔쳐보지 않았습니다. 밤의 공사장에서 대놓고 보기만 했습니다!"

마침 빈 수레를 끌고 돌아오려던 예쉬데르가 제임스의 커다란 목소리를 듣고서 멈칫 돌아섰다.

"내가 왜 여기서 삽질하게 됐는데! 네가 날 숙소부터 광장까지 몰래 졸졸 따라오는 통에 그거 잡으려다 무전취식범이라는 누명을 뒤집어쓴 거 아냐!"

게일은 울화통이 부글부글 끓었다. 하지만 제임스도 몹시 억울했다.

"숙소라니요! 전 그날 광장에서 무어 경을 처음 봤습니다. 그것도 처음엔 무어 경을 본 게 아니라 어떤 식당 테이블에 기대 세워져 있던 타르 블레이드를 본 겁니다. 그래서 권터님인지 아닌지 확인하려고 그 자리에서 아주 잠깐 살기를 날렸을 뿐인데, 갑자기 무어 경이 타르 블레이드를 들고 다른 곳으로 이동하시길래 따라간 겁니다. 딱히 몰래 쫓아간 것도 아니에요. 그래서 무어 경에게 공격도 받았지 않습니까."

게일의 씨근덕거림이 점차 잦아들었다.

'그동안 쭉 느껴온 시선이 제임스가 아니었다고?'

딱 떠오르는 것은 예쉬데르와 싸웠다던 지마법사였다. 게일로서는 아직 그림자도 본 적 없는 미지의 적이었다.

아마도 그레이와 관련된 자일 거라 여기고 경계하고 있었지만 도무지 다시 나타날 낌새가 보이지 않아서 포기하고 도망간 줄 알았다. 그런데 이제까지의 시선이 제임스가 아니라, 설욕의 기회를 엿보고 있던 그자라고 한다면?

"물이다!"

밤공기를 찢는 고함에 게일이 퍼뜩 정신을 차렸다.

"물이 터졌다!"

취중에 볼일을 보러 나온 애꾸눈 자경단원이 굴착기 쪽을 보고 연거푸 외쳤다. 그의 말대로 굴착기가 뚫은 구멍에서 뿌연 물이 콸콸 쏟아져 게일과 제임스가 서 있는 구덩이 속으로 흘러 들어오고 있었다.

"이크!"

두 남자는 부랴부랴 구덩이 밖으로 올라갔다. 예쉬데르가 어느새 곁에 서서 신기하다는 듯 말했다.

"저 마구, 일하는 중이 아니었는데도 물을 발견한 것이외까?"

마력으로 움직이는 굴착기는 워낙 비싸고 귀하신 몸이다 보니 관리 및 유지 차원에서 동작시키는 시간이 정해져 있었다. 그런데 지금은 동작 시간이 아니었다.

"엄청 쏟아지는데?"

물이 뿜어져 나오는 기세는 실로 대단하여 어느새 집 한 채가 쑥 들어갈 만큼 파놓았던 구덩이가 뜨거운 물로 가득 찼다. 얼큰하게 취한 자경단원들이 물가에 서서 덩실덩실 춤을 췄다.

"우리가 번을 설 때 터졌으니까 우리 팀의 공이로다!"

"갓 뽑아낸 신선한 온천수에 세수나 한번 해보세!"

"음주 상태에서 물가에 다가가는 것은 위험한데요."

모르간이 넌지시 경고하기 무섭게 쾅 하는 폭음이 지축을 뒤흔들었다. 뒤이어 구덩이 속에서 무언가 폭발한 것처럼 물이 거세게 위로 솟으며 주위에 뿌연 물보라를 뿌렸다. 폭발의 근원에 가장 가까이 접근해 있던 자경단원들은 곰의 앞발에라도 당한 것처럼 뒤로 나가떨어졌다. 게일과 제임스, 에쉬데르도 비교적 가까이 있었지만 민첩하게 피한 터라 아무런 피해도 입지 않았다. 모르간은 천막 안에 숨어 천 사이로 빼꼼 얼굴만 내밀었다. 물구덩이에서 솟아오른 물기둥의 위세가 실로 맹렬했다.

"저렇게까지 위험할 줄은 몰랐는데……."

물기둥이 커다란 물 덩어리를 대포알처럼 토해내기 시작했다. 흉부를 정통으로 맞아버린 애꾸눈이 피를 울컥 토하며 고꾸라졌다. 그것을 보고 검은 턱수염은 혼비백산 도망치려 하였으나 이미 지척까지 날아와 있던 물공이 그의 머리통을 강타했다. 분홍빛 살점이 핏빛 물방울과 함께 사방으로 튀었다.

게일은 물포탄을 요리조리 피하며 천막 안에 뛰어들었다.

"내 검! 내 검은!"

모르간이 자물쇠가 달린 커다란 보관함을 가리켰다.

"저 안에. 근데 열쇠가 밖에 있는 아저씨들한테 있는데."

"그럴 시간 없어."

게일이 상자를 후려 찼다. 빠각 하는 소리가 나면서 상자 뚜껑과 상자 사이로 틈이 크게 벌어졌다. 게일은 잡동사니 속에서 제임스의 검과 자신의 타르 블레이드만 챙긴 뒤 후다닥 밖으로 뛰쳐나왔다. 물기둥은 여전히 용솟음치고 있었지만 물포탄 공격은 그친 상태였고 두 남자는 살아 있었다. 예쉬데르는 어느새가 검푸른 장채찍을 쥐고 있다.

'무기는 다 압수당했었는데 저 녀석 언제 저런 걸?'

의아해하던 게일은 예쉬데르가 상체에 늘 감고 다니던 의문의 끈이 사라진 것을 알아차렸다. 장채찍과는 미묘하게 길이나 굵기가 달랐지만 검푸른 색 뱀피라는 공통점이 있었다.

'패션센스가 고약한 줄 알았는데 그게 무기였나?'

어쨌든 한가하게 다른 그림 찾기 할 때가 아니었다.

"제임스, 받아!"

휘리릭 날아오는 눈에 익은 장검을 제임스가 반갑게 허공에서 낚아챘다. 그러나 다음 순간 떠오른 생각에 좌절하고 말았다.

"칼로 어찌 물을 벱니까!"

"물 말고 마법사를 베시구려."

"딱히 근처에 누가 있는 것 같지 않습니다. 혹시 먼 데서 마법을 쓰고 있는 게 아닐까 하는 생각이 드는데요. 지금 공격이 멈춘 걸 보니 마법 사이 텀도 긴 것 같고요."

"그럴듯한 추측이외다. 한번 찾아보시구려."

"어디를요?"

"먼 데 있을 거라 하지 않으셨소이까."

"간단히 말하셔도, 너무 광범위하지 않습니까."

제임스는 우물쭈물하며 나서지 않았다. 예쉬데르가 뒤를 돌아보았다. 왠지 모르게 날 선 미소에 제임스의 어깨가 움찔 떨렸다.

"아스라 신은 마신 마라한의 술잔에 독을 타기를 천 년이나 지체하였기에 형제자매들이 죽은 마신의 눈알과 등뼈와 날개 뼈, 생식기를 앞다투어 가져가는 동안 고작 지방(脂肪)밖에 가져가지 못하는 벌을 받았소이다. 누이를 불쌍히 여긴 마홀 신이 그 지방 덩어리에 영혼이 깃들기를 허락하여 태어난 것이 우리 인간임을 알고 있소이까."

"그건 『고신기』에 나오는 신화가 아닙니까. 갑자기 왜 그 얘기를 꺼내시는지요?"

"그대가 아스라의 종이라면 똑같은 후회를 되풀이하지 말라는 뜻이외다."

돌연 예쉬데르의 채찍이 제임스의 발목에 휘리릭 감겼다.

"으앗?"

예쉬데르의 힘인지 채찍의 힘인지 알 수 없지만 실로 무시무시한 위력이 결코 가볍지 않은 한 사람의 청년을 돌멩이 던지듯 휙 날려버렸다. 게일이 깜짝 놀라 외쳤다.

"너 뭐 하는 거야?"

"기다려보시구려."

침착 그 자체인 예쉬데르와 달리 허공을 날고 있는 제임스는 사색이었다.

"으아아! 시, 신의 가호!"

물기둥과 부딪치기 직전 제임스의 전신이 노란 빛으로 휩싸였다. 그 상태 그대로 제임스는 물기둥을 통과해 반대편으로 쏙 나와버렸다. 비록 비 맞은 생쥐 꼴이고 땅바닥에 볼품없이 내쳐지긴 했지만 다친 곳은 없었다.

당연히 제임스가 물기둥의 수압에 튕길 줄 알았던지라 게일의 눈썹이 한 치는 올라갔다.

"완전 물이네?"

"물이로소이다."

게일이 타르 블레이드를 고쳐 쥐었다.

"별것도 아닌 마력에 시간 오래 끌 필요 없지. 마법 무효화를 쓰면."

예쉬데르가 팔을 들어 게일을 저지했다. 그리고 자갈 하나를 주워 물의 기둥으로 힘껏 던졌다. 탁! 자갈은 딱딱한 벽에 부딪친 것처럼 도로 튀어 나왔다.

"역시 제임스 사제가 저 물을 통과한 까닭은 이변을 일으킨 마력이 약해서가 아니올시다."

"그럼?"

그때 제임스의 외침이 밤공기를 갈랐다.

"예쉬데르님! 찾았습니다!"

게일과 예쉬데르가 제임스의 손가락 끝을 따라갔다. 물의 기둥 속에 어두운 얼룩 같은 것이 있었다.

"안녕, 간식 여러분."

물의 흐름이 조금 늦춰지면서 물그림자가 보다 뚜렷해졌다. 푸른 머리칼에 전신 검은 옷을 입은 남자였다.

"지마법사와 한패이외까."

예쉬데르가 대뜸 직구를 던졌다. 푸른 머리 마법사가 킬킬거렸다.

"유감스럽게도 그래. 네가 나일의 팔에 멋진 상처를 남겼던 녀석인가?"

"복수라도 하러 왔소이까?"

"복수는 무슨. 돈이라도 쥐여주고 싶은 심정인데. 그보다 아멜리라는 여자는 어디 있지?"

게일의 안색이 변했다.

"그레이 패거리냐?"

에이든은 게일의 질문을 무시하며 혼자 중얼댔다.

"여기 없나? 흠, 내버려두면 「눈」이 있는 녀석이 알아서 처리하겠지."

물의 기둥이 이지러지더니 해일처럼 형태를 바꾸었다. 공사장 일대가 전부 쓸려가고도 남을 듯 크게 이는 물결을 보고 게일은 황급히 천막 안에서 모르간을 끌고 나왔다. 그리고 임전 태세의 파이나 사나이를 외쳐 불렀다.

"예쉬데르!"

"어서 가보시구려."

긴 설명 없이도 예쉬데르는 가라는 듯 손짓했다. 게일은 한 치의 망설임도 없이 뒤돌아 달렸다. 엉겁결에 따라 달리던 모르간이 물었다.

"어디 가?"

"아멜리!"

쯧, 모르간이 혀를 찼다.

"가는 날이 장날이라더니."

최근 지마법사 습격 사건 때문에 아멜리는 일부러 야간 공사장에서 밤을 보냈다. 하지만 시일이 지나도 지마법사는 나타날 낌새가 없고, 매일 할 일 없이 먼지 구덩이 옆에서 졸린 눈을 비비는 것도 상당히 피곤한 일이라 오늘은 숙소에 남아 있기로 한 것이었다.

에이든은 달아나는 두 남녀를 무심히 바라보았다. 상당히 발이 빠른 그들은 이미 공사장의 바리케이드를 넘어 멀어지고 있었다.

"저기까지 닿으려나? 한번 해보지 뭐. 트리플 웨이브!"

물결이 성난 말처럼 몰려와 대지를 세 번 내리쳤다.

"신의 가호!"

제임스는 때에 맞춰 신성력을 발휘했다. 노란 빛의 보호막은 물리적인 타격을 완화하는 동시에 저주를 풀어주는 힘이 있다. 덕분에 신체에 와 부딪치는 물살의 힘은 현저히 약화되었지만 제임스는 한 가지를 간과했다. 이 물은 땅에서 갓 뽑아낸 온천수이고, 「신의 가호」는 열기를 막아주지 않는다는 사실이었다.

"아뜨! 아뜨!"

제임스가 벌겋게 익은 얼굴을 어푸어푸 세수했다. 그러나 쉴 틈도 없이 세 번째 파도가 머리 위를 내리치려 하고 있었다. 헐레벌떡 일어나야 한다는 건 아는데 잔뜩 물 먹은 옷이 무거워 움직임이 둔해졌다. 꼼짝 없이 뜨거운 물벼락을 맞겠구나 하던 그때, 무언가가 제임스의 옷깃을 힘차게 잡아당겼다. 덕분에 간발의 차로 파도를 피했다. 그런데 발밑이 허공이었다. 제임스가 놀라 고개를 드니, 둥글둥글한 검은 눈동자와 마주쳤다.

귀여운 눈이다. 근데 좀 크다. 거의 제임스 자신만 할 정도로. 이것의 정체는 아마도…….

"흐악! 뱀이다!"

제임스가 기겁을 했다. 청색과 자색, 흑색의 비늘로 뒤덮인 눈앞의 뱀은 웬만한 가옥은 간단히 깔아뭉개고 슬슬 지나가 버릴 수 있을 만큼 거대했다.

"진정하시구려."

어디선가 낯익은 목소리가 들렸다. 시선을 올리니 예쉬데르가 마른 옷자락을 펄럭이며 뱀의 정수리를 밟고 서 있었다. 그 느긋한 태도를 보고 제임스는 겨우 상황을 파악했다.

"이 뱀은 예쉬데르님의 소환수입니까?"

"소인의 친구 「아리크부카」이올시다. 제임스 사제에게 인사해라, 부카."

제임스를 입에 문 와중이었는데도 주둥이 틈새에서 끝이 세 갈래로 갈라진 오동통한 검은 혀가 나와 제임스를 머리끝부터 발끝까지 핥아 내렸다. 뜨거운 물벼락을 연거푸 맞아 옷자락에선 김이 모락모락 나고 있었음에도 제임스는 한기로 몸이 떨리는 기이한 경험을 했다.

쉐에에에!

"잘 부탁한다는구려."

"토, 통역이 가능한 겁니까? 그보다 설마 이 뱀, 독은 없겠지요?"

"아리크부카를 한낱 독뱀으로 보면 곤란하외다."

"쉐에에! 시이익!"

한 인간과 한 뱀이 나란히 항의를 했다. 제임스는 진땀을 뻘뻘 흘리며 사과했다.

"죄송합니다! 아무튼 실로 훌륭한 소환수입니다만, 이 상황에서 소환하는 건 좀 불리하지 않겠습니까. 방금 전은 비교적 단순한 물벼락이라 충격과 익사의 위험만 피하면 되었지만, 처음의 물포탄같이 수압으로 공격해오면 다소 위험이 있을 겁니다."

제임스가 물구덩이 속 그림자를 가리켰다.

"저건 보나마다 환영일 텐데, 실체를 찾아야 합니다."

"후후, 어떻게 알았지?"

물이 다시금 용솟음치면서 거의 아리크부카의 눈높이까지 이르렀다. 물그림자도 물기둥을 따라 올라왔다. 에이든은 재미있다는 듯이 뱀을 이리저리 살펴보았다.

"채찍이 뱀으로 변하는 걸 봤다. 대체 소환수야, 마구야?"

"네놈!"

제임스가 손에 잡힐 듯한 물그림자를 향해 팔다리를 버둥거렸다. 당연히 미치지도 못했고 볼품도 없었다.

"보아하니 변신계열 소환수인 것 같군. 그런데 네가 스크롤 찢는 건 못 봤단 말씀이야. 그럼 언제부터 불러낸 상태라는 거지? 이 뱀은 시간 제약이 얼마나 돼?"

"제약 같은 건 없소이다."

"설마."

"벗이 부르면 언제든 달려와 주는 것이 진정한 우정 아니겠소이까."

"재미있군. 우선 널 잡고난 뒤 채찍에 사용된 마법식을 낱낱이 해독해주겠어."

에이든이 두 손을 움직이기 시작했다. 적들이 자신을 저지하지 못한다는 걸 알기 때문인지 수인이 유독 느긋했다. 제임스는 거의 농락당하는 기분이었다.

"수인이 꽤 긴 것을 보니 상당한 위력이 예상됩니다."

제임스가 초조하게 예쉬데르를 쳐다보았다.

"어디 있는지 알았소이다."

"정말입니까? 그게 어디죠?"

"저 구덩이 속이외다."

예쉬데르가 눈짓한 곳은 물의 기둥이 시작된 곳이자, 그들이 지난 일주일간 열심히 삽질을 해온 그 구덩이였다.

"저기 숨었다는 걸 어떻게 아셨습니까?"

"저 마법사는 환영을 내세운 채 본모습을 숨기는 겁쟁이올시다. 전장에서 소인배는 가장 안전하고 도망가기 쉬운 장소에서 몸 사리는 법. 허허벌판인 이 일대에서 동서남북으로 보호받고 있는 장소는 저 구덩이 속밖에 없소이다."

제임스가 눈을 끔뻑였다. 일리가 있는 말 같기도 하고 개소리 같기도 했다. 하지만 하나하나 따지고 들기에 시간이 너무 부족했다. 마법사의 수인이 거의 마무리되는 분위기였다. 무슨 마법이 튀어나올지 몰라도 마법사가 저렇게 여유작작한 걸 보면 절대로 완성되는 꼴을 보고 싶지 않다는 게 제임스의 심정이었다. 그래서 빠른 어투로 예쉬데르를 다그쳤다.

"절 내려주십시오! 되든 안 되든 제가 들어가 보겠습니다!"

적진 한가운데로 잠수하는 것조차 불사하겠다는 열렬한 의지는 예쉬데르의 태연자약한 태도에 가로막혔다.

"수고할 필요 없소이다."

"왜요!"

"아리크부카는 전기뱀이올시다."

동시에 제임스의 눈앞에 번쩍 번개가 쳤다.

오랜만에 혼자 시간을 보내게 된 아멜리는 동굴 책을 필사하고 있었다. 할 일이 죽도록 없던 동굴 안에서는 이렇게 방대한 양이었는지 미처 몰랐는데, 시간 날 때마다 작업하게 되니 해도 해도 끝이 나지 않았다.

"이게 몇 권째였더라. 아, 맞아. 6권이지."

아멜리는 또 한 장을 깔끔하게 완성하며 혼잣말했다.

"용케 까먹지 않고 계속 해나갈 수 있네. 내 기억력이 이렇게까지 좋은 편은 아니었던 거 같은데. 이것도 빛나는 풀 덕분일까?"

밤바람에 창문 커튼이 펄럭였다.

몇 번은 무시했지만 자꾸 머리카락이 날리니 집중력이 흐트러졌다. 아멜리가 벌떡 일어나 창가로 다가갔다. 창문을 막 닫으려던 찰나, 기묘한 위화감을 느꼈다.

'내가 원래 창문을 열어놨었나?'

저벅.

발소리였다. 찬 기운이 등줄기를 타고 흘렀다. 아멜리가 고개를 뻣뻣하게 돌렸다.

검은 가면에 검은 로브.

불길한 그 차림새가 낯이 익었다. 아멜리는 창문을 바짝 등지고 섰다.

"왜 또 나를?"

"아가씨를 만나고 싶어 하는 사람이 있다."

"누가? 왜요?"

"만나보면 알게 될 테니, 소동 피우지 말고 따라와라."

검은 가면이 뚜벅뚜벅 다가오고 있다. 극히 찰나였지만 아멜리의 머릿속에선 창문을 넘어갈지, 소리를 지를지, 아니면 물건을 던져 그의 주의를 흐트러뜨릴지 등 상황을 타개할 방법이 마구잡이로 소용돌이쳤다. 그러나 어떤 것도 성공 확률이 낮아 보였고 오히려 상대를 자극해 최악의 결과를 낳을 것만 같았다.

'아! 그게 있지!'

한 가닥 섬광이 어지러운 뇌리를 꿰뚫었다.

아멜리는 허겁지겁 주머니에서 「그것」을 꺼냈다.

짝!

종이 찢어지는 소리와 동시에 실내는 한순간에 작은 숲이 되었다. 바닥부터 천정까지 꽉 들어찬 나무 넝쿨들이 지렁이처럼 꿈틀거리면서 불청객에게 살기를 내뿜었다.

자신에게 달려드는 마법 넝쿨을 바라보며 나일은 침착하게 발을 굴렀다. 쩌적, 연약한 유리잔에 금이 가듯 돌바닥이 쪼개졌다. 그 틈새로 미세한 부유물이 피어올라 실내를 뒤덮었다. 무슨 작용인 건지, 그에 휩싸인 나무 넝쿨은 급속도로 시들어 축 늘어졌다.

"켈록, 켈록!"

아멜리가 세차게 기침을 했다. 눈 뜨기도 어렵고 호흡도 힘들고 목구멍도 매웠다.

'평범한 흙먼지가 아니야!'

아무리 손을 휘저어도 산 정상에 낀 구름처럼 먼지들은 아멜리의 호흡기에 달라붙어 흩어지지 않았다. 하지만 같은 공간에 있는 사람인데 검은 가면의 남자만은 매우 멀쩡했다. 나일은 가소롭다는 듯 시든 넝쿨을 발로 툭 걷어찼다.

"스크롤을 숨기고 있었을 줄이야. 맹랑한 아가씨로군."

그는 아멜리 발치의 찢어진 스크롤을 집어 들어 읽었다.

"헬 크리퍼라. 인장을 보니 그레이의 마법이로군. 흥, 이런 삼류마법."

무심하게 스크롤을 내던지려던 손이 멈칫했다.

'그레이라면 골렘 스크롤을 만들 수 있는 몇 안 되는 마법사 중 하난데.'

골렘 소환 스크롤은 소환계 마법스크롤 중 명실공히 최강이었다. 그러나 제작에 있어 비용과 기간은 물론 고도의 테크닉이 요구되기에 웬만큼 숙련된 마어조합사도 실패하는 경우가 많았다. 그런데 이 그레이라고 하는 마어조합사는 골렘 소환 스크롤 제작에 특화된 적성을 갖고 있다는 것으로 마법계에서는 제법 유명했다.

'설마 이런 데 있겠느냐마는…….'

물욕에 어두워진 마법사는 혹시나 하는 기대감에 발목을 잡혔다. 목표물은 이미 마법에 걸려 도망칠 수 있는 상태가 아니었다. 나일은 마음 놓고 방 안의 짐들을 뒤졌다. 어떤 짐 속에서 스크롤 두어 장이 나왔을 때는 긴장했으나 하급 수면마법스크롤로 밝혀졌다.

"쯧, 시간 낭비를 했군."

실망스럽게 몸을 돌리던 나일은 테이블 위에 흩어진 종이를 발견했다. 두터운 종이뭉치가 한쪽에 놓여 있고, 한창 필기 중인 듯하던 종이 낱장이 있었다. 주목한 이유는 종이에 워낙 글씨가 빼곡하게 쓰여 있어서 도대체 무슨 내용인가 하는 아주 가벼운 호기심이 들었기 때문이었다. 그리고 종이 한 장을 집어 들어 읽었을 때 나일은 눈을 의심했다.

"역마어?"

나일에게 있어서는 더 이상 친숙할 수가 없는 문자였다. 하지만 이런 일반인의 숙소에서 보게 될 거라고 기대한 적도 없었다. 특히 기본 마어도 아니고 역마어는 마법사가 기밀정보를 취급할 때 사용하는 방법이니 이런 데 아무렇게나 굴러다닌다는 것은 더욱 희한한 일이었다. 의문에 빠진 회색 눈동자가 역마어를 읽기 시작했다. 눈에 익은 문자여도 직독직해는 다른 문제이기에 한 자 한 자 짚어가며 신중하게 해석해야 했다.

"……."

한 식경이 지나서야 다음 장으로 넘어갔다. 나일의 호흡은 다소 거칠어졌다.

"……."

또 그다음 장. 나일은 흥분으로 인해 숨이 점점 답답해져 가면까지 벗어버렸다.

"이런 터무니없는! 도대체 누가 이런 미친 연구를 한 건지……. 아아, 하지만 수장이 말했던 「그것」이 진짜라면 이론상 불가능한 것은 아닌데."

철퍼덕!

큰 물체가 바닥에 떨어지는 소리였다. 미친 사람처럼 혼자 중얼거리고 있던 나일도 화들짝 정신을 차렸다. 어느샌가 목표물의 모습이 보이지 않았다.

"이런."

나일이 주섬주섬 종이뭉치를 품에 챙겨 급히 창가로 다가갔다. 그런데 밖에 떨어진 여자의 모습을 확인하기도 전에 열린 창문으로 불덩어리가 튀어 들어왔다. 실내는 눈앞이 잘 보이지 않을 정도로 뿌연 먼지에 가득 차 있는 상태였다.

'아뿔싸!'

나일이 불덩어리의 의도를 눈치채고 몸을 날렸다.

콰쾅! 쾅! 콰앙!

연쇄적인 폭발이 일어나며 주변부로 바람이 휘몰아치고 불똥이 비처럼 쏟아졌다. 온천장의 별채 건물은 완전히 무너져 내려 연기로 화했다. 사람들의 비명이 여기저기에서 울려 퍼졌다. 슬론은 주위의 소동에 아랑곳없이 아멜리를 업고서 내달렸다.

"아멜리 양. 정신 차리십시오."

"흐읍, 흡, 쿨럭!"

슬론은 블루스프링스 온천장 밖으로 나와 담벼락 밑에 아멜리를 내려놓았다. 아멜리는 아직도 나일의 마법 영향 아래 있었다. 건물이 무너져 지마법사는 깔려 죽었을 듯한데 아직도 마법이 풀리지 않는다면 슬론도 방법이 없었다. 하지만 그가 알고 있는 검이라면 마법 무효화가 가능했다.

"게일은 어디 있습니까."

아멜리는 빨갛게 달아오른 얼굴로 간신히 말했다.

"킹스야드, 공사장……."

"모르간이 말한 그곳인가 보군요."

슬론이 노파심에 뒤를 돌아보았다. 잠에서 깬 투숙객들과 온천장 직원들, 지나가던 행인까지 우왕좌왕 날뛰고 있지만 적어도 마법사 같은 인물은 없었다. 마침 임무를 화려하게 완수한 불꽃 도마뱀이 시원하게 월담을 하여 슬론에게로 돌아왔다.

"잘했다, 플레임."

슬론은 온천장 밖에 묶어놓았던 말에 올라 아멜리를 품에 단단히 안았다.

"물이 많으니 화재가 크게 번지진 않겠지."

상당히 무책임한 생각을 하며 슬론은 고삐를 내리쳤다. 말과 플레임이 팜의 외곽으로 달려 나갔다. 하지만 공사장까지 도착할 필요도 없었다. 게일과 모르간이 맞은편에서 열심히 뛰어오고 있었던 것이다.

"슬론! 돌아왔구나!"

모르간이 반갑게 외쳤다. 그러나 재회의 기쁨은 오래가지 않았다. 아멜리가 숨이 막혀 자신의 목을 손톱으로 박박 긁어내릴 정도로 괴로워하고 있었다.

게일이 허겁지겁 타르 블레이드의 날을 아멜리의 머리 주변에 끼어 있는 먼지구름에 갖다 대었다. 타르 블레이드는 푸르게 빛났지만 마법은 흩어지지 않았다.

"이럴 리가?"
게일은 당황했다. 타르 블레이드의 마법 무효화가 먹히지 않는 경우는 공간이동마법처럼 엄청난 양의 마력을 사용하는 마법밖에 없었다. 그러나 아멜리가 당한 마법은 고약해 보이긴 해도 결코 대용량의 마력이 필요한 수준이 아니었다. 모르간이 뭔가를 눈치챘다.
"마력이 아닌가 봐."
"무슨 소리야. 마력 안 쓰는 마법도 있나?"
"있지. 「저주」라고."
게일의 표정이 일그러졌다.
"마법사였다며!"
슬론은 억울했다.
"처음 보는 자인데 내가 정체를 어찌 알겠나."
"지금 그놈 어디 있어."
"으음, 꽤 크게 공격을 가해서 살았을지 모르겠는데."
"그레이는 생포하겠다 난리치던 놈들이!"
"아무리 나라도 정체불명 마법사와 일대일로 붙어 생포까지 하겠다는 여유는 못 부린다. 타르 블레이드라도 쥐고 있으면 모를까."
게일이 앞머리를 거칠게 쓸어 올렸다.
"저주를 푸는 방법이 뭐더라?"

그러나 괴로워하고 있는 아멜리를 바로 눈앞에 두고 있으니 맷돌이 잘 굴러가지 않았다.

다행히 모르간의 맷돌은 정상적이었다.

"저주는 신성력이 기반이야. 저주를 건 본인이 아니라면 동급의 신성력을 가진 다른 성직자가 풀 수 있지 않을까."

"이 저주의 신성력을 어떻게 가늠하나."

"나도 몰라. 어차피 확인할 시간도 없어. 일단 성직자가 바글바글한 신전에 데려가 보자. 그중 한 놈 정도는 풀 수 있겠지."

"과연 거기 도착할 때까지 아멜리 양이 버텨줄까."

멍한 정신으로 모르간과 슬론의 대화를 듣고 있던 게일이 갑자기 튕기듯 고개를 쳐들었다.

"제임스!"

"모지리 오빠는 왜?"

"그 녀석이 홀리 가디언이란 말이다. 신성력으로는 마하트 대신전 최강이라고!"

25

괴수대잔치의 불청객들

제임스는 당혹스러웠다. 일단은 그의 편이 이기고 있었다. 그것도 압도적으로.

"빌어먹을!"

푸른 머리의 수마법사가 욕설을 내뱉었다.

'변신계열인 줄 알았는데 전격계 소환수라니!'

물을 이용하는 수마법사에겐 천적이었다. 눈앞에서 별이 튀는 격통은 이미 맛보았고, 전의는 천 리 밖으로 달아났다. 그는 도망치기 바빴다. 물과 젖은 땅을 피해서.

'적어도 이 채찍쟁이와 전기뱀에 한해서는 나일에게 맡기는 수밖에.'

일단은 후퇴한 뒤 전략을 짜서 오려는 생각이었다. 그런데 이놈의 뱀은 다리도 없는 주제에 왜 그렇게 빠른지, 결국 얼마 못 가 빙글빙글 도는 뱀 꼬리에 포위되고 말았다. 뱀은 에이든을 칭칭 감아 옥죄었다.

"넌 잘못 건드렸어. 곱게 죽여줄 줄 아느냐. 산 채로 한 점 한 점, 포를 떠서 먹어주마. 그전에 네 건방진 노란 눈깔을 생으로 뽑아 내 변기에 장식해주겠다. 오줌이 묻어도 티가 안 날 것 같으니."

뱀 똬리에 파묻힌 채 얼굴만 겨우 내밀고 있는 주제에 에이든은 기세등등하게 악담을 퍼부었다. 예쉬데르의 입가에 조소가 걸렸다.

"예쉬데르님! 괜찮으십니까?"

뱀 위쪽이 갑자기 조용해지자 지상에서 상황을 지켜보던 제임스가 불안하게 외쳤다. 쪼그려 앉아 있던 예쉬데르가 일어나 가볍게 손을 흔들었다.

"문제없소이다. 이자에게 몇 가지 물어볼 것이 있으니 여긴 소인이 알아서 하겠소이다."

예쉬데르는 다시 하던 일을 이었다.

"건강에 좋은 온천수외다."

수통에 담긴 뜨거운 온천수가 에이든의 정수리에 콸콸 쏟아졌다. 에이든의 창백한 피부가 빨갛게 익고 젖은 몸에선 펄펄 김이 솟았다. 분노와 원한으로 가득 찬 속내가 겉으로 드러난 듯했다.

"그대의 오물로 아리크부카를 더럽히고 싶진 않지만."

부츠 굽이 사정없이 에이든의 정수리를 찍어 눌렀다. 부욱 찢어진 머리 가죽에서 흐른 선혈이 머리카락을 타고 뚝뚝 떨어졌다. 예쉬데르는 가볍게 발목을 돌렸다. 헤집어진 두피에서 더욱 많은 피가 흘러 얼굴을 뒤덮었다.

"이가 없으면 잇몸. 붉은 가면이 없으면 핏물."

이 정도면 급조한 데스마스크치고 준수하다며 예쉬데르는 만족스럽게 웃었다.

"이제 어디 한번 들어보십시다. 무슨 목적으로 우리를 공격했소이까?"

정중하게 질문했지만 답변이 돌아오지 않았다. 하, 가볍게 한숨을 쉰 예쉬데르가 강철 같은 뱀 비늘을 툭툭 쳐 신호를 보냈다. 아리크부카는 에이든과 달리 예쉬데르에게 달랑달랑 꼬리를 흔들어 응답했다.

파직! 에이든의 머리카락에서 푸시식 연기가 피어올랐다.

"아멜리 낭자를 노린 마법사와는 무슨 사이외까?"

"……."

파직!

"이건 개인적인 질문인데, 그대도 「도굴범」 패거리외까?"

"……."

파직!

"지마법사는 검은 가면에 검은 옷을 입고 있었소. 도굴범들도 그러했소이다. 공교롭게도 그대 역시 검은 옷을 입고 있구려. 무슨 특별한 이유라도 있는 것이외까."

"……."

파직!

"타인이 검은 옷을 입든 푸댓자루를 쓰고 다니든 알 바 아니나, 영면하신 분의 무덤을 파헤치는 행위는 용서받을 수 없는 대죄이외다. 그렇게 생각하지 않소이까?"

"……."

파직!

전기 충격이 가해질 때마다 에이든의 머리통이 고장 난 장난감처럼 덜컥덜컥했다.

"순순히 대답해주면 빨리 끝날 터인데 왜 이렇게 버티는 것인지. 알고 보면 이러한 자극을 내심 바라왔던 것 아닌가 의심이 들 지경이구려."

파직! 파직! 파지직!

흰 빛이 쉴 새 없이 번쩍번쩍했다. 제임스는 상황을 보다 자세히 보기 위해 아리크부카의 위로 올라섰다가 헐레벌떡 다시 내려갔다. 뱀 위쪽은 사람 타는 냄새가 진동을 하고 있었다. 그것만으로도 충분히 비위가 상하는데, 적에게 입이 찢어져라 재갈을 물려놓고서 대답을 강요하는 남자의 모습을 보니 머릿속까지 빙글

빙글 도는 것만 같았다.

"어이, 제임스!"

때마침 게일 일행이 되돌아왔다. 제임스는 구세주라도 만난 듯이 그들에게 달려갔다.

"저건 뭐냐?"

당연하게도 공사장에 한 자리 하고 있는 거대뱀에 관한 질문부터 날아왔다.

"예쉬데르님의 소환수입니다."

"마법사는?"

"잡았……습니다만……."

제임스가 우물거리자 답답해진 게일이 뱀 위에 서 있는 예쉬데르에게 직접 외쳤다.

"거기서 뭐 해?"

"돌아오셨소이까. 예절 교육 중이었소이다."

"예절 교육?"

"마침 좋은 실습 기회가 왔구려. 마법사여."

예쉬데르가 독촉했지만 에이든은 머리를 뒤로 젖힌 채 묵묵부답이었다.

흰자위가 드러난 눈으로 보아 무시는 고의적이지 않을 가능성이 컸지만, 엄격한 예절 선생은 헤아려주지 않았다.

"그새 잊었소이까."

전기 충격이 가해지자 에이든의 머리통이 덜컥덜컥 떨리더니 이내 고개가 푹 떨어졌다.

"인사가 끝났으면 어서 머리를 올리시오."

예쉬데르는 에이든의 목에 감아놓은 끈을 잡아당겼다. 끈이 머리통과 목에 감겨 있었기에 에이든의 머리가 벌떡 뒤로 젖혀졌다. 예쉬데르는 잘했다며 칭찬을 했다.

"인사성이 밝으면 손해 보는 법은 없으니 틀림없이 그대에게도 도움이 될 것이외다."

눈을 까뒤집은 상대는 당연히 아무 반응이 없었다. 예쉬데르의 입매가 못마땅한 듯 움찔거렸다.

"스승이 칭찬을 하는데 감사 인사조차 하지 않다니, 쯧. 하나를 배우면 다른 하나의 부족함이 드러나는구려. 그대를 사람으로 만들기 위해서는 동짓밤이라도 잘라 와야겠소이다."

뒤틀린 미소가 천사의 후광을 벗어던졌다.

"진성이네, 저거."

모르간의 말을 따라 무심코 고개를 끄덕거리던 게일이 퍼뜩 정신을 차렸다. 시급한 것은 따로 있지 않은가.

"이 녀석 좀 봐줘. 이거 저주 맞지?"

"냄새…… 토할 거 같아요……. 웃, 웁."

제임스는 입을 손으로 막고 헛구역질하느라 바빴다.

"무슨 편두통에 시달리는 귀부인이냐. 독한 냄새 따위에 크리

티컬 히트를 맞지 마!"

결국 멱살이 잡혀 탈탈 털린 끝에야 제임스의 집중력이 되돌아왔다.

"아멜리님이 저주에 걸렸다고요?"

제임스가 아멜리의 이마에 손을 올려놓았다. 곧 부드러운 빛이 퍼지더니 기묘한 먼지구름이 허무하게 흩어졌다. 그러나 호흡곤란에 오래 시달린 탓인지 아멜리는 바로 정신을 차리지는 못했다.

"물을 좀 마시게 하는 게 좋겠어."

"수통 있소이다."

예쉬데르가 모르간에게 물통을 휙 던지면서 아리크부카에서 내려왔다. 그는 혼절한 아멜리를 뒤늦게 발견하고서 아연해졌다.

"낭자의 상태가 왜 이렇소이까?"

"참 빨리도 알아챘다."

게일이 빈정거렸다.

우득, 우드득, 우득.

청각이 예민한 게일은 희미하게 귀에 거슬리는 소리를 들었다.

"니 뱀 뭐 하냐."

"스승의 은혜는 각골난망이라는 것을 가르쳐주고 있소이다."

"뼈를 뽀개서 말이지? 기발하네."

예쉬데르 앞에서는 웃고 있던 게일은 모르간이 식수를 떠서 돌아오자마자 귓가에 속삭였다.

"재 미친놈 맞아."

"내가 똘끼 있어 보인다고 그랬잖아."

"또 다 들리오만……."

키아앙!

새 울음소리가 밤하늘을 찢었다. 일행의 시선이 자연스레 하늘로 올라갔다. 먼 하늘에서 노란 날개를 활짝 펼친 괴조 한 마리가 날아오고 있었다. 아리크부카가 세 갈래로 갈라진 청동색 혓바닥을 내밀며 쉑쉑거렸다. 슬론 옆에 있던 플레임의 불꽃 갈기도 더욱 커졌다. 거대새, 거대뱀, 거대도마뱀. 서로를 견제하는 소환수 세 마리를 번갈아 보던 게일이 기가 막혀 허허 웃었다.

"괴수대잔치로군."

나일은 망원경으로 지상을 내려다보았다. 뱀 똬리에 갇힌 에이든의 피떡이 된 얼굴이 보였다.

"흥, 나더런 계집 잡으러 가서 팔 좀 다쳤다고 갖은 조롱을 다 하더니만."

10년 묵은 체증이 쑥 내려가는 순간이었다. 나일은 비슬비슬 웃으며 스크롤을 찢었다. 지상의 땅이 꿈틀꿈틀하더니 늪지로 변했다. 지상의 인간들이 당황하는 모습이 보였다. 마땅히 도망쳐 올라갈 큰 구조물도 없는 공사장 벌판이라, 사람은 물론이고 소환수들도 속수무책으로 늪에 빠져들었다.

"돌아와라, 부카."

채찍으로 되돌아간 아리크부카가 예쉬데르의 손안으로 날아들었다. 게일의 눈이 커졌다.

'우와, 저게 뭐래?'

신기함도 잠시, 벌써 종아리까지 늪에 푹 빠진것을 본 게일이 부랴부랴 기합을 내지르며 아멜리의 몸을 두 팔로 번쩍 안아 올렸다. 그리고 아멜리 외에 혼절한 사람이 한 명 더 이 이 자리에 있었다. 물론 아무도 챙겨주지 않았지만.

"으음."

나일은 고까운 눈초리로 지상을 내려다보았다. 뱀이 작아지면서 땅으로 떨어진 에이든이 적들과 함께 늪으로 쑥쑥 빠져들고 있었다. 나일은 할 수 없이 마법을 멈추었다. 마음에 안 드는 동료이지만 업무상 필요한 자원이었다.

땅은 원래대로 굳었다. 괴조가 지상으로 내려왔다. 적들은 늪에 빠졌던 상태 그대로였다. 나일은 에이든부터 땅에서 꺼내주었다. 웃기지도 않은 개 목줄까지 끊어주고, 아깝지만 상급 치유마법스크롤도 찢어주었다. 흰빛에 감싸인 에이든은 곧 의식부터 회복되었다. 눈동자에 초점이 돌아오자마자 그의 얼굴은 야차처럼 일그러졌다.

"그 사이코 새끼 어디 있어."

"흥분하지 마라. 네 상처가 다 나으려면 서너 시간은 안정해야 할 거다."

치유마법은 어디까지나 치유력을 비약적으로 향상시키는 방법이지, 모든 상처를 일시에 완치시켜주는 무적의 마법이 아니었다. 그렇기에 에이든은 지척에 원수를 두고도 죽일 듯이 노려보는 게 고작이었다.

"저 개새끼 가죽을 벗기고, 골을 파서 나한테 뇌를 갖고 와! 씨발, 한 점도 안 남기고 다 내 똥으로 만들어주겠어!"

나일이 눈살을 찌푸렸다. 상스럽긴.

"난 네 부하가 아니다. 악 쓸 힘이 있으면 캐드버리에 스스로 올라타."

느긋하게 지면에 턱을 괴고 있던 예쉬데르가 푸스스 웃었다.

"안됐구려."

"저 새끼부터 조지라니까! 너도 팔을 당했었잖아!"

"일하는 중에는 공과 사를 구별한다."

"나일!"

에이든이 약이 올라 죽거나 말거나 나일은 눈으로 목표물을 찾아보았다. 곧 게일에게 안겨 있는 아멜리를 발견했다. 보호하려던 의도가 오히려 빼앗아가기 더 쉬운 상태를 만들어 놓았다. 나일이 조롱 어린 미소를 지었다.

"수고를 덜었군."

게일은 아멜리의 옷자락을 붙잡고 끝까지 늘어져볼까 고민했다. 하지만 별 의미 없는 저항 같았다.

그의 하반신은 움직일 수 없고 타르 블레이드도 손에 쥐고 있지 않으며, 상대방은 원거리 공격이 가능한 마법사에 저쪽에는 한창 회복 중인 패거리가 있다.

"쓸데없는 수작 부리면 명만 짧아진다."

나일이 낮게 으름장을 놓았다. 물론 경고에 겁먹은 탓은 아니지만 게일은 주춤주춤 손을 뻗어오는 나일을 잠자코 지켜보았다. 그래도 아멜리가 자신의 품에서 완전히 빠져나간 순간엔 어쩔 수 없는 조급함이 일었다.

"데려가서 어쩔 거냐."

아멜리를 들쳐 업고 자세를 고치던 나일이 건조한 눈으로 코웃음을 쳤다.

"곧 죽을 놈이 알아서 뭐하나."

퍽! 나일의 발이 게일의 복부를 짧게 걷어찼다. 붉은 머리칼이 훅 고꾸라지는 것을 본 나일은 미련 없이 뒤돌아섰다.

"나일!"

곧 죽어도 떼를 쓰는 소리가 들렸다. 나일은 귀를 닫으려 애썼다. 다 죽어가는 놈 살려줬는데 고맙다고 감사 인사나 할 일이지, 감히 부하 부리듯 이래라저래라 한단 말인가. 믿기 어려울 정도로 한심하고 괘씸했다.

"나일! 뒤를 보라니까!"

"작작 좀 해라!"

나일이 신경질적으로 뒤를 돌아보았다. 에이든이 겨우 뼈가 붙어가고 있는 팔을 들어 적들을 가리켰다.

"신의 가호!"

웬 금발 청년이 밭에서 무 뽑듯 게일을 끌어당기고 있었다. 그의 손이 노란 빛에 감싸인 것을 보고 나일은 낭패감을 느꼈다.

"사제가 있었나?"

"멍청이. 내 말을 진작 들을 것이지."

에이든이 이죽거렸다. 적들은 이미 두어 명만 남기고 모두 빠져나온 상태였다. 이럴 줄 알았으면 초장에 모두 죽여 놓을 걸 하는 후회와 흑발 여자부터 챙긴 게 천만다행이라는 안도감이 나일의 가슴속에서 교차했다.

"저들이 접근하지 못하게 해라."

나일이 괴조에게 명령했다. 거대한 날개가 퍼덕거렸다. 그로부터 시작된 바람이 어찌나 거센지 결코 가볍지 않은 게일이나 슬론의 몸조차도 종잇장처럼 휘청거렸다. 플레임이 캐드버리를 향해 불꽃을 쏘았지만 바람벽에 막혀 하필 게일에게로 되돌아왔다.

"아 뜨뜨! 아 뜨뜨!"

게일이 손을 파닥거리며 머리카락 끝에 붙은 불씨를 잠재웠다.

"대가리 좀 굴리면서 공격해!"

슬론은 못 들은 체하며 고민스럽게 중얼거렸다.

"저 바람은 어떻게 뚫는다?"

모르간이 손을 튕겨 예쉬데르를 불렀다.
“파이나 씨. 저걸 이용하면 어때?”
한편 나일은 아멜리와 함께 캐드버리의 등에 막 올라탄 참이었다.
‘신성력을 가진 사제가 있질 않나, 「눈」으로는 못 봤던 불꽃도마뱀 소환자가 있질 않나. 가진 건 공격성밖에 없던 에이든이 당해버리질 않나. 예상 밖의 일투성이로군. 또 무슨 날벼락이 떨어지기 전에 빨리 떠야겠어.’
하지만 출발 직전에 까맣게 잊고 있던 동료가 떠올랐다.
“아차, 에이든.”
정말이지 도움 되는 것 없는 동료였다. 캐드버리의 바람 속에서 에이든은 겨울 낙엽처럼 하찮게 이리저리 굴러다니고 있었다. 물론 소환자인 나일은 전혀 아무렇지 않았다.
“내게 시간이 좀 더 있었다면 네 꼬라지를 영상구에 담아 조직원 전부에게 돌려 보여줬을 거다.”
솔직히 그 기회를 날린 것이 타르 블레이드를 못 챙긴 것보다 훨씬 아쉬웠다. 나일이 입맛을 다시며 에이든의 흐느적거리는 몸뚱이를 캐드버리 위로 올렸다. 이제 자신만 올라서면 바로 출발할 수 있다.
“캐드버리, 가자.”
하지만 소환수는 명령을 들을 수 없었다.

키아아아아아!

나일의 뒤를 몰래 쫓아온 뱀이 거대화하여 캐드버리의 목과 한 쪽 날개를 칭칭 감아 졸랐기 때문이다. 인간의 접근을 저지하던 날갯짓이 멈추었다. 나일은 물론 에이든과 아멜리마저 괴조의 등에서 미끄러져 땅에 내동댕이쳐졌다. 뱀과 새의 격렬한 몸부림이 시작됐다. 캐드버리의 부리가 뱀의 비늘을 맹렬하게 쪼았다. 뱀이 수차례 전격을 가했으나 새는 그에 대한 저항력을 갖고 있는 듯했다. 서서히 강철 비늘이 벗겨지기 시작하면서 부리가 뱀의 살을 파고들어 뜯기 시작했다. 상황은 괴조에게 유리하게 흘러가는 듯 보였다. 이때 도마뱀이 합세하지만 않았다면 말이다.

키아아아아!

캐드버리가 다시 한 번 찢어지는 절규를 했다. 플레임이 캐드버리의 꽁지깃을 꽉 물어버린 것이었다.

"캐드버리!"

나일이 통제하려고 애를 썼으나, 숨통이 졸린 것도 모자라 몸이 타들어 가기까지 하니 소환수의 귀에는 이미 들리는 것이 없었다. 발광하는 괴조의 꼬리에 불씨를 남기고서 플레임은 우아하게 땅에 착지했다. 도마뱀의 착지와 동시에 붉은 머리의 검사가 뛰어올랐다. 달빛에 반사된 날카로운 검광이 괴조의 날개 한쪽을 도려냈다. 안 되겠다 싶어진 나일은 새로운 스크롤을 꺼내려고 소매 속에 손을 집어넣었다.

그러나 성난 코뿔소처럼 달려온 제임스에게 격한 백태클을 당했다. 예쉬데르는 땅바닥에 굴러다니던 에이든을 찾아내 그의 목을 짓밟았다.

"아멜리!"

나일이나 에이든과 다르게 아멜리는 하필 캐드버리의 바로 밑쪽으로 떨어졌다. 요행히 아직 깔리지는 않았지만 압사는 오직 시간문제처럼 보였다.

슬론과 모르간은 플레임을 타고서 발광 중인 캐드버리의 주위를 빙글빙글 돌았다. 캐드버리의 한쪽 날개가 공사장을 비질하듯 마구 쓸어 날렸다. 흙먼지와 더불어 공사자재들이 사방팔방에 튀었다. 그 야단 속에서 플레임은 괴조의 아래 공간으로 진입할 타이밍을 좀처럼 잡지 못했다.

"소환을 해제하십시오!"

제임스가 나일에게 윽박을 질렀다. 그러나 마법사는 못 들은 척 버텼다. 마법사와 실랑이하는 시간조차 아까웠다. 아멜리는 언제 깔려 죽을지 모르는 상태였다. 모르간이 게일에게 외쳤다.

"나머지 날개까지 벨 수 있어?"

"뱀만 없으면!"

게일과 모르간의 대화를 들은 예쉬데르가 신속하게 아리크부카를 채찍으로 되돌렸다. 캐드버리는 한쪽밖에 남지 않은 날개로 날아오르려 용을 쓰다가 쿵쿵 떨어지기를 반복했다.

지면이 흔들릴 때마다 아멜리의 몸도 같이 튀어 올랐다. 게일이 캐드버리의 산란한 움직임에 정신을 집중했다. 파샤 일주 시절의 기억이 얼핏 떠올랐다. 산성의 체액을 정신없이 뿜어대던 촉수형 마물을 파샤 제1의 검사가 어떻게 쓰러뜨렸던가.

절제된 호흡.

물처럼 흐르던 몸놀림.

두려움 없는 검 끝.

—역시 렉시온 경의 검법은 여러모로 공부가 되는군. 이번 임무에 동행하길 잘했지.

패트릭의 허허로운 목소리가 게일의 귓가를 스치는 순간, 타르블레이드가 새의 나머지 날갯죽지를 잘랐다.

"으앗!"

하필이면 날개가 제임스와 나일 위로 떨어졌다. 제임스는 몸을 날려 피할 수 있었지만 땅에 쓰러져 있던 나일은 그만 두 다리가 깔리고 말았다. 아무리 소환자라도 소환수의 의지가 담겨 있지 않은 물리적 영향을 피할 수는 없던 것이다. 캐드버리가 날개 한 쌍을 모두 잃는 바람에 아멜리는 이제 그 누구라도 접근 가능할 만큼 커다란 빈틈에 놓여 있었다.

탓!

플레임이 땅을 박차고 뛰어올랐다. 슬론이 모르간의 허리를 붙잡았고, 상체를 바짝 낮춘 모르간이 바깥쪽으로 몸을 내밀었다.

플레임의 질주에 따라 아멜리와 거리가 시시각각 줄어들었다.

'지금이다!'

모르간이 손을 뻗었다. 그 손가락 끝에 옷자락의 감촉이 느껴졌을 때 그녀는 성공을 확신했다.

퍽!

느닷없이 측면 충돌 사고만 일어나지 않았어도, 그리 되었을 터였다.

"흐흐흐……."

백지장 같은 얼굴이 피투성이가 된 에이든이 모르간과 슬론의 사각에 서 있었다. 플레임에게서 튕겨진 슬론과 모르간이 바닥을 대차게 굴렀다. 물포탄을 제대로 맞은 플레임은 엄청난 수증기를 일으키다가 사라져갔다. 때마침 지나친 데미지로 인해 기력이 쇠한 캐드버리 역시 사라졌다. 가장 거대한 몸집을 가진 괴조가 만들고 있던 수많은 사각이 사라지고 모든 이에게 상황은 일목요연해졌다.

가장 멀쩡한 것은 게일과 제임스였고, 슬론과 모르간은 겨우 몸을 추스르는 중이었다. 예쉬데르는 마법에 당했다 풀려난 것처럼 잔기침으로 먼지를 뱉어내고 있었다.

'아멜리가 걸렸던 저주마법인가?'

게일의 눈이 자동적으로 지마법사를 좇았다. 마침 나일은 두 번째 마법식을 땅에 쓰는 중이었다.

"제임스, 뭐 해!"

캐드버리가 사라진 자리를 정신없이 쳐다보고 있던 제임스가 찔끔하면서 나일의 목에 검을 들이댔다.

"조금이라도 움직이면 손목을 자르겠습니다."

손가락의 움직임이 멈췄다.

"당신에게 물을 것이 많습니다. 누가 당신에게 신성력을 빌려주고 있습니까? 어느 교단의 사제입니까? 신성력을 어떤 방법으로 마법에 이용했습니까?"

어쩌면 이 마법사가 원무녀의 실종과 관련됐을지도 모른다. 그런 생각이 스치자 제임스는 조급함에 몸이 달았다.

"너 성기사인가. 그것도 데보라의 힘을 막을 정도로 강한……."

"데보라? 데보라가 누굽니까."

지마법사가 제압당하는 것을 확인한 뒤 게일은 정신없이 두리번거렸다.

아멜리가 원래 있던 자리가 텅 비어 있었다. 설마 그새 정신을 차려 도망친 것인가.

"이년을 찾고 있나?"

갈라진 음성이 들려온 순간 게일은 후회했다.

'예쉬데르가 잡아놨을 때 저놈을 죽여버렸어야 했는데.'

에이든이 핏물 섞인 침을 탁 뱉었다.

"진짜 짜증 나. 역시 그 돼지년과 엮이면 좋은 일이 하나도 없어."

아멜리의 희고 가는 목덜미가 사내의 우악스러운 손에 잡혀 더욱 하얗게 질려가고 있었다. 나일이 제일 당황하며 악을 썼다.

"죽이면 안 돼!"

그러나 에이든은 나일을 무시했다. 아까 그가 자신을 무시했듯이.

"물을 것이 많았는데 경고를 자꾸 무시하니 어쩔 수 없군요."

제임스의 손날이 나일의 목 뒤를 내리쳤다. 툭, 의식을 잃은 나일의 얼굴이 땅바닥에 처박혔다.

"몸이 회복되니 역시 밥통부터 난리로군."

에이든이 자신의 배를 쓰다듬었다.

"내가 좋아하는 음식이 뭔지 알아?"

"그딴 거 알……."

아멜리의 목을 쥔 손가락에 힘이 들어가는 것이 보인 순간 게일은 얼른 말을 바꿨다.

"알고 싶습니다. 굉장히."

에이든이 흡족하게 끄덕거렸다.

"난 원래 노예였다. 노예시장에서 자라던 시절엔 돼지죽만 먹어야 해서 그땐 내 식성이 뭔지 알 기회가 없었거든. 그러던 어느 날 누군가에게 팔려 갔는데, 도착한 곳이 마법사의 연구실 지하였다. 난 그곳 실험체에게 먹이로 제공됐어. 그런데 운이 좋았던 건지 파란 털을 가진 괴물이 내 머리색을 보고 새끼로 착각했지 뭐야. 덕분에 기적적으로 목숨을 부지했는데, 문제는 다음. 먹을 만한 게 눈을 씻고 찾아봐도 없는 거야. 쥐 한 마리, 바퀴벌레 한 마리조차 없더라. 자연히 일주일도 안 되어 목숨이 간당간당해졌다."

게일은 마음속으로 수백 번 외쳤다.

'그딴 거 알 게 뭐야!'

슬프게도 현실은 비굴한 경청이었다.

"어느 날 배가 고파 기절했다가 깨어났는데 눈앞에 핏물이 뚝뚝 떨어지는 생고기 같은 게 하나 있더군. 파란괴물이 가져온 것 같았어. 뭔지도 모르고 일단 입에 쑤셔 넣었다. 먹다가 몇 번 토했는데 그 토사물조차 주워 먹었지. 왠지 말이야, 그 순간만큼은 내가 「먹는다」는 행위만을 위해 태어난 것 같았어."

게일은 눈을 굴렸다. 제임스는 나일을 잡고 있으니 쓸 수 없고 에이든과 가장 가까운 것은 예쉬데르, 사각에 있는 것은 모르간이었다.

'내가 주의를 흩트려놓는다면 저 둘이 기회를 잡을 수 있으려나?'

그때 에이든의 뒤쪽에서 조용히 움직이는 슬론이 보였다. 그것도 모른 채 에이든은 여전히 자기 이야기에 잔뜩 취해 있었다.

"한참 배를 채우고 나니 앞이 보이기 시작하는데, 손에 뭘 들고 있는가 봤더니 사람 손이더라고. 하하하! 결국 생존은 마음가짐의 문제였던 거지. 그때부터는 살아남는 게 아주 쉬워졌지. 실험체들에게는 매일 신선한 먹이가 꼬박꼬박 내려왔으니까 기다렸다가 그들이 남긴 찌끄러기만 취해도 배가 터졌어."

"당신, 식인을 하였습니까?"

제임스가 믿을 수 없다는 듯 부들부들 떨리는 목소리로 물었다.

"아스라 신이 인간을 만드사, 심복인 고고리와 돗으로 농사와 가축 치기의 지혜를 전하여 굶어 죽지 않도록 보살펴주셨습니다. 여신께서 당신의 피조물이 서로 잡아먹기를 원하지 않으셨기 때문입니다."

"인간을 만든 게 아스라 신이라면 내게 일용할 양식을 선사한 것도 아스라 신이 맞긴 해. 그녀한테 감사하다고나 전해줘."

제임스의 눈에서 불똥이 튀었다.

"동족 섭취와 신성모독! 아라아스라교의 율법을 두 번이나 어긴 당신은 아스라 신의 은혜를 입을 자격이 없습니다. 제 손으로 단죄하겠습니다!"

에이든이 킬킬거렸다.

"아스라 신은 별로 상관없으신 거 같은데? 그 후로 내가 3년이나 사람 고기 먹으며 잘 산 거 보면 말이야."

"……!"

"연구실 지하에 대청소를 하러 온 마법사가 발견해줄 때까지 계속 거기 처박혀 있어야 했거든. 그래도 내 끈질긴 생명력이 마음에 든다고 룬님이 거둬 주셨으니 전화위복인 셈이지. 그 후론

집도 생기고 옷도 생기고 마법사 스승도 생겼다. 고기든 과일이든 원하는 음식을 배가 터질 때까지 먹을 수 있었어. 아, 근데 이상하게 계속 소화불량에 걸리더라고. 왠가 싶었는데 스승님 왈, 쌀이 주식인 사람은 빵을 잘 소화하지 못하는 경향이 있고 밀이 주식인 사람은 쌀밥을 잘 못 먹는다는 거지. 무슨 소린지 알겠어?"

"구구절절 늘어놓고 하고픈 얘기가 뭐냐."

"딱히 목적이 있는 얘기는 아니었어. 그냥 식전에는 사람들과 이런저런 담소를 해야 소화가 잘될 거 같았달까. 원래는 이 아가씨랑 대화를 나눠야 하지만 보다시피 이렇게 기절해 있으니."

길게 내뺀 혀가 시꺼멓게 손자국이 남은 목을 핥았다. 타액이 달팽이 흔적처럼 끈적끈적한 흔적을 남겼다. 게일이 다급하게 외쳤다.

"배고프면 내 다리라도 잘라주마!"

"사내놈 고기를 꾸역꾸역 먹는 것도 질렸다. 부드럽고 연한 살코기가 그리웠어."

에이든이 보란 듯이 입을 쩍 벌렸다. 핑크빛 거미줄이 쳐진 동굴 안에 자리 잡은 치아는 모조리 송곳니처럼 갈려 육식동물의 그것과도 같았다.

명백한 도발에 게일은 꾹 주먹을 쥐었다. 그러나 예쉬데르의 인내는 이미 닳았다.

"어이!"

시위를 떠난 화살처럼 허공을 가르며 다가오는 채찍을 보고 에이든은 기다렸다는 듯 아멜리를 제 앞에 방패로 내세웠다.

"큭!"

예쉬데르가 급히 채찍을 당겨 거둬들였다. 부드러운 피부를 가진 아멜리는 강철비늘을 가진 아리크부카에게 한 대라도 맞았다간 전신의 거죽이 종잇장처럼 찢겨나갈 것이었다. 제임스가 분노하며 일갈했다.

"여신의 피조물로 태어나 축생이길 자처하는 그대를 아스라 신께서 용서치 않을 것이다!"

에이든이 제 손으로 얼굴 전체를 덮었다 떼었다. 검은 연기 같은 것이 나타나더니 에이든의 얼굴 위에서 검은 가면으로 변했다.

"신의 처단!"

제임스의 손을 떠난 붉은빛을 발하는 구체가 에이든과 충돌하는 순간, 검은 가면이 다시 잿가루처럼 짙고 검은 안개가 되어 붉은 구체를 집어삼켰다. 제임스는 눈을 부릅떴다. 아스라 신의 신성력이 상쇄되었다. 그것도 엄청나게 간단히.

"마홀 신의 신성력이외까?"

예쉬데르의 싸늘한 물음에 에이든은 키득거리기만 했다. 상황이 이해가 안 된 게일이 옆에 있는 제임스를 쳐다보았다.

"아스라 신과 마홀 신은 의좋은 남매라 서로 해를 끼치지 않습니다."

제임스는 늪지화했던 대지의 영향력에서 수월하게 빠져나왔던 기억을 떠올리며 입술을 깨물었다. 저주마법에 깃든 마력이거나 신성력이 약해서라고만 여겼지, 설마 마홀 신의 힘이라서 그런 것일 줄은 상상도 못 했다.

"저놈한텐 신성력이 안 통한단 뜻이냐?"

"온다라 신이라면 모를까 아스라 신의 힘으로는 공격이 불가능합니다. 다만 상쇄는 가능합니다."

게일이 침음했다. 제임스의 신성력으로는 공격이 불가능하고, 저주와 뒤섞인 마법이라 타르 블레이드의 마법 무효화도 안 먹히며, 아멜리 때문에 물리적 공격을 가하기도 어렵다. 막다른 골목이었다.

"배가 좀 많이 고프긴 한데 솔직히 세상에 여자가 이 여자 하나도 아니잖아. 너희 하는 거 봐서 놓아줄 수도 있어."

"뭘 원하나."

"일단 거기 채찍쟁이의 반반한 얼굴 껍데기를 벗기는 게 좋겠군."

에이든이 즐거이 웃었다.

"이어서 이빨을 하나씩 뽑고, 혀를 뽑고. 아, 눈알은 파지 마. 그는 끝까지 지켜봐야 하니까. 다음은 목 아래 껍데기를 벗겨서 바닥에 깔아라. 내가 저놈을 뜯어먹는 동안 너희는 그 근사한 카펫 위에서 식사의 흥을 돋우는 춤을 추는 거다."

"진짜 가지가지로 미쳤군."

게일이 질렸다는 듯 고개를 흔들었다.

"고작 이 몸뚱아리 하나로 아멜리 낭자의 목숨을 구할 수 있는 것이라면 별로 손해 보는 장사도 아니구려."

예쉬데르가 한 발 앞으로 나섰다. 전혀 주눅 들지 않은 그 모습에 오히려 에이든의 표정이 굳었다.

"그리하겠으니 낭자를 이리 주시구려."

"내가 바본 줄 알아? 너부터 하는 거다. 지금 당장! 이 자리에서!"

"성질도 급한지고. 그런 사내는 밤에 여인과 함께할 자격도 없소이다. 분수를 알고 품에서 놓아주면 좋을 것을."

분노로 머리 꼭대기까지 열이 오른 에이든이 예쉬데르를 죽일 듯 노려보았다.

"이 여자를 살리고 싶지 않다면……."

푹.

에이든이 제 가슴에서 튀어나온 검날을 빤히 응시했다. 뻐근한 통증과 눈에 보이는 것이 매치되기도 전에 검날이 도로 뽑혀 나갔다. 컥! 에이든이 쓰러지면서 놓친 아멜리를 향해 질기게도 손을 뻗었다. 그러나 폭약 터지는 소리가 훼방을 놓았다. 마치 죽순처럼 땅에서 솟은 나무줄기가 폭발적인 기세로 자라나면서 에이든과 아멜리 사이를 갈랐다. 에이든은 퉁겨 날아갔고, 여러 개의 나무줄기는 꽈배기처럼 비비 꼬이더니 아멜리의 몸을 집어삼키고서 한 그루의 아름드리나무로 성장했다.

슬론이 에이든을 잡았다고 생각해 잠깐 기가 빠졌던 게일은 질겁하여 나무로 달려갔다.

"아멜리가 나무에 잡아먹혔어?"

"방어마법이야. 별로 강하진 않아."

모르간의 손안에는 찢어진 스크롤이 있었다. 그녀는 종잇장처럼 구겨져 있는 에이든에게 침을 퉤 뱉었다.

"새끼, 조잘조잘 더럽게 말 많네."

까닭 없이 게일은 흠칫 움츠러들었다.

"나무로 화한 미녀라. 마치 신화 속에 나오는 비극적인 연인이 된 것 같구려."

울퉁불퉁한 나무껍질을 쓰다듬는 예쉬데르의 목소리가 어딘가 촉촉했다.

"이 와중에 감성 폭발이냐."

"게일!"

에이든의 등을 무릎으로 찍어 누르며 밧줄로 묶고 있던 슬론이 외쳐 불렀다.

"아직 치유마법이 진행 중이다. 내버려두면 회복될 테니 마법 무효화를 하는 게 좋겠다."

한편 제임스는 붙잡힌 에이든을 복잡한 눈빛으로 쳐다보다가 모르간에게 고개를 돌렸다.

"모르간님. 아멜리님이 정신 차리지 못하는 까닭은 아무래도 내상을 입은 탓인 것 같습니다. 마법을 풀어주시면 제가 상태를 보고 치유하겠습니다."

"푸는 방법 몰라."

"네?"

"혹시 도끼 있니?"

"네?"

적들이 에이든에게로 정신이 쏠린 사이 의식을 회복한 나일은 모든 상황을 귀로 듣고 있었다.

'에이든은 완전히 틀렸군. 이제 어떡한다.'

이 자리에 아스라 신의 신성력을 가진 성직자가 있다. 마홀 신의 힘을 아무리 끌어다 쓰더라도 상쇄되고 말겠지만, 적어도 주의를 분산시키고 탈출하는 정도는 가능하리라. 아지트의 공간이동 마법진에는 바로 이용해도 좋을 만큼 마력이 남아 있었다. 진의 규모 때문에 동시 이동은 셋으로 제한되었다. 마침 아지트로 데려가야 할 인물의 수와도 같았다. 그 자신과 병신 같이 일을 망쳐놓은 동료, 그리고 다른 하나는 수장의 명령이 내려온 흑발의 여자.

"자네가 기절시킨 건가?"

"지마법사 말입니까? 네!"

"혹시 모르니 묶어놓는 게 좋겠어."

"끈이 있습니까?"

"항상 갖고 다니는 게 있다."

아무래도 적들이 포박을 하려는 모양이었다. 나일은 이판사판이 되었다.

"노미데스!"

혼을 실은 시동어로 인해 땅에 이변이 일어났다. 땅에서 떨어져 나온 흙난쟁이들은 약간 등이 굽은 노인과 유사한 형태를 띠고 있었으며, 크기는 어른 손 한 뼘 정도로 작았다. 그들은 인간의 주위로 모여들어 손을 잡고 빙글빙글 춤을 추었다. 일부는 다람쥐처럼 민첩하게 다리를 타고 몸통을 기어올라 얼굴에까지 달라붙었다.

"익, 이 징그러운 애들 뭐야?"

모르간이 얼굴에 매달린 난쟁이들을 마구 뜯어냈다. 난쟁이들의 움직임은 활기찼으나 별 힘은 없었다. 제임스의 몸이 노란 빛으로 빛나면서, 몸에 달라붙었던 난쟁이들은 마른 흙이 되어 부서져 내렸다. 예쉬데르의 경우는 어쩐 일인지 난쟁이들이 빙글빙글 돌며 포위는 하였으나 마치 접촉하기를 꺼리는 듯이 머뭇거렸다. 결국 예쉬데르의 발길질에 잘게 부서지고 말았다. 반면에 게일과 슬론은 속수무책이었다.

"으으으으, 이거 왜 안 떨어져!"

그들의 얼굴에 달라붙은 흙난쟁이들은 서로 뭉쳐 하나의 찰진 진흙덩어리가 되었다. 눈과 코, 입의 윤곽이 생겼다.

형태가 완성되자 진흙이 딱딱하게 굳어가더니 붉은 기가 올라왔다. 모르간은 완성된 모양을 보고 아연해졌다.

“저거 데스마스크야?”

게일은 가면 속의 어둠을 헤치고 자신에게 다가오는 실루엣을 보았다. 발끝까지 떨어지는 긴 금발과 어깨가 크게 부풀려져 있는 고풍스러운 드레스. 드레스 자락을 살짝 걷어 올리고 맨발로 뛰어오는 새하얀 해골. 흠칫 놀란 그가 뒤로 물러났으나 제자리 걸음이었다. 어둠 속 한가운데라 거리 감각이 느껴지지 않는 것이었다. 점점 가까워진 금발의 해골이 해맑게 게일의 목에 매달렸다. 아주 반가운 사람을 만난 것처럼.

[데릭.]

위아래가 없는 어둠 속인데도 세상이 빙글 뒤집혔다. 게일은 어둠 속 어둠으로 빨려 들어갔다.

그 시각 슬론도 같은 형상을 보고 있었다. 어둠 속에서 금발을 가진 해골이 맨발로 뛰어와 그에게 매달렸다.

[데인.]

뼈만 남은 손가락이 슬론의 두꺼운 목을 사정없이 움켜쥐었다. 이 세상의 것이라고 생각할 수 없는 지독한 악력에 슬론은 반항조차 할 수 없었다. 점차 의식이 흐려져 갔다. 게일처럼 슬론도 어둠 속의 어둠으로 거꾸러졌다.

“무어 경!”

"슬론!"

두 남자가 쓰러지던 순간 큰 지진이라도 난 것처럼 땅이 흔들렸다. 지마법사가 있는 자리에서부터 땅이 갈라지고 있었다. 하마터면 균열에 발이 빠질 뻔한 제임스가 허겁지겁 땅에 손을 대고 외쳤다.

"신의 가호!"

하지만 아무 일도 벌어지지 않았다.

"스크롤이야!"

모르간의 외침에 제임스도 마법사의 발치에 구르고 있는 찢어진 스크롤을 발견했다. 순수 마력이기에 제임스의 신성력 상쇄가 통하지 않은 것이었다. 신성력을 저장하는 스크롤은 존재하지 않았다.

어느덧 균열은 아멜리를 보호하고 있는 나무에까지 닿았다. 뿌리를 박은 땅이 붕괴되자 나무가 우지끈 소리를 냈다. 갈라진 나무기둥 사이로 아멜리의 모습이 드러났다. 나일이 그 머리채를 무참하게 잡고 밖으로 끌어냈다.

휘릭! 검푸른 채찍이 나일의 손목에 휘감겼다.

"여인의 머리카락에는 함부로 손을 대는 것이 아니외다."

예쉬데르가 싸늘하게 경고했다. 채찍이 전기를 방출한다는 것을 알고 있었지만 나일은 코웃음을 쳤다.

"이 여자까지 감전시키기라도 할 거냐?"

"누가 그런 짓을 한다 했소이까."

채찍이 뼈를 보겠다는 듯이 나일의 손목을 조여들었다.

"악!"

의지와 다르게 손이 절로 풀려버렸다. 떨어지는 아멜리를 예쉬데르가 얼른 받아냈다.

'제길, 안 되겠군.'

나일은 이 상황을 아예 포기하기로 했다. 맛이 간 동료와 목표물인 여자, 둘 다 지금 데려가는 것은 무리였다. 그렇다면 적어도 설욕의 기회라도 만들어두는 수밖에.

"노미데스 아이!"

흙난쟁이들이 나일의 주위에서도 춤을 추었다. 예쉬데르는 안 좋은 예감이 들어 아멜리를 땅에 눕혀두고 지마법사에게 채찍을 후려쳤다.

"텔레포트!"

마법사가 한 발 빨랐다. 흙난쟁이가 하얗게 빛나면서 나일은 물론 게일과 슬론까지 하얀빛 무리에 휩싸였다. 바로 얼마 전 이 비슷한 장면을 눈앞에서 보았던 모르간은 깨달았다.

'이 원은 공간이동진이구나!'

슬론의 주위에서 춤추는 흙난쟁이를 짓밟으려 했으나 늦어도 한참 늦었다. 흙난쟁이의 원 안에 둘러싸였던 남자 세 명은 이미 머리카락 한 올 남기지 않고 사라진 상태였다.

임무를 완수한 흙난쟁이들은 저절로 부서져 평범한 흙으로 돌아갔다. 모르간은 슬론이 사라진 자리를 허탈하게 바라보았다.

'왜 진작 실종과 공간이동마법을 연결 지을 생각을 못 했지?'

자책했지만 이미 스스로 알아차렸다. 그것은 레이븐스우드의 집에서 들어버린 얘기 때문이었다. 그녀는 이 지역에서 빈번했다는 청년들의 실종사건과 킹스야드 공사장에서의 실종사건 간의 연결고리를 찾으려 애쓰고 있었다. 하지만 레이븐스우드부터 킹스야드 공사장에 이르는 광활한 영역을 커버하는 초규모 공간이동마법진이란 불가능하기에 자연히 공간이동마법의 가능성을 제외했다. 게다가 「망령」이니 「가면」이니 하는 종교적인 단어에 현혹되어 더더욱 마법을 고려하지 못했다

애초에 레이븐스우드에서 들은 얘기와 킹스야드 공사장의 실종을 별개의 사건으로 보았다면 쉰 명이나 되는 남자들이 감쪽같이 사라진 방법으로 당연히 마법을 떠올렸을 것이다.

'제일 삽질하고 있던 건 바로 나였군, 제길.'

갑자기 제임스가 고함쳤다.

"아멜리님!"

모르간과 예쉬데르가 동시에 옆을 보았다. 바닥에 반듯하게 누워 있는 아멜리의 창백한 얼굴이 피로 흠뻑 젖어 있었다. 그녀의 턱 아래에서 푸른 터럭들이 불규칙적으로 흔들거렸다.

찌익, 찌익.

쩝쩝쩝…….

그것은 팔다리를 쓰지 못하는 까닭에 애벌레처럼 꿈틀거리고 있었다. 다른 인간에게 찰싹 달라붙어 있는 모습이 어찌 보면 커다란 거머리 같기도 했다.

우드득, 으적으적.

탐욕스럽게 살 씹는 소리가 고막을 생생하게 두드렸다. 한때 연약하고 부드러운 피부로 감싸여 있었으나 이제는 적나라하게 파헤쳐진 체내는 눈이 아플 정도로 선명한 핑크빛이었다. 탐욕스럽게 살 씹는 소리가 고막을 생생하게 두드렸다.

으적으적.

에이든이 질겅거리던 힘줄을 꿀꺽 삼키기 위해 고개를 들다가 자신을 향한 경악의 시선들과 눈이 마주쳤다. 하지만 특별한 반응 없이 살점 속으로 고개를 도로 파묻었다. 모르간은 에이든의 텅 빈 눈동자 너머로 무언가를 보았다. 그건 「굶주림」이었다. 동족을 뜯어 먹으면서 순수하게 굶주림만을 느끼다니, 과연 그런 것을 인간으로 볼 수 있을 것인가. 제임스 말대로 에이든이 신의 분노를 사 인간에서 벗어나고 만 것인가?

"마, 말려야……."

제임스가 겨우 한마디 내뱉은 뒤 예쉬데르를 쳐다보았다. 하지만 그는 식인의 현장에서 눈을 떼지 못하는 중이었다. 핏기 가신 창백한 낯빛이 시뻘겋게 물든 에이든과 극단적일 만큼 대조되었다.

모르간도 차마 입을 떼지 못했다. 이미 치사량 이상의 피가 흘렀다. 허연 어깨뼈가 공기에 닿을 정도로 노출된 지경이니 외과적 수술과 치유마법을 병행한대도 재생시키기 어렵다. 어쩌면 이미 죽은 상태일 수도 있었다. 너무 늦었다.

아무도 움직일 기미가 없자 할 수 없이 제임스가 나섰다. 이 와중에 그가 깨달은 것은 자신이 시각은 후각만큼 예민함이 덜하다는 사실이었다.

"아, 아멜리님을 놔라."

제임스는 욕지기를 필사적으로 억누르며 에이든의 팔을 포박한 줄을 잡아당겼다. 먹을 것을 빼앗길까 에이든이 허겁지겁 뽀얀 살결에 이를 박았다. 그 바람에 아멜리의 몸이 질질 같이 끌려왔다. 제임스는 이러지도 저러지도 못하다가 다른 두 사람에게 호소의 눈빛을 보냈다. 망부석이 된 예쉬데르를 내버려두고 모르간이 한 발 나선 그때였다.

"컥!"

에이든이 목을 격하게 꺾었다.

"컥컥, 커헉!"

형체를 알 수 없는 것들이 피와 함께 쏟아졌다. 모르간도, 제임스도 뒤로 물러났다. 뭔가 심상치 않았다. 광인 같은 몸부림에 두꺼운 밧줄마저 끊어져버렸다. 알 수 없는 괴력이 그의 체내에서 용솟음치고 있는 듯했다. 다만 그 힘은 결코 에이든에게 호의적이지 않았다.

"아아아아아아아아악!"

목이 찢어지도록 비명을 토해낸 에이든이 자신의 뱃가죽에 손톱을 마구 쑤셔 넣었다. 살가죽이 찢어지고 탁한 색의 창자가 쏟아져 나왔다. 에이든이 창자를 뜯어버리고 배에서 위를 잡아 꺼냈다. 한창 식사 중이었던 위는 이미 한계까지 팽팽하게 부푼 상태라 조금 거친 악력에도 쉽게 찢어지고 말았다. 짐승으로 변모했던 마법사의 몸이 바닥으로 무너졌다. 푸들거리던 머리통이 곧 정지했다. 영원히.

"이, 이럴 수가."

제임스는 공황에 빠졌다. 자신이 수마법사를 아멜리에게서 떼어낼 때 무슨 짓을 했던 게 아닐까 되짚어보았다. 하지만 없다. 그저 줄을 잡아당겨 끌어냈을 뿐이었다.

하지만 세 사람은 아직 모르고 있었다.

진정한 이변이 남아 있었다.

에이든이 토해낸 피가 땅을 타고 흐르기 시작했다. 하지만 그곳은 전혀 경사지지 않은 평탄한 지대였다. 다시 말해 흡사 피가 의지를 지닌 듯이 스스로 움직이는 것이었다. 그뿐만 아니라 에이든의 위에서 쏟아진 피, 아멜리의 상처가 바닥에 흘린 피도 원주인에게로 흘러 돌아갔다. 마치 혈맥처럼 땅에 그려진 가늘고 긴 붉은 족적 탓에 이윽고 모르간도 제임스도 예쉬데르도 기묘한 일이 벌어지고 있다는 것을 눈치챘다.

최초의 피가 아멜리의 살갗에 닿자마자 다시 한 번 기이한 소리가 시작됐다. 우직, 우드득, 꾸직, 스으으으.

짐승에게 뜯어 먹힐 때보다 좀 더 경쾌하고 빨랐다. 아멜리의 육신은 한번 흘렸던 피를 살갗 안으로 스펀지처럼 빨아들였다. 피부가 점점 깨끗해지고, 거칠게 뜯겨 나간 살점이 점점 부풀어 빈 곳을 채워갔다.

"재생되고 있어?"

제임스는 경악했다. 신전의 최고위 치유사라 할지라도 이런 속도로 재생시키는 일은 불가능했다. 신성력이 아니라 특급 치유마법을 쓴다 할지라도. 더욱이 이미 죽은 육체가 아닌가. 그는 최고위 성직자로서 신성력으로 발휘하는 수많은 기적들을 보아왔지만 그중 어느 것도 「부활」은 아니었다. 아라아스라교만이 아니라 그 어느 교단에서도 「부활」의 기적을 행할 수는 없다. 살아 있는 자를 미라화해 비약적으로 수명을 늘려주거나 이미 죽은 시체를 의식 없이 움직이게 만드는 언데드마법은 있지만 어느 쪽도 「죽었다가 멀쩡히 되살아나는」 것은 아니었다.

까득.

모르간이 무심결에 손톱을 깨물었다. 연둣빛 눈동자는 기묘한 흥분으로 흐려진 상태였다. 아멜리에게서 눈을 떼지 못하는 것은 예쉬데르도 마찬가지였다. 그는 거의 숨 쉬는 것도 잊었다.

아멜리의 찢겨져 나갔던 뺨에 다시 살이 올라 홍조까지 나타나자, 뭔가에 홀린 듯이 손을 뻗었다. 그러나 낭랑한 목소리가 날카롭게 제지했다.

"떨어지십시오!"

제임스가 벼락에 맞은 듯 몸을 부르르 떨었다. 먼 곳에, 그러나 지평선보다는 가까운 곳에 어렴풋한 사람 그림자가 보였다.

"클로이님!"

그는 검도 집어 던지고 어린 소녀에게로 마구 달려가 그 앞에 무릎을 꿇었다. 그리고 울음을 터뜨렸다. 소녀가 그의 어깨를 안고 다독였다. 그 장면을 잠깐 멍한 눈으로 바라보던 모르간이 아멜리에게 다시 시선을 돌렸다. 이미 그 자리에는 흠 없이 완벽하게 재생된 아멜리가 고른 숨을 내쉬고 있었다.

26

악몽으로의 초대

클로이는 나타나자마자 정직하게 자신의 정체를 밝혔다.

"마하트 대신전의 원무녀 클로이라 합니다."

모르간은 피곤한 듯 미간을 짓눌렀다. 한 교단의 최고 우두머리, 그것도 평생 한 번 볼까 말까 한 존재가 불쑥 나타났지만 전혀 인상적이지 않았다.

"사람이 죽다 되살아났는데 원무녀가 나타났다 한들……."

아멜리는 아직 눈을 뜨지 않았다. 제임스가 혹시나 싶어 치유의 신성력을 불어넣는 중이었다. 예쉬데르는 말 한마디 없이 아멜리의 곁을 지키고 있었다.

"아! 눈을 뜹니다!"

제임스 말대로 아멜리의 눈꺼풀이 꿈틀거렸다. 깨어나자마자 네 쌍의 눈을 마주친 아멜리는 비몽사몽간에도 당황했다. 게다가 웬 모르는 여자아이도 한 명 끼어 있었다. 열 살이나 되었을까, 마른 체구를 가진 소녀였다.

소녀치고 얼굴은 다소 어둡지만 검은 눈동자는 이지적으로 빛나고 있었다.

"뭐……여요, 다들?"

실내도 아니었다. 주위를 둘러보니 아무래도 킹스야드 공사장 천막 안인 듯했다. 예쉬데르가 아멜리의 어깨를 살포시 안고 일으켜주었다.

"어디 불편한 곳은 없소이까."

"전혀요. 왜 그러셔요?"

"꿈을 꾸었나요?"

모르간도, 예쉬데르도 아닌 낯선 여자아이가 물었다.

"누구……?"

"클로이라고, 제임스가 찾아다니던 성직자야."

"성직자? 저렇게 어린애가?"

"응. 근데 진짜 아픈 데 없어?"

"없어. 하지만 다들 이상하네. 꼭 내가 아프기라도 해야 하는 것처럼."

아멜리는 얼떨떨하게 부축을 받았다.

단지 자다가 일어난 것뿐인데 마치 그녀가 병석에서 일어나는 듯 구니 어리둥절할 따름이었다. 여자아이가 차분하게 다시 물어왔다.

"꿈을 꾸었나요?"

"꿈……? 꾼 것 같기도 하고 아닌 것 같기도 해요."

"그래요……."

아이의 분위기가 너무 어른스러워 얼결에 존댓말이 튀어나왔지만 아무도 그것을 지적하거나 이상하게 여기지 않았다. 아멜리는 오히려 지금 이 상황이 꿈속인 것만 같았다. 그러고 보니 늘 곁에 붙어 있는 사람 한 명이 보이지 않았다.

"게일님은?"

"슬론이랑 잡혀 갔다, 마법사한테."

"소장님이 돌아오…… 뭐라고?"

사색이 된 아멜리가 자리를 박차고 일어났다.

"그게 무슨 소리야! 언제?"

"벌써 30분도 더 됐나."

"그럼 이렇게 한가하게 있을 때가 아니잖아!"

"거기에 관해서 얘기를 나누려던 참이었어. 이 꼬마숙녀가 뭔가를 알고 있는 것 같아서."

제임스가 기함했다.

"원무녀님께 「꼬마숙녀」라니요!"

"동정 총각한테나 위대한 원무녀님이시지 나한텐 아무것도 아니거든?"

2연타를 당한 제임스가 뒷목을 잡았다. 반면에 클로이는 지극히 담담했다.

"당신들이 쫓고 있는 마법사와 나는 관련이 없지만 제가 여기에 있는 이유는 그들과 관련이 있습니다."

"그 이유라는 게 뭔데요?"

"여기서 자세한 설명 드리기는 시간이 좀 촉박하군요. 따라와주세요. 가서 설명 드리겠습니다."

클로이는 사람들을 킹스야드 공사장보다 좀 더 팜의 외곽으로 떨어진 지역으로 데려갔다. 돌이 가득한 황야였는데, 드문드문 어린아이 키만큼 자란 풀숲이 있고 드문드문 무너진 돌담 같은 것도 보였다. 모르간이 땅에서 주운 나뭇가지로 잡초로 치면서 중얼거렸다.

"팜 근처에 이런 곳이 있는 줄 몰랐네. 오래된 유적의 터 같은 느낌인데."

"킹스그레이브라고 합니다. 아주 오래전에 이 지방을 다스리던 영주의 성이 있던 자리입니다."

"우릴 어디로 데려가는 거죠?"

"데보라의 악몽이 시작된 장소입니다."

"데보라?"

"이 일대를 떠도는 망령의 이름입니다. 지금은 마법사들에게 사로잡혀 그릇된 목적을 위해 착취당하고 있지요."

"그 마법사들이 우리랑 싸웠던 마법사들?"

클로이는 무덤덤하게 바라보며 고개를 끄덕였다.

"아까의 마법사들은 단순한 마법이 아니라 저주가 섞인 마법을 쓰는 것 같았어요. 원무녀인 당신이 마법사들과 엮이게 된 이유가 그거예요?"

"네. 그 저주가 데보라의 능력입니다."

모르간이 미심쩍은 표정을 지었다.

"굉장히 잘 아네요."

"데보라의 꿈을 지켜보았기 때문입니다."

무녀의 대답은 무미건조했다. 아멜리는 그런 클로이를 신기하게 쳐다보았다.

안젤라네 아이들과 비슷한 또래인데도 분위기나 태도가 천지차이였다. 어린애 특유의 어리광 부리는 느낌도 전혀 없는 점도 신기했다.

딴생각을 하다가 아멜리가 돌멩이를 밟고 발을 헛디뎠다.

"조심하시구려, 낭자."

예쉬데르가 그녀의 팔뚝을 잡아주었다.

"고마워요, 예쉬데르 씨."

"별말씀을. 그보다 어디 불편하거나 아픈 곳은 없소이까?"

"또 묻네요? 전혀 없어요. 제가 아파 보이나요?"

"아까 기절했던 것 때문에 걱정이 되어 물어봤소이다. 혹시 이상이 느껴지면 바로 말해주시구려."

제임스는 거친 돌길을 조심조심 걸어가는 아멜리의 모습을 힐끔거렸다.

'왜 아무도 그 일을 언급하지 않지?'

우선순위가 따로 있기 때문일 수도 있지만, 그래도 눈앞에서 죽었던 사람이 살아났는데 그에 관해 한마디도 하지 않는 것은 부자연스러웠다.

모르간과 예쉬데르가 각자 무슨 꿍꿍이인지는 몰라도 일부러 언급을 피하고 있는 게 분명했다. 당사자인 아멜리는 전혀 기억을 못 하는 듯했다.

제임스는 신에게 하소연했다.

'무어 경은 납치됐고, 겨우 만난 클로이님은 위험한 사건에 끼어들려 하시는 것 같고, 전 사도(邪道)일지도 모르는 부활을 목격했습니다. 당신의 종은 어찌하면 좋겠습니까.'

클로이는 풀숲을 헤치고 들어가 어느 허물어진 성벽에서 발을 멈추었다. 성벽 뒤에는 다른 곳과 달리 잡초와 자갈이 깔끔하게 치워진 빈 터가 있었다.

바닥에는 커다란 원이 그려져 있었는데, 스무 명 정도는 거뜬하게 들어갈 수 있을 법했다.

제임스는 퍼뜩 떠오른 것이 있어 클로이의 손을 살폈다. 작은 조가비 같이 귀여운 손톱이었을 터이나 너덜너덜하게 닳아 있었다. 제임스는 눈물이 그렁그렁해졌다.

"이런 일을 하시려면 절 불러내 시키시지요! 원무녀님의 고귀한 손이 이리 참혹하게!"

"눈물을 거두십시오. 제임스님은 이제 어린아이가 아니니 상황에 맞게 감정을 추스르는 법을 알아야 합니다."

제임스가 허겁지겁 눈을 비벼 눈물을 닦아냈다. 지켜보는 이들에겐 조금 우스꽝스러운 장면이었다. 어린애에게 어린애처럼 굴지 말라며 야단맞는 어른이라니.

모르간이 팔짱을 끼었다.

"여기까지 따라왔으니 설명 좀 해봐요. 뭐가 어떻게 된 일인지."

클로이가 고개를 끄덕였다.

"사건을 전체적으로 보려면 먼저 데보라라는 여인에 대해 설명해야 합니다. 살아 있을 때 데보라는 이 지방 영주의 고명딸이었으며, 유래 없이 뛰어난 무녀의 자질을 갖고 태어난 소녀이기도 했습니다. 그러나 사정상 성직자의 길로는 들어서지 못했고, 젊은 나이에 불의의 사고로 목숨을 잃고 말았습니다. 그런데 그 사고에는 두 명의 젊은 남성이 관련되어 있었습니다. 데보라는 그들에 대한 원한이 너무 깊었던 탓에 죽어서도 이승을 떠나지 못하게 됩니다."

"원한을 갖고 죽으면 망령이 되나요?"

아멜리가 조금 겁먹은 목소리로 물었다.

"아니오, 그녀의 경우가 특별했습니다. 망령이 될 수 있던 것도, 망령이 된 후 이 지방 수많은 젊은 남성의 목숨을 앗아갈 수 있었던 것도 데보라의 권능이 마홀 신에게 속해 있었기 때문입니다."

제임스가 손바닥을 내리쳤다.

"명부와 영혼의 신을 모시는 자니까 죽어서도 신성력을 발휘할 수 있군요."

클로이가 고개를 끄덕였다.

"저와 제임스 같은 경우, 살아 있는 동안에는 아스라 신의 권능을 일부 빌릴 수 있습니다. 그러나 명을 달리하고 나면 모든 영혼을 거둬가는 마홀 신에게 속하게 되기 때문에 다른 신의 힘을 빌릴 수는 없게 됩니다. 반면에 마홀 신의 종은 살아서도 죽어서도 마홀 신에 속하기에 생사 여부가 신성력의 발휘에 제약을 주지 못합니다. 그렇지 않습니까, 마홀 신의 종이시여?"

클로이가 예쉬데르를 쳐다보았다.

"말씀한 모든 것에 허언은 없소이다."

예쉬데르가 놀라서 눈이 휘둥그레진 아멜리에게 먼저 설명해 주었다.

"소인이 마홀 신과 연이 있는 것은 확실하나, 이쪽 대륙에서 생각하는 그런 성직자는 아니올시다."

"그쪽도 동정이셔?"

모르간이 놀리듯 묻자 예쉬데르는 대답 대신 뜻 모를 미소만 지었다. 아멜리는 약간 심란해지는 자신을 발견했다.

"마홀 신의 종이긴 하여도 원무녀께서 말씀해준 데보라라는 자매에 비하면 신성력이 없는 것이나 마찬가지외다. 그럼에도 소인의 소속을 간파한 원무녀의 예리한 안목엔 감탄할 수밖에 없구려."

모르간이 멍한 표정을 짓고 있는 제임스를 흘겨보았다.

"사제님은 몇 날 며칠을 함께했는데 전혀 몰랐어?"

"전 감지하고 구별하는 능력은 조금 둔한 편이라……."

"게일이 그쪽더러 마하트 대신전 최강의 신성력을 가진 홀리 가디언이니 뭐니 하더니만 별것도 아니네?"

차마 부정하지 못한 채 제임스의 어깨가 추욱 늘어졌다.

"원무녀 씨. 예쉬데르도 죽으면 이승에 남아 깽판 칠 수 있어?"

"모, 모르간님. 원무녀님 앞에서는 언어를 가려서 써주십시오."

"시끄러워. 내 말 맞죠?"

"일반적인 경우에는 그러한 일이 일어날 수 없소이다. 마홀 신의 종은 마홀 신에 절대 복종하외다. 그분께서 보내신 사자가 데리러 오면 당연히 따라갈 수밖에 없소이다."

"근데 데보라는 왜?"

클로이가 대답했다.

"그녀의 경우엔 좀 특이하게도, 생전에 자신이 마홀 신의 종이란 자각이 없었습니다. 어째서 원무녀의 자질을 가지고도 신과 대화를 나눌 수 없었던 건지는 저도 모르겠습니다만, 그런 연유로 사자의 부름에도 응하지 않았던 것입니다."

모르간이 이마를 긁적였다. 방금 클로이의 말인즉.

"신성력은 겁나 강한데 신앙심은 쥐톨만큼도 없었다고요?"

"네."

"당신네 신은 참 맘도 좋은 분이로군."

모르간의 말에 예쉬데르는 모르겠다는 듯 어깨를 으쓱거릴 뿐이었다.

"그래서 데보라는 이승에 남아 무슨 짓을 하고 다녔나요?"

"계속 꿈을 꾸었죠."

"그건 별로 나쁜 짓처럼 들리진 않은데."

"망령이라는 것은 정상적인 영혼이 아닙니다. 끊임없이 악몽을 꾸는 몽유병 환자와 같다고 할 수도 있지요. 몽유병 환자가 현실에서 걸어 다녀도 그 정신은 꿈의 세계에 있는 것처럼, 데보라는 이승을 떠돌아도 제대로 이승을 보는 것이 아니었습니다. 살아 있는 청년과 마주치면 자신의 죽음과 관련된 남자들이라 착각을 했고, 마홀 신의 권능을 통해 그들의 영혼을 자신의 악몽 속으로 끌고 가곤 했습니다. 인간의 입장에선 그게 「망령의 저주」가 되는 것이지요. 당신들과 싸운 마법사들은 어떤 이유에선지 그

능력을 원했습니다. 그래서 갖은 술수를 써서 망령을 가둘 수 있는 어떤 진을 고안해낸 것입니다."

"실체가 없는 영혼을 어떻게 가둬요?"

"물의 마법진을 사용한 것으로 보입니다."

"물?"

"「물」은 환상, 환각, 꿈, 허상, 반사를 상징합니다. 그것은 정확히도 망령의 세계이기도 하지요. 그들은 물을 통해 데보라의 세계를 한정해놓고, 그 안에서 나오지 못하도록 계속 주의를 흐트러뜨리고 있는 겁니다."

"무슨 소린진 잘 이해가 안 되지만 아무래도 팜의 온천수가 갑자기 고갈된 이유가 그건가 보네."

"소인은 게일 도령과 모르간 낭자의 지인이 사라지기 직전, 사자의 가면을 쓴 것을 보았소이다. 사자의 가면은 마홀 신의 권능이 깃들어 있는 일종의 성물이외다. 그 또한 데보라 자매와 관련이 있소이까?"

"데보라가 마법사들이 원하는 능력을 발휘하게 하려면 꿈의 촉매제라고 할 수 있는「살아 있는 청년 두 명」이 필요합니다. 그러나 물의 진 안에 있는 그녀는 움직일 수 없으니 마법사들이 대신 촉매제를 가져다준 것이지요."

"그래서 이 공사장에서 납치 행각을 벌였군."

도심지에서 떨어진 공사장이니 낮이든 밤이든 인적이 드물고,

목표물이 도망치거나 하여 실패할 확률도 적다. 게다가 우연적인 행운인지는 몰라도 사고가 터지니 「팜의 친구들」이 알아서 소문을 무마해주었다.

마법사들에겐 몹시 편리한 어장이었을 것이다.

"데보라에게 필요한 것은 영혼뿐입니다. 망령에게 인간의 육신은 아무 소용이 없습니다."

"그럼 왜 마법사들은 사람 자체를 데려갔을까요?"

예쉬데르가 무미건조하게 미소 지었다.

"죽은 마법사의 괴식 때문이 아니겠소이까."

아멜리는 무슨 소린지 이해를 하지 못했지만 제임스와 모르간의 낯빛은 어두워졌다.

"자기가 버리고 간 수마법사에게 굳이 간식을 챙겨줄까. 지금 데려간 이유는 우릴 유인하기 위해서일 거야. 아니면 인질로 써먹거나."

"그대들은 동료를 구하고 싶으시겠지요."

"당연하죠!"

아멜리는 당장이라도 달려 나가고 싶은 것처럼 엉덩이를 들썩거렸다.

"저는 데보라를 구하고 싶습니다."

"그녀와 무슨 인연이 있소이까."

"아스라의 종은 마홀의 종처럼 피안의 세계를 누비지는 못해도, 「꿈가」에서 꿈을 들여다볼 수는 있습니다. 그런데 몇 해 전 우연히도 그녀의 꿈을 들여다보게 되었습니다. 끔찍한 악몽이었습니다. 신성력이 바르게 인도되지 못했다는 이유 하나로 그러한 악몽을 영원히 반복해야 하는 그녀가 같은 무녀로서 몹시 안쓰럽게 느껴졌습니다. 그리하여 기회를 보다가 마침내 데보라를 찾아 여기까지 왔습니다만, 이미 마법사들에게 속박당한 상태라 저 혼자서는 구해낼 수 없게 되었습니다. 하지만 여러분이 협조해준다면…….”

“무슨 방법이 있는 거예요?”

“처음에는 데보라를 가둔 물의 진이 장벽이었습니다만, 수마법사가 죽은 지금 그 문제는 해결되었습니다. 남은 것은 데보라의 세계를 흔들어놓는 일뿐입니다. 제가 그대들 중 두 사람을 데보라의 악몽에 갇힌 자들의 의식으로 접근시키겠습니다. 그때 동료들을 깨어나게 할 수 있다면 데보라의 악몽 역시 일시적으로 흔들릴 것입니다. 그때 제가 데보라의 정신에 접근해 영면시키겠습니다.”

“게일님을 잠에서 깨우는 거라면 자신 있어요.”

“여기서 슬론을 제대로 아는 사람은 나밖에 없으니까 내가 갈게.”

“타인의 정신세계에 접근하는 것에는 위험부담이 따릅니다.”

“상관없어요.”

아멜리도, 모르간도 몹시 단호하고 의연했다.

제임스는 불안한 눈빛으로 클로이를 바라보았다.

"혹시 클로이님께서 데보라에게 접근하는 것에 따르는 부담은……."

클로이는 침묵했다.

"위험한 일이라면 낭자들보다 소인이 나서고 싶소이다만, 원무녀의 얘길 들어보니 그들과 정신적인 유대가 존재하는 사람이 나서야 하는 대목인 것 같구려. 대신에, 끌려간 자들의 육신을 되찾아오겠소이다."

"어떻게?"

"아리크부카는 코가 좋소이다."

예쉬데르가 채찍을 허공에 던졌다. 검푸른 채찍이 점점 커지고 부풀어 오르더니 눈 깜짝할 사이 거대뱀으로 변신했다. 거대화한 아리크부카를 처음 본 아멜리는 기절할 듯 놀랐지만 곧 아무 해가 없는 뱀이라는 것을 알고 마음을 놓았다.

사실 아리크부카는 동글동글한 눈에 주둥이도 뭉툭해 뱀치고는 인상이 순한 편이었다. 예쉬데르가 아리크부카의 비늘을 다정하게 쓰다듬으며 부탁했다.

"아까 만난 검은 가면을 쓴 지마법사를 찾아주련."

아리크부카가 킁킁거리며 부산스럽게 허공과 땅의 냄새를 맡다가, 꼬리로 바닥을 쿵쿵 내리쳤다.

"지하에 있다는구려."

"……."

이건 사기다, 라는 말이 모르간과 제임스의 목 끝까지 차올랐다.

"와아, 벌써 찾은 거여요? 정말 신통방통한 뱀이네요!"

아멜리는 신기한 건 그저 모두 마법이려니 하고 평범하게 감탄했다.

쉬쉭! 아리크부카가 내외하듯 아멜리에게서 고개를 돌렸다.

"칭찬은 부끄럽다는구려."

"말도 알아듣는군요. 아하하……."

예쉬데르가 매끈한 턱을 쓸다가 말했다.

"마법사들이 매번 공간이동으로 밖에 나오진 않았을 것이외다. 어딘가에 이용하던 땅길이 있을 듯하니 찾아보겠소이다."

"혼자는 위험하지 않을까요?"

"혼자가 아니외다."

아리크부카가 경쾌하게 검은 혓바닥을 날름거렸다. 아멜리는 단박에 수긍했다.

"도령들의 육신을 되찾아오겠소이다. 제임스 사제가 남은 분들을 잘 지켜주시구려."

예쉬데르가 아리크부카에 훌쩍 올라탔다. 거대뱀이 자갈 가득한 대지를 가로지르며 순식간에 사라져갔다.

"와, 발 없는 뱀이 천 리를 가네요."

"과연 속담대로입니다."

모르간의 표정이 이상해지는 것을 두 사람은 보지 못했다.

"이제 우린 뭘 하면 되나요?"

"이 명상의 원 중앙에 누워 근육을 이완시켜주십시오. 열을 세겠습니다. 그사이 잠에 빠지면 두 분은 각각 다른 꿈을 보게 될 텐데, 그 꿈은 그대들의 것이 아니라 데보라에게 잡힌 동료들의 것입니다. 꿈속에서 그들에게 말을 걸고 깨어날 수 있도록 자극하세요."

아멜리와 모르간이 원 안에 나란히 누워 눈을 감았다. 열, 아홉, 여덟…… 무녀의 나직한 목소리가 점차 아득해져갔다. 얼마 안 가 두 여자가 쌔근쌔근 숨소리를 내었다.

"두 분 모두 악몽으로 들어갔습니까?"

"네."

"혹시 끔찍한 경험을 하게 되는 겁니까? 꿈속의 괴물에게 쫓기거나 하는 건 아니겠지요?"

"악몽이란 그 사람의 공포를 비추는 환영입니다. 무엇이 최악의 공포일지는 사람에 따라서 다르겠지요."

"그럼 데보라라는 분의 악몽에서는 무슨 일이 벌어지는 겁니까?"

클로이가 아직은 평화로운 두 여자의 얼굴을 가만히 내려다보았다.

"「영원히 끝나지 않는 슬픔」."

"슬픔, 입니까."

하지만 젊은 성기사에게는 그 말의 무게가 잘 와 닿지 않았다.

"데보라에게 끌려간 자들은 그녀의 공포가 투영된 악몽을 꾸고 있을 겁니다."

"만일 아멜리님과 모르간님이 그 두 분을 깨웠지만 끝내 안 일어나면 어떻게 되는 겁니까?"

"악몽의 희생자가 넷으로 늘겠지요."

담담한 대답이었다.

이글거리는 땡볕 아래 한 소년이 웃통을 벗고 달리고 있었다. 짧은 적발을 타고 빗물처럼 두둑 떨어진 땀은 모래바닥에 점점이 진한 자국을 남겼다.

한껏 펌핑된 복근과 이두박근에서 열이 펄펄 났다. 소년은 눈을 찌푸렸다. 햇빛 때문에 아니라 땀이 자꾸 눈에 들어와 따갑고 시렸다. 손등으로 연신 이마를 훔치는 게일 앞에 돌연 검은 그림자가 나타났다.

"어이."

눅스였다.

휙 날아오는 마른 수건과 물통을 받아 든 게일이 차츰 속도를 줄이다가 눅스 앞에서 멈춰 섰다.

"몇 바퀴 뛰었냐?"

"100바퀴 아니면 200바퀸가? 몰라. 세다가 까먹었어."

"너무 무리하는 거 아냐?"

게일은 물을 일부러 세 번에 걸쳐 나눠 마신 뒤 빈 물통을 눅스에게 되던졌다.

"무리 아냐. 컨디션 최상이다."

"확실히 입은 그런가 보네."

허리를 숙이며 후우 하고 긴 숨을 쉬고서 고개를 들었다. 녹색 눈동자는 비장했다.

"아카데미 시절 대무할 땐 한 번도 못 이겼어. 이번에야말로 그 녀석과 담판을 짓는다."

"상대는 저 칸이잖아. 아카데미 선배들 중에도, 로열나이트들 중에도 칸을 이긴 사람은 아무도 없어. 그렇게 쪽팔려할 건 없을 텐데."

"흥. 나도 이제 어릴 때랑은 달라. 키도 다 자랐고 전투 경험도 많이 쌓였다. 이제 그 녀석이나 나나 로열나이트가 됐다. 전과 다른 결과가 나올 때도 됐지."

수건이 금세 빈틈없이 젖어들었다. 게일이 땀 닦은 수건을 꾹 쥐어짜자 촥 하고 물이 빠졌다.

한결 가벼워진 수건을 눅스에 넘기자 으에 하면서 눅스가 손끝으로 수건을 받아 들었다.

"고맙다."

"또 뛰려고?"

눅스가 어이없다는 듯 다시 달려 나가는 게일의 뒷모습을 쳐다보았다.

"야 적당히 해라, 임마! 대회 나가기 전에 과로사하고 싶냐."

게일은 아랑곳하지 않았다. 눅스가 보는 것처럼 사실 힘들지도 않았다. 뛰고 있는 동안엔 한 발 한 발 내디딜수록 착실하게 강해지는 듯한 느낌이 든다. 그 성실하고 충만한 감각이 더없이 마음에 들었다.

집에서도 그의 노력은 멈추지 않았다.

"대무하자! 실전처럼 덤벼, 형!"

게일의 큰형과 작은형은 귀찮아 죽을 지경이었다. 마주치기만 하면 대무를 하자고 졸라대는 남동생 때문에 저녁때 집에 들어오기가 무서울 정도였다. 하지만 게일에겐 형들과의 대무가 다가 아니었다.

실내에서 항상 모래주머니를 발목에 차고 생활했고, 짬이 날 때마다 벽이나 가구를 짚고 푸시업을 했다. 그러다가 몇 번 고급 원목테이블을 부숴버려 선더랜드 부인의 진노를 사기도 했다. 잠자리에 들어서도 머릿속으로 이미지 트레이닝을 했다.

결과가 안 좋았던 전투에서 미숙했던 점을 찾아 보완했고 그것을 수십 번 되풀이하다가 잠들곤 했다. 심지어 꿈에서도 칸과 검을 맞대고 싸웠다.

운동량이 엄청나다 보니 식사량도 무지막지했다. 게일이 삶은 계란 두 개를 통째로 입에 넣고 그대로 손에 든 닭다리를 뜯자 큰형수가 묘기 같다며 박수를 쳤다.

작은형 알렉스는 비위 상한다는 듯 시선을 돌렸다. 선더랜드가의 막내이자 열네 살 난 말괄량이는 은근슬쩍 옆으로 다가오더니, 갑자기 게일의 허벅지 바깥쪽을 손가락으로 쿡 찔렀다.

"야!"

게일이 입에 든 음식물을 분사하며 버럭 소리 질렀다. 그러나 루시는 제 손가락 끝의 감촉에 경악하기 바빴다.

"세상에! 엄청 딱딱해! 무슨 사람 허벅지가 저래? 완전히 벽돌이야. 게일 오빠 진짜 인간 맞아?"

게일은 들리지 않는 척하며 큰 컵에 든 샐러리즙을 단숨에 해치웠다.

대회가 얼마 남지 않았다. 다른 자질구레한 일이나 사람에 신경 쓸 여력도 없고 시간도 없다. 그가 생각해야 하는 건 오직 칸을 이기는 방법으로, 다시 말해 칸보다 나은 체력, 칸보다 강한 집중력, 칸보다 숙련된 검술이었다.

결국 게일은 루토를 쓰러뜨렸다.

칸과 게일이 입단하기 전까지 로열나이트의 에이스로 활약해 온 남자였다.

"강해졌구나."

루토가 씁쓸하게 패배를 시인해도 게일은 들뜬 모습을 보이지 않았다. 그러나 심장이 요란하게 뛰었다.

'난 강해졌다. 어쩌면 쓰러뜨릴 수 있을지도.'

물론 한 번으로는 확신할 수 없어서 무사수행을 떠났다. 목적지는 램피대륙의 엘파국. 그곳에 있는 마그네시아 대신전에는 칸보다 먼저 타르 블레이드를 손에 넣은 홀리 가디언 권터 바로스가 있었다. 게일은 신전 문을 두드리며 막무가내로 대련 신청을 했다.

"맹랑한 꼬맹아. 뭘 원하나."

그와 같은 붉은 머리를 가진 홀리 가디언이 물었다.

"한 판 뜹시다!"

권터는 어디서 왔는지도 모를 애송이의 건방진 요구를 무시했다. 그러나 애송이는 매일 되바라지게 도발해왔다.

몇 대 때려주지 않고선 도저히 무병장수하기 어려울 것 같다는 생각이 들었을 때 권터는 게일과 검을 맞대게 되었다. 결과는 호각이었다. 게일은 루토를 쓰러뜨렸을 때보다 훨씬 기뻐했다. 칸과 같은 타르 블레이더와 비등한 수준이라면 골인 지점도 얼마 남지 않았다는 뜻이었다.

"난 칸 메이슨을 쓰러뜨릴 겁니다."

이미 그 이름을 알고 있던 권터가 피식 웃었다.

"난 네 녀석이 마음에 든다. 그러니 충고 하나 해주마."

"검에 관한 충고라면 뭐든 좋아요."

"칸을 검으로 이기려 하지 말아라."

게일이 얼굴을 찌푸렸다.

"무슨 소립니까. 무투대회 나가서 검으로 안 이기면 뭘로 이겨요?"

"보이는 게 전부가 아니다."

"설마 아저씨까지 천재는 이길 수가 없다고 하는 겁니까."

"조금 다른 얘기다. 인간이 아무리 강하다 한들 해일이나 지진을 감당할 수는 없다."

게일은 권터 바로스에게 실망했다. 그와 같은 강자라면 자기 집 형제들과 달리 이해해줄 줄 알았다. 일인자가 되기 위한 집념을, 노력에 대한 신뢰를.

"그래도 목표가 있는 건 좋은 일이니 앞으로 계속 정진하도록. 네게 축복을 내려주마."

게일은 심통 맞은 표정을 지었으나 권터 앞에서 무릎을 꿇고 고개를 숙였다.

어쨌거나 앞으로 다가올 대결을 위해 세상의 모든 행운과 축복이 닥치는 대로 다 필요했으니까.

하지만 모자랐나 보다.

칸은 옆구리로 힘차게 들어오는 게일의 공격을 허리의 반동을 이용해 몸을 비틀며 어렵지 않게 흘려버렸다. 중심을 잃은 게일의 몸이 휘청대는 사이 칸의 발이 그의 몸통을 찼다.

게일의 몸이 경기장 바닥을 굴렀다. 머리에 가해진 충격으로 그가 이마를 짚고 비틀대며 일어날 때 머리 위에서 떨어지는 검은 그림자를 보았다.

다시 눈을 떴을 때는 푸른 하늘 아래의 검투장이 아니었다. 어둑한 천장이 그의 눈앞을 가로막고 있었다.

"일어나셨습니까, 무어 경."

병실을 지키고 있던 치유사가 말을 걸었다.

"시합은……?"

"끝났습니다. 렉시온 경께서 우승자가 되셨습니다."

"……."

"실망하실 것 없습니다. 결승전은 같은 남자가 봐도 정말 최고의 시합이었습니다. 모두들 렉시온 경에게만큼이나 무어 경에게도 찬사를 보내고 있습니다."

게일은 이불을 머리끝까지 뒤집어썼다.

"가족분들을 모셔올까요?"

"나가."

쿵. 문이 닫혔다. 참았던 눈물이 차올랐다.

"젠장……."

질 수도 있다. 그래, 질 수도 있다. 노력이 부족했거나 방심을 했다면.

하지만 죽을 만큼 노력했다면, 전력으로 승부했다면 절대로 져서는 안 됐다. 칸에게 패배했다는 자체보다도, 자신이 그간 얼마나 노력했는가를 알고 있는 모든 자들이 그 패배를 지켜봤다는 사실에 미쳐버릴 것 같았다.

그가 어두운 천장 아래 꼼짝도 못 하고 누워 있는 지금 칸은 한창 우승자의 영광을 누리고 있으리라. 맑은 하늘 아래에서 수많은 사람들의 박수 소리에 싸여. 그러면서도 우쭐해하지도 잘난 척하지도 않겠지.

놈에게는 너무나 당연한 결과이므로.

이래서 다른 놈들이 체념하고 사는 걸까. 천재는 이길 수 없다며, 자신의 약함을 합리화하고 마는 건가.

툭, 투툭. 눈가를 따라 뜨거운 눈물이 떨어져 베갯잇을 축축하게 적셨다.

태어나서 처음으로 온 마음과 온 힘을 다해서 임한 대결이었는데 지다니.

아무리 노력해도 칸을 따라잡을 수 없다면 이제까지의 시간은 다 무슨 의미인가. 앞으로 뭘 위해서 살아가야 하나.

소년은 어두운 세상에서 길을 잃어버렸다. 그리고 집을 찾아갈 의지도 잃어버렸다.

"게일님."

"누, 누구야!"

한껏 울고 있던 소년은 방 안에 아직도 누군가 남아 있다는 사실에 화들짝 놀랐다.

"나가라고 했잖아!"

"저여요, 아멜리."

하얗게 빛나는 빛 속에 검은 머리의 여자가 있었다. 그보다 조금은 더 연상 같았는데 생김새는 순해 보였다. 동시에 약해 보이기도 했지만.

"게일님의 수련과 시합 모두 보았어요."

억양도 조금 이상했다.

내가 칸에게 너무 두들겨 맞아 착란을 일으키고 있는 건가. 게일은 자포자기하며 대꾸했다.

"비웃으려면 비웃어. 꼴사납게 시합에 지고 나서 운다고."

"비웃다니요. 멋있어서 반했는걸요."

"약한 놈한테 동정해주는구나. 착하기도 하시지."

"졌다고 해서 약한 건 아니어요."

"정신 승리는 싫어."

게일이 벽을 향해 얼굴을 획 돌려버렸다. 이불 밑으로 언뜻 검게 멍든 어깨가 드러났다.

아멜리의 얼굴에 안타까운 빛이 스쳤다.

"시합에 졌어도 게일님이 훨씬 강하다고 생각해요. 왠지 알아요? 게일님은 이 승부에 정말 자신을 전부 걸고 임했잖아요. 가진 것을 모두 사용해서, 아쉬움 한 점 없이. 그게 시합에서 이기는 것보다 훨씬 어렵고 대단하지 않을까요?"

"……."

"솔직히 전 그런 적이 없어요. 「최선을 다했어. 이것보다 더 노력하면 난 죽어.」라고 생각했던 적이요. 사실 저 말고도 그런 말 양심에 찔리지 않고 할 수 있는 사람은 세상을 다 뒤져도 몇 안 될 거예요. 그런 일을, 게일님은 하루도 아니고 매일 해냈어요."

"그러지 말 걸 그랬어. 왠지 알아? 죽을 만큼 노력했는데도 성과가 안 나오는 것만큼 비참한 일도 없거든."

게일은 아멜리의 말투를 따라 하며 빈정거렸다. 아멜리에 대한 빈정거림인지 스스로에 대한 빈정거림인지는 말하는 자신도 알 수 없었다.

"성과는 나왔어요."

"준우승?"

"절 반하게 만들었잖아요."

게일은 어이가 없었다. 저 여잔 대체 뭔데 저리 뻔뻔스러워?

"전에도 말했지만 전 엄청 가난한 시골에서 자랐어요. 그래서 당연히 부지런해야 했어요. 오늘 일 안 하면 내일 굶게 되니까 말이죠. 하지만 「이즈음에 이러이러한 일을 하면 대충 이번 겨울도

날 수 있겠군.」 하는 안일한 마음 정도랄까요. 대단한 의지나 목표가 있던 건 아니었어요. 그러다가 우연찮게 약초꾼이 됐어요. 꽤 즐겁고 보람찬 나날이었어요. 나름 큰 목표도 있었고요. 하지만 1년 만에 그 일을 포기해야 했답니다. 다른 약초꾼들이 절 부당하게 따돌렸거든요."

아멜리가 씁쓸하게 웃었다.

"게일님의 시합을 보고 있노라니, 만일 제가 저 정도의 노력과 각오로 그들과 맞서 싸웠다면 어땠을까 하는 생각을 떨칠 수가 없었어요."

"……."

"저 정말 반성했어요. 지금까지 얼마나 수동적으로 살아왔는지를요. 제임스님한테 잘난 척 떠들어댔던 게 부끄러워요. 사실 저도 저 자신의 잠재력에 대한 믿음이 없었어요. 아껴주지도 않았고요. 이런 모든 걸 오직 게일님을 통해 깨달은 거여요. 정말 대단하지 않아요?"

"……말이 많네, 너."

퉁명스러운 타박이 왠지 쑥스러움을 감추기 위한 말 같아서 아멜리는 소리 없이 웃었다.

"저도 게일님처럼 강해지고 싶어요."

"칸이 나보다 강해."

"그 사람처럼 강해지긴 싫어요. 게일님처럼 강해지고 싶어요."

다른 때였으면 약한 녀석이 자기합리화를 할 때 말하는 소리라고 비난했을 것이다. 입 발린 칭찬이나 동정 섞인 위로라면 상대가 여자고 뭐고 박치기를 해버렸을 것이다. 하지만 어째서인지 울분이 사그라졌다.

세상 모두에게 손가락질받는 듯한 느낌도, 혼자 어두운 방에 비참하게 처박혔다는 느낌도 사라졌다. 콧날은 여전히 시큰했지만 아까와는 다른 의미였다.

"너…… 누구야?"

"절 돌아보면 말씀드릴게요."

"……."

게일이 천천히 몸을 돌렸다. 약간 젖어 있는 녹색 눈동자가 슬픔 대신 호기심을 담고서 낯선 여자의 눈과 마주친 순간, 그녀가 그의 목을 덥석 끌어안았다.

"아멜리가 데리러 왔어요. 이제 같이 꿈에서 깨어나요."

슬론은 남자의 손에 끌려 골방으로 들어가는 회색 머리 여자아이를 빤히 쳐다보았다. 잠시 후 골방 밖으로 나온 남자 둘이 가벼운 실랑이를 하고 있었다.

"넌 뭐가 문제야?"

"이렇게 조그만 애를 꼭 때려야 해?"

"장사 한두 번 하나. 애든 어른이든 일단 데리고 오면 개 패듯이 두들겨서 길들이는 게 규칙이다."

"저 앤 별로 반항도 하지 않잖아."

"눈깔은 어디로 달고 다니냐, 병신. 눈빛을 봐라. 꼭 저런 년들이 사고를 친단 말이지. 조용하게 입 다물고 있다가 사람 뒤통수를 제대로 한 방!"

"으음, 그래도."

"내가 장사 한두 번 하냐. 입 닥치고 일단 패. 패고 또 패서 아무 생각도 못 하게 만들어."

동료에게 훈계를 늘어놓던 남자가 슬론과 눈이 마주쳤다.

"뭘 꼬라봐? 너도 같이 맞을래?"

슬론은 몸을 떨며 눈을 내리깔았다. 저렇게까지 바닥을 보여야 하나 싶을 정도로 비굴해야만 이 지옥에서 살아남는다. 비굴함은 어린 그가 제일 먼저 배운 세상의 가르침이었다. 언제인지도 모르게 노예상선에 실려 홍등가로 팔려 왔다. 물론 생김새가 거칠었기 때문에 주로 잡일 담당이 되었다. 마주치는 모든 자가 그의 주인이었고 언제 어디에서든 그가 가장 낮은 자였다.

"너무 진이 빠지면 맞다가 죽을 수 있어. 하루에 한 번만 밥을 넣어줘. 혹시 안 먹으려 하면 입을 억지로 벌려놓고 들이부어."

누구의 명령인지도 모르고 슬론은 예, 예 하고 연신 고개를 끄덕였다. 충실한 종처럼 보이려고 대답 끝에 입꼬리를 살짝 올렸더니 상대방의 심기를 거스르고 말았다.

"이 새끼야 왜 웃어. 내 말이 웃겨?"

"아닙니다! 아닙니다!"

말대꾸했다는 죄까지 붙어 배를 두 번 걷어차였다. 노란 위액을 토해내고 잠깐 정신을 잃었다가 잠시 후에 일어났더니 덩그러니 복도에 남겨져 있었다. 그는 복도 바닥에 말라붙어 가던 토사물을 치우고 주방에서 딱딱한 빵 한 덩이를 받았다.

골방에 들어간 그는 말을 잃었다. 반나체 상태의 어린아이의 몸에는 성한 데가 없었다. 밥을 먹일 때가 아니라 곧 죽나 안 죽나 검진을 해야 하는 게 아닐까 싶었다.

"머, 먹어."

소녀가 그를 빤히 쳐다보았다. 슬론은 흠칫 놀랐다. 몹시 기진맥진해 보이는 얼굴과 달리, 남자들의 말따마나 눈빛이 서슬 퍼렇게 살아 있었다. 어둠 속에서 호랑이 안광이라도 본 것처럼 슬론의 심장은 두방망이질했다.

'무슨 어린애 눈빛이 저렇게…….'

소녀가 입을 열었다.

"내 옆구리 좀 쳐봐."

슬론은 제 귀를 의심했다.

"방금 뭐라고 했어?"

"허약해 보이긴 하지만 너도 남자잖아. 내 갈비뼈 부러뜨릴 정도의 힘은 있지?"

설상가상이었다. 슬론은 진지하게, 이 애가 너무 많이 맞은 나머지 정신을 놔버린 게 아닐까 하고 의심했다.

"많이 할 필요 없이 이 부근 하나만 부러뜨려 봐. 그리고 가서 니네 대장한테 나 갈비뼈 부러진 거 같다고 말해."

슬론은 그제야 소녀가 아픈 척을 하려는 것임을 깨달았다.

"뭐 해. 빨랑 해."

소녀가 힘없이 벽에 기댄 채 입으로만 재촉했다. 그러나 슬론은 이렇게 어린아이한테 그리고 이미 맞을 대로 맞은 소녀에게 손찌검을 할 수 없었다. 양심상 걸리기도 했지만 이 거리에 들어오고 나서부터 그는 항상 맞는 쪽이었지 단 한 번도 때리는 쪽이 되어본 적이 없었기 때문이었다.

"공짜로 해달라는 건 아니야."

소녀가 눈을 감았다 떴다.

"내 부탁 들어주면, 나랑 한 번 하게 해줄게."

슬론은 기겁했다.

"그런 말 하지 마. 어린애가."

"왜? 이미 실컷 하고 있어서 아쉽지 않은 거야? 하긴 창굴이니, 손만 뻗으면 다 창녀구나."

"아, 아니야."

"그럼 안 해봤어?"

슬론은 속이 메스꺼워지기 시작했다. 동정을 잃었던 순간은 결코 즐겁지 못한 경험이었다. 그에 대한 괴롭힘의 연장선상에서 이루어진 일이었기에 인간의 존엄성 따위는 전부 버려야 했다. 자다가도 그때 일이 꿈에 나오면 비명을 지르며 깨어나곤 했다. 새파랗게 질린 슬론의 얼굴을 본 소녀가 사과했다.

"미안해."

"……."

"남자들은 다 좋아할 줄 알았어. 싫어하는 줄 알았다면 이런 말 안 했어."

"괘, 괜찮아."

"대신 다른 부탁 들어줄게."

"부탁……."

머릿속이 멍해졌다. 아무것도 생각나지 않는다. 찬물 빨랫감을 조금 줄일 수 있으면 좋겠는데 하는 생각이 언뜻 스쳤지만 자기 손바닥의 반밖에 안 되는 손을 가진 여자아이에게 빨래를 맡기는 건 미안했다.

"지금 생각이 안 나면 나중에 말해줘도 돼. 그러니까 일단 내 갈비뼈부터 부러뜨려."

그날 슬론은 태어나서 처음으로 사람을 때렸다. 소녀의 교육담당이던 남자들은 두목에게 아주 혼쭐이 났다.

"새끼들아! 뼈가 잘못 붙어 몸매가 흉해지면 어쩔 거야! 저게 얼마짜리 물건인데! 장사에 못 쓰게 되면 너 새끼들이 후장 팔래?"

남자들이 들어간 두목의 방에서 쾅쾅 하는 거친 소리가 몇 번이나 났다.

그 후로 소녀의 교육은 일시 중단됐다. 뼈가 붙을 때까지는 좋은 말로 휴양, 정확한 말로는 감금되었다. 밥은 하루에 두 번이 되었고 여전히 슬론이 가져다주었다. 소녀는 말이 없는 편이었지만 때때로 기꺼이 자신의 얘기를 해주었다. 그녀는 농장 경영에 실패한 부모의 빚 대신 팔렸다고 했다. 심지어 향락관에는 아버지의 손에 직접 끌려 왔다고 했다. 슬론은 소녀를 몹시 안쓰럽게 여겼다. 적어도 그는 가족이 팔아넘긴 신세는 아니었다.

바다 건너엔 아직도 그의 가족이 살고 있고, 여기서 탈출해 돌아가기만 한다면 눈물을 흘리며 반갑게 맞이해줄 터였다.

"난 별로 상관없어. 어차피 그딴 쓰레기들이랑 한 지붕 밑에 살고 싶지 않았어."

소녀가 센 척을 하는 건지 아니면 진심인지는 알 수 없었다. 몸이 거의 나아가던 어느 날 소녀가 또 물어왔다.

"여기 있은 지 얼마나 됐어?"

"8년."

"오래됐네. 지겹지 않아?"

"지겨운 게 뭐야. 끔찍하지."

언제나 주눅 들고 눈치 보느라 한 번도 해본 적 없는 얘기였지만 소녀 앞에선 솔직할 수 있었다.

"장래희망이 뭐야?"

"그런 게 있을 리가 없잖아."

"진짜 없어?"

"여기서 나가게 되면 생길지도 모르지만……."

"나갈 수 있다면?"

슬론이 미심쩍은 눈을 했다.

"어떻게?"

"슬론은 내 밥 때문에 항상 부엌에 드나들지?"

"그래."

"부엌칼 하나 빼돌릴 수 있겠어?"

슬론은 기가 차서 실소했다.

"겨우 칼 한 자루로 여길 빠져나갈 생각이야? 꿈도 크다."

"어쩜 될 수도 있지."

"대문까지는 갈 수 있을지 몰라도 그 밖으론 열 걸음도 못 나갈걸."

"내 옆방에 누가 있는지 알아?"

슬론은 고개를 끄덕였다. 한 달 전인가, 들어온 지 얼마 안 된 창녀가 자살기도를 했다. 허리띠로 목을 맸다고 했나. 그런데 너무 일찍 발견되어서 살아났다. 그 여자는 두목에게 빚진 돈을 갚지 않고 마음대로 죽으려 했다는 죄로 「반성」할 때까지 갇혀 있게 되었다.

"요즘 나랑 친해졌거든."

"대화…… 어떻게 해?"

모르간이 방구석을 가리켰다. 바닥과 벽 사이에 벌어진 틈이 있었다. 작은 쥐구멍이었다.

"저기에 대고 말하면 옆방에 들려."

"들켰다간 큰일 나."

"안 들켜."

소녀의 자신감은 아마도 이 향락관을 제대로 겪어보지 못했기 때문이리라.

슬론 자신처럼 8년이나 매여 있었다면 결코 저런 말은 할 수 없다. 그들은 모든 걸 다 알고 있고, 모든 속내를 다 꿰뚫어보는 자들이었다.

"언니가 좀 우울해하길래 요새 많이 격려해줬어. 아마 며칠 내로 다시 일터로 가게 될 것 같아."

"아아……."

그게 부엌칼과 무슨 상관이지, 하면서 슬론은 멍하니 고개를 주억거렸다.

"크기는 상관없어. 좀 무디어도 괜찮아. 아무튼 칼을 구해서 옆방 언니한테 줘."

슬론은 여전히 이해하지 못했다. 칼을 그 여자한테 줘서, 소녀를 구해내게 만든 다음 같이 탈출하려는 건가? 그런 일이 가능할 거라고 진심으로 믿고 있는 건가?

"혹시 칼을 갖고 다시 자살하려고 하면……."

"그렇지 않을 거야. 옆방 언닌 살고 싶어 하거든. 그래서 자살도 실패한 거야. 사실은 살고 싶으니까. 이런 거지 같은 상황에서도……."

그건 소녀가 자기 자신에게 하는 말 같기도 했다.

슬론은 고민했다.

소녀의 말대로 할 필요는 없지만, 한편으로는 일이 어떻게 되나 궁금해 들어주고 싶기도 했다. 갈피를 못 잡는 마음은 폭력의 기억을 떠올리면서 움츠러들었다.

'칼 같은 걸 전달해줬다가 들키면 단순히 맞는 게 아니라 정말 날 죽여버리고 말 거야.'

그러나 건달들의 수발을 들다가 들었다.

"반성실 그 여자애, 첫 손님이 정해졌다며?"

"어어. 쌓아놓은 게 돈밖에 없는 무슨 영감탱이라고 하던데. 다음 주에 온댔나."

"우리 주인은 수완도 좋아. 아무리 처녀라도 그 가격을 받다니."

"꽤 예쁘잖아. 좀만 더 나이 먹고 색기가 흐르기 시작하면 이 가게 톱이 될 거 같지 않아?"

"두고 봐. 첫 손님만 받고 나면 그 콧대가 높아지기 전에 내가 떡으로 잔치를 벌일 거다."

"크크, 미친놈. 두목한테 걸리면 화대 다 물어야 할 거다. 너 파산한다?"

"티 안 나게 위를 따먹지 뭐."

지옥 밑바닥에서 기어 다니는 벌레들의 저열한 웃음소리가 잠자리까지 따라와 슬론을 괴롭혔다. 그리고 다음 날 정오, 밤새 기름 냄새가 진동하던 부엌에 몰래 들어간 슬론은 불 꺼진 아궁이의 잿더미에서 누군가 부주의하게 버린 과도를 발견했다. 날을 너무 많이 갈아 작고, 닳아빠졌지만 칼은 칼이었다.

슬론이 소녀의 옆방 여자에게 전달한 이튿날. 가게가 발칵 뒤집혔다.

어떤 여자가 손님을 받는 중 칼로 찌르고 도망쳤다고 했다.

붉은 거리에는 비상이 걸렸다. 각 가게의 건달들은 여자를 사냥하러 나갔고, 남아 있는 일부 인력은 가게 내에서 난동을 부리는 손님들을 상대하느라 바빴다. 두목은 영업 중단을 지시하고서 향락관 여자들을 급히 한 방으로 몰아넣었다. 자극받은 여자들의 탈주가 잇따를까 봐 주의하는 것이다. 두목은 여자들을 몰아넣은 방을 강력한 걸쇠로 걸어 잠그고 건달들을 지휘하러 나가버렸다.

슬론은 소녀와 함께 기둥 뒤에서 멀어지는 두목의 모습을 지켜보았다. 식은땀으로 속옷까지 젖어버린 듯했다. 혹시나 여자들을 감금하다가 소녀 한 명이 없다는 것을 깨닫지 않을까 긴장했는데, 너무 경황이 없는 나머지 반성실을 깜빡 잊어버린 듯했다. 현재 가게를 지키는 사람은 턱없이 적었다. 여기저기 허점투성이였다. 천재일우의 기회라는 뜻이었다.

슬론과 소녀는 가게 후문으로 달렸다. 평소라면 건장한 여러 명이 어슬렁대고 있을 그곳에는 의자에 앉은 나이 든 노인 한 명밖에 없었다. 평소라면 뒷뜰 청소나 하고 있었을 청소부였다. 노인이면 쓰러뜨릴 수 있을까. 슬론은 자신이 없었다. 한 번도 다른 남자와 싸워본 적이 없어서 자신의 실력을 가늠할 수 없었다. 평소에 잘 못 먹어 비쩍 곯은 몸이 자신감을 더욱 하락시켰다.

"저리로 가자."

소녀가 먼저 슬론을 잡아끌었다.

소녀는 잘 눈에 뜨이지 않는 비상구가 있을 법한 후미진 복도를 닥치는 대로 찾아다녔다. 그나마 이곳에서 8년이나 심부름꾼 노릇을 한 슬론이 있어 길을 잃지 않을 수 있었다.

"담을 넘을 수밖에 없을까……."

하지만 향락관 담은 몹시 높아서 슬론이 어깨 위에 소녀를 올려 태워도 손이 닿지 않을 높이였다. 그 위로는 위협적인 철책도 둘러져 있어 까딱 잘못하면 꼬치구이 신세가 된다.

"저길 봐!"

소녀가 복도 조각 뒤로 숨으며 어떤 곳을 가리켰다. 향락관에 흔히 있는 꽃을 든 나체의 여성상이었다. 그런데 석상 뒤에서 주인이 튀어나왔다. 주인은 두목보다 위였다. 이 가게의 모든 것은 주인의 것이었고 두목은 단지 그것을 지키는 사람이었다. 슬론은 탈주가 발각될까 봐 혼비백산 도망가려 했는데, 소녀가 요지부동이었다.

소녀는 주인의 하는 행동을 유심히 지켜보았다. 주인은 석상이 쥐고 있는 꽃을 건드렸고, 쿠르릉 하고 무거운 것이 움직이는 소리가 들렸다. 천만다행으로 주인은 숨어 있는 소녀와 소년을 보지 못한 채 지나쳐 사라졌다. 주인의 모습이 완전히 사라지자마자 소녀는 석상으로 달려갔다.

"그만둬. 무슨 화를 당할지 몰라."

슬론은 안절부절못했다.

그러나 소녀는 석상을 살피는 일에 엄청난 집중력을 발휘했다. 철컥. 소녀가 놀란 눈을 했다. 돌로 만든 꽃잎이 뒤로 꺾이자 벽이 갈라지며 어떤 통로의 입구가 나타난 것이었다.

"어쩌면 비밀탈출구일지도 몰라."

"아니면 막다른 곳일지도."

슬론은 욕심 많은 주인이 보물창고를 숨겨뒀을 가능성을 생각했다.

"분명히 함정이 있을 거야."

음습한 주인의 성격상 가능한 상상이었다. 슬론은 주인의 보물 따위는 전혀 욕심나지 않았다. 창고 그득한 보물보다도 담벼락 밖으로 나갈 수 있는 자유를 열망했다.

"여기 있지 말고 가자."

몇 번이나 떠나자고 채근했지만 소녀는 기어코 통로로 들어서고 말았다. 통로를 따라 50보쯤 들어가니 문이 있었다. 잠겨 있지 않았다. 하지만 그 너머에 무엇이 있을지 모르기에 문고리를 잡는 소녀의 손도 떨렸다.

"그냥 가자, 응?"

슬론의 애원에 청개구리 심보가 발동한 것인지, 소녀가 대담하게 문고리를 돌렸다. 철컹. 철문이 열렸다. 아름다운 노란 꽃밭이 그들의 눈에 뛰어들었다.

"밖으로 나온 건가?"

슬론이 기뻐하며 목소리를 높였다. 머리 위엔 푸른 하늘이 있었다.

"왜 이렇게 하늘이 밋밋하지?"

슬론은 위화감의 정체를 금세 깨달았다. 진짜 하늘이 아니었다. 천장에 하늘을 그려 넣은 것에 불과했다. 그의 우려대로 이곳은 막다른 곳이었다.

"빨리 나가자!"

"저기 누가 있어."

꽃밭 너머에 어떤 여자가 있었다. 아주 긴 검은 머리카락을 가진 젊은 여자. 죽은 것처럼 누워 있었지만 소녀가 다가가자 눈을 떴다.

"귀여운 아이…… 로렌의 친구일까?"

여자가 옅은 잿빛 머리를 쓸어 넘겨주었다. 무척이나 좋은 냄새가 났다. 창부들의 독한 인공향수 냄새나 분 냄새가 아닌, 꽃밭의 달콤한 냄새와도 다른, 그저 편안하고 부드러운 냄새가 났다. 엄마가 있었다면 꼭 이런 냄새가 나지 않았을까. 탈주 내내 긴장하고 있던 근육이 풀어지고 포근한 이불 속에 들어간 것처럼 마음도 편안해졌다.

정신을 차려보니 소녀가 여자의 품에 안겨 울고 있었다. 언젠가 사람을 찢어 죽이겠다는 듯 독한 눈만 하고 있는 소녀였는데, 아프다든가 무섭다든가 하는 약한 소리 한번 하지 않은 소녀였는데

드디어 열세 살다운 감정을 표출하고 있었다. 어느새 슬론도 눈물을 흘렸다.

여자는 그도 품어주었다. 소녀의 울음소리만큼이나 슬론의 울음소리도 컸다.

8년간의 서러움이, 아니 열일곱 평생의 서러움이 눈물이 되어 몽땅 빠져나오는 것 같았다. 왜 이 사람을 진작 만나지 못했을까. 일찍 만났더라면 모든 게 달라졌을 것만 같았다. 후회와 미련에 설움까지 겹쳐 가슴이 찢어졌다.

저벅.

슬론이 흠칫 놀라 고개를 들었다. 주인이다. 직감적으로 그런 예감이 들었다.

등줄기가 저릿해졌다.

뒤돌아보기 싫다.

뒤돌아보는 순간 주인에 손에 끌려 나가고, 두 번 다시 눈앞의 여자를 만나게 되지 못할 것이었다. 공포와 상실의 두려움에 압도되어 덜덜 떨고 있는 그에게 침입자가 말을 건넸다.

"슬론."

허스키한 목소리였다.

슬론이 뒤를 돌아보았다.

머리가 짧은 소년, 하지만 소녀와 무척 닮았다. 회색 머리색도, 아름다운 이목구비도.

“여기까지 오느라 고생 많았어. 역시 너도 이 장소를 잊지 못했구나.”

여자가 알 수 없는 소리를 했다.

“나도 악몽을 꿀 때면 이곳이 나와. 가장 좋았던 기억도 가장 싫었던 기억도 바로 이곳에서 생겼으니까.”

모르간이 슬론 앞에 무릎을 꿇었다. 슬론은 무의식중에 생각했다. 닮았어도 다른 사람이구나.

소녀는 저렇게 슬픈 눈을 한 적이 없었다. 소녀의 연둣빛 눈동자는 언제나 독기와 갈망과 분노, 그런 것들이 회오리쳤다.

“하지만 더는 악몽을 꾸지 않아도 괜찮아, 슬론.”

모르간이 소녀를 끌어안고 있는 흑발의 여자를 슬프게 바라보다가, 소년 슬론을 정면으로 응시했다.

아, 똑같다!

슬론은 속으로 탄성을 내질렀다. 낯선 자는 어느샌가 소녀와 똑같은 눈빛을 하고 있었다.

“우리는 마침내 맹세를 지킬 수 있게 됐어.”

아직 덜 여문 소년의 몸을 강하게 부둥켜안은 두 팔이 가늘게 떨리고 있었다.

“난 봤어. 「그분」처럼 되살아나는 아멜리를!”

나일은 연구실에 돌아오자마자 통신구를 켰다. 바윗덩어리만큼 거대한 무색의 수정이 희미하게 빛났다. 그러나 연결이 되지 않아 몇 번이나 빛이 꺼졌다.

"받아라, 좀!"

30분이 넘게 시도를 한 끝에야 수정의 빛이 강해졌다.

[여어.]

무색의 수정 속에 영상이 비쳤다. 두툼한 두 턱이 뒤로 조금 물러나자 비샤가 나타났다. 그녀는 커튼 같은 옷자락에 파묻힌 채 감자칩 봉지를 들고 우물대는 중이었다. 그녀의 뒤로 온갖 잡동사니로 어지러운 연구실과 그것을 정리하느라 바쁘게 날아다니는 요정들이 보였다. 부산스러우면서도 태평한 상대편의 분위기는 조금 전 나일이 겪고 온 것에 비하면 천국이나 다름없었다.

"왜 빨리 안 받나."

[난 바쁜 몸이야. 그보다 무슨 일이야?]

"그 여자의 내력이 대체 뭐냐."

[그 여자?]

"네가 데려오라 한 흑발의 여자 말이다."

[아멜리가 왜?]

"네가 요청한 그 건 때문에 우린 이쪽 아지트를 버릴 판이 됐다. 에이든은 아마 죽었을 테니까."

비샤는 에이든이 죽든 살든 눈곱만큼도 관심이 없었다. 하지만 아지트 얘기에는 관심이 있었다.

[자세히 얘기해봐.]

"자세히 말할 것도 없어. 전투가 있었는데 뜻밖에도 목표물의 일행이 너무…… 강했다. 난 그들 중 두 명을 생포해 도망쳤지만 에이든은 그들 손에 넘어갔다. 거의 숨이 끊어지기 직전이라 어쩔 수 없었다."

[목표물은?]

"저주마법을 걸었는데 하필 그들 중에 고위 성직자가 있어 풀렸다. 하지만 이중 저주였으니 간파하지 못했다면 지금쯤 죽었을지도."

[아멜리가 죽었어?]

비샤와 비슷하지만 좀 더 낭랑한 목소리가 우렁차게 끼어들었다. 웬 젊은 여자가 비샤의 얼굴을 확 떠밀면서 수정구에 얼굴을 들이밀었다.

[미친 새끼야, 방금 뭐라 그랬어. 아멜리가 죽었다고?]

"죽었을지도 모른다고 했지 죽었다곤 안 했다."

[샤샤, 비켜. 내가 통신 중이잖아.]

[걜 왜 죽여, 왜! 아씨! 이럴 줄 알았어. 이래서 내가 그냥 몬쥬로 간다 그랬잖아!]

[쟤들이 저렇게 엉망진창으로 처리할지 난들 알았겠어?]

[됐어! 지금이라도 갈 거야!]

쾅! 거칠게 문 닫히는 소리 직후 비샤가 절레절레 고개를 가로저었다.

[통신 예절이 엉망이군. 미안하게 됐어.]

나일이 어쩐지 지끈거려오는 이마를 짚었다. 비샤가 몹시 사무적인 톤으로 위로의 말을 건넸다.

[괜찮아, 나일. 어차피 에이든은 날고기를 하도 좋아해서 오래 못 살 운명이었어.]

"에이든 때문에 아니다."

나일이 블루스프링스 온천장에서 챙겨온 종이뭉치를 수정구 앞으로 들이밀었다.

"이걸 알아보겠나?"

[음, 글씨가 작아서 잘.]

"역마어다. 연구기록이기도 하고. 흑발 여자를 데리러 갔을 때 손에 넣었다."

[누구 건데?]

"연구자가 누군지는 알 수 없어. 하지만 너조차도 이런 연구는

듣도 보도 못 했을 거다. 어떻게 보면 수장이 하던 연구나 우리가 하던 연구는 아무것도 아니었다. 신이 가진 지식에 비하면 아이들 장난에 불과하니까! 믿을 수 있겠나, 비샤! 이건「신의 연구」그 자체야! 어쩌면, 정말 어쩌면이지만 이 연구자료를 통해 우리는 새로운「신」이 될 수도 있을지 몰라."

비샤는 잠자코 있었다. 물론 헛소리를 귀담아 듣지는 않았다. 에이든의 성질머리에 시달리던 그가 스트레스 해소를 위해 젤윈 남부에서 유행하는 신약에 손을 대고 만 것인가, 하는 식으로 추측이나 할 뿐이었다.

"난 이 자료를 갖고 본부로 귀환하겠다."

[거긴 어쩌고?]

"어차피 에이든이 죽었으니 여긴 틀렸어."

[오지 마. 대체할 수마법사를 보내줄게.]

"네가 아직도 깨닫지 못했군. 이 연구기록만 있다면 우린「데보라」조차 필요 없어."

비샤는 기름기 묻은 손가락으로 머리를 긁적거렸다. 나일이 취미생활을 즐기든 말든 상관없지만 임무 수행 거부에다 자리 이탈까지 시도한다면 몹시 곤란하다. 그녀는 흥분한 나일을 얼러보기로 했다.

[너 말이지. 모처럼 금단증상을 극복했는데 또 약에 손을 댄 걸 들키면 수장님이 크게 화내실 거야.]

어린아이 타이르는 듯한 말투에 나일이 벌컥 화를 냈다.

"약을 한 게 아니야!"

[그쪽 실험실을 만드는 데 걸린 시간과 노력이 얼만데. 네가 약에 취한 게 아니라면 그리 간단히 버리려 할 리 없잖아. 게다가 그쪽 기지에는 「넷째」가 있어. 너랑 에이든이 지키지 않으면 깨어나 버린다고.]

"그러니까 내 말을 믿어! 이 연구기록이면 「넷째」가 아니라 「넷」 모두가 필요 없다!"

말이 안 통하자 난처함을 느낀 비샤가 더욱 빠른 속도로 감자칩을 집어 먹기 시작했다. 나일은 초조하게 통신구를 두드렸다.

"하나 문제가 있어. 이게 완성된 연구기록이 아니라는 점이다. 흑발의 여자가 쓰다 말았어."

과자봉지에 들어간 손이 멈칫했다.

[잠깐만. 그 연구기록을 아멜리가 썼다고?]

나일은 듣지 못한 듯 혼잣말에 가깝게 계속 중얼거렸다.

"다행히 그 여자의 동료 둘을 잡아왔다. 그중 하나는 그 여자와 친분이 두터운 타르 블레이더. 그를 이용하면 반드시 재접촉의 기회가 생길 테니 그때 어떻게든 흑발 여자를 잡아야 해. 하지만 그전에 채찍쟁이는 따돌리지 않으면."

"소인을 말하는 것이외까?"

나일이 화들짝 뒤를 돌아보았다.

"채찍쟁이!"

어느새 갈색 머리의 남자가 여유로운 미소를 띠고 그의 뒤에 서 있었다. 지나치게 흥분해 기척을 알아차리지 못했던 것이다.

"즐거운 담소 중 실례를 하여 죄송하구려."

"너, 채찍쟁이! 어떻게 여길!"

"코가 무척 좋은 친구가 있어 덕을 봤소이다."

비샤는 통신구 너머로 비치는 예쉬데르의 모습을 무심하게 훑었다.

옷차림이 램피나 몬쥬에서 흔히 보이는 스타일이 아니었다.

[파이나 사람?]

예쉬데르의 미소가 짙어졌다.

"이쪽 대륙 사람들은 소인의 출신을 한눈에 알아보는 경우가 별로 없더이다만."

예쉬데르의 주의가 통신구로 쏠린 사이 나일이 연구실 밖으로 도망쳤다.

그러나 채찍이 나일의 발목을 낚아챘다. 나일의 몸뚱이가 허공에 번쩍 올라갔다가 바닥에 내동댕이쳐졌다. 그것도 여러 차례. 코와 입에서 울컥울컥 피가 올라오고 노란 강냉이 같은 치아가 여기저기로 튀었다.

'과자도 있겠다, 소파에 누워도 있겠다 딱이로고.'

비샤는 완전히 관람객 모드였다.

예쉬데르는 정신 못 차리고 비틀대는 나일의 머리통을 걷어찬 뒤 바닥에 벌렁 드러누운 그의 흉부를 발꿈치로 힘껏 내리쳤다.

파직!

유리 깨지는 소리가 났다. 나일이 몸을 오그리며 비명을 질렀다. 예쉬데르는 검은 옷자락 사이에서 부서져 나온 거울 조각 하나를 집어 들었다.

"이것으로 데보라 자매의 신성력을 이용한 것이외까."

나일이 헐떡거리며 물었다.

"어떻게, 헉, 데보라의 거울을 눈치챈, 헉!"

"망령을 물의 진으로 가뒀다는 말을 듣고 떠올랐소. 물은 휴대성이 떨어지고, 물과 속성이 비슷한 것으로는 거울이 있지. 마침 망령이 죽기 전에 영주의 딸이었다고 하니 손거울처럼 귀한 물건을 갖고 있었을 법도 하지 않소이까."

[똑똑한걸?]

"이리 망가져 이젠 쓸모가 없겠구려. 돌려드리리다."

왼쪽 안구에 거울 조각이 푹 꽂혀 들어갔다. 나일은 끔찍한 고통과 함께 한쪽 시야를 잃은 충격에 비명을 질렀다.

"내 눈!"

"그대가 데려간 두 사람은 어디 있소이까?"

"아아, 내 눈이, 내 눈."

"도굴범에 관해서도 듣고 싶은데."

그러나 애꾸눈이 된 마법사는 사람과 정상적으로 말을 나눌 형편이 아니었다.

"그대들 패거리는 도통 사람 질문에 대답해주는 법이 없구려. 하나하나 예절 교육을 시키기엔 시간이 촉박하건만."

[뭘 원하는데?]

"그대도 한패이외까. 혹여 이자를 인질로 잡으면 마할족의 성소에서 훔쳐간 성물을 돌려줄 의향이 생기겠소이까?"

비샤가 피식 웃었다.

[전혀.]

예쉬데르도 싱긋 웃었다. 그는 나일의 머리를 거칠게 움켜쥐고 통신구와 마주 보게 했다. 나일의 탁한 눈동자는 길고 모양새 좋은 손가락이 거침없이 다가오는 것을 보았다.

"아, 안 돼!"

손가락 세 개가 눈꺼풀 사이로 느리게 파고들었다. 나일은 상대의 손목을 붙잡으며 저항했으나, 들어갈 때와 달리 뽑혀져 나오는 것은 순식간이었다.

기어코 두 눈을 잃은 나일이 고통에 몸부림치며 바닥을 기어다녔다. 예쉬데르는 안구를 더럽다는 듯 아무데나 던져버리고 피로 물든 손을 근처에 있는 의자의 패브릭에 대충 닦았다.

"그대들을 만나려고 부득이하게 인내하였으나, 감시당하는 것은 별로 좋아하지 않소이다. 이건 소인의 빚 갚기라고 생각해주시구려."

예쉬데르의 행동을 흥미진진하게 지켜보던 비샤는 문득 손이 허전해진 것을 깨달았다. 감자칩이 바닥났다. 쩝. 그녀는 입맛을 다시며 과자봉지를 바닥에 던져버렸다. 잠자리 날개를 가진 요정들이 날아와 그것을 쓰레기통에 옮겼다.

[할 일 다 끝났으면 통성명부터 할까?]

"하시구려."

[난 비샤라고 해.]

"예쉬데르라 하외다."

[성물을 찾으러 파이나에서 넘어 왔다니, 꽤 인상적이야.]

"대륙이 넓어 그대들을 찾아내기가 예상보다 수월치 않구려. 정 안 되면 이 대륙의 검은 가면을 가진 자 전부를 마홀 신께 공양드릴 작정은 하고 있지만 참 시간 소모적이지 않겠소이까."

예쉬데르가 예쁜 미소를 지으며 분풀이하듯 발치에서 벌벌 경련하는 지마법사를 퍽퍽 걷어찼다.

[바로 그거야. 서로 시간 절약을 하자고. 난 직접적인 도굴범은 아니지만 그자와 같은 조직에 속해 있어서 당신한테 도움이 될 수 있어.]

"감사한 일이오나 혹여 대가를 원하시외까."

[아멜리를 내게 데려올 수 있어?]

예쉬데르의 눈썹이 치켜 올라갔다.

"아멜리 낭자를?"

비샤는 속으로 씨익 웃었다. 방금 일어난 상황을 보고 대충 낚싯대를 휘둘러봤는데 제대로 찌를 물었다.

[난 램피대륙의 파샤에 있어. 당신이 아멜리를 데리고 이쪽으로 와주면 나도 성물을 가지고 나가겠어. 그리고 아무 속임수도 없이, 아주 공정하고 깔끔하게 맞교환하는 거야. 어때?]

"흠……."

[말해두지만 성물을 빼돌리는 건 내게도 쉬운 일은 아니야.]

"아멜리 낭자를 그토록 원하는 이유는?"

[사람 목숨이 달렸어.]

예쉬데르의 눈썹은 일그러지고, 미소는 더욱 짙어졌다. 의미불명의 표정이었으나 곧 그 입에서 튀어나온 대답은 명쾌한 수락이었다.

"좋소."

[나일보다 훨씬 말이 잘 통하는군.]

"언제까지 데려가야 하외까."

[가능한 한 빨리. 아, 산 채로.]

은밀한 거래가 성립되었다.

제임스가 불안한 눈으로 주위를 두리번거렸다.

"어디선가 자꾸 우레 소리가 납니다. 하늘에 구름은 안 끼었는데……."

"악몽이 흔들립니다. 제임스님."

"아멜리님과 모르간님이 성공하셨군요!"

"네. 곧 두 분 다 정신이 돌아오실 겁니다. 저는 데보라가 이동하기 전에 가야 하니 제임스님이 살펴봐 주십시오."

"아, 넵!"

클로이가 눈을 감고 정신을 집중했다.

'데보라!'

금발의 소녀가 어둠 속에 황망히 떠 있었다. 어디로 가야 할지 모른 채, 울다 지쳐 멍해진 미아처럼.

'데보라, 이쪽으로 와요.'

클로이는 꿈가에 서서 소녀에게 손짓했다. 어차피 다른 것은 온통 어둠이었고 무(無)였다. 그런 곳에서 유일하게 나타난 자극에 데보라는 반응했다.

커다란 유리창을 가운데 두고 데보라와 손을 맞댄 클로이가 무언가를 속삭였다. 그러자 데보라도 클로이에게 속삭였다.

아주 오랫동안.

데보라의 이야기가 끝나자 클로이가 다시 데보라에게 속삭였다.

클로이만큼 오래.

두 소녀의 긴 대화가 끝났을 때 데보라의 옆에 거인의 주름진 손바닥이 기다리고 있었다. 데보라가 그것을 물끄러미 내려다보기만 하자 클로이가 독려했다.

'영원한 슬픔 속에서 너무 오래 헤매었습니다. 어서 당신을 아끼는 마홀 신의 품으로 돌아가세요.'

'하지만 오빠들이…….'

'그들은 여기 없어요. 아주 오래전부터 없었습니다.'

데보라가 쓸쓸한 표정을 짓더니 손바닥 위에 올라탔다.

'안녕히…….'

클로이는 현실과 환상의 경계에서 데보라의 망령이 마침내 사신에게 인도되어 가는 것을 지켜보았다. 겨우 끝난 것이었다. 한 소녀의 길고 긴 악몽이.

'나도 돌아가야겠구나.'

돌아서려던 클로이는 흠칫 멈춰 섰다. 데보라가 사라진 유리창 너머로 어둠이 안개처럼 흩어지고 있다.

빛이 들어오면서, 무언가가 보이기 시작했다. 그것은 아주 거대하고 깊은 의식체였다. 예상치 못한 상황에 맞닥뜨리자 클로이는 무척 혼란스러웠다. 하지만 이미 끝나버린 악몽에 오래 머무를 수는 없었다.

'설마 저것이 데보라가 여기 갇혀 있던 이유?'

클로이는 갈등했다. 데보라의 악몽에 가라앉아 있던 저 의식체는 과연 선인가, 악인가. 정체불명의 것이 잠에서 깨어나려 하는데 이대로 내버려둬도 되는 것인가.

'아스라 신이시여!'

그녀는 안타까이 자신의 신을 불렀지만, 이곳은 악몽의 흔적 속. 타신의 영역 안에 있는 종에게 아스라 신은 답해주지 않았다. 클로이는 스스로 결론을 내렸다.

'데보라를 해방한 것은 나의 의지, 그러나 이것은 내가 의도하지 않은 결과. 이대로 풀어줄 수는 없다.'

클로이는 유리창에 손을 대었다.

'데보라처럼 꿈속에 속박시킬 수는 없지만 만일 이것을 깨어 어둠을 만들어내면…….'

"못써. 착한 짐승에게 코뚜레를 하려 하면."

유리창 너머로 불쑥 나타난 얼굴에 클로이는 거의 까무러쳤다. 데보라가 서 있던 자리에 뒷짐을 지고 서 있는 긴 은발의 소년은 꿈이라기에 존재감이 너무나 생생했다.

'누구십니까. 어떻게 이 공간에 들어왔습니까.'

은발의 소년이 알 듯 말 듯 한 미소를 띠었다.

"빛과 어둠을 동시에 보는 고밀의 아이들에게 갈 수 없는 곳은 없단다."

'고밀의 아이들?'

소년은 클로이의 물음을 무시한 채 손을 뻗었다. 유리창을 아무렇지 않게 통과하는 손을 보고 클로이가 뒤로 물러났다. 그러나 이곳은 꿈의 세계. 물리적인 거리는 통하지 않는 곳이었다. 클로이와의 거리감을 완전히 무시한 소년의 손이 어느덧 오뚝한 이마에 닿았다.

"이곳은 짐에게 맡기고 너는 아스라의 품으로나 돌아가려무나."

클로이는 눈을 떴다.

"원무녀님!"

때마침 제임스가 그녀를 불렀다. 아니면 이미 여러 차례 부르는 중에 눈을 뜬 것일지도 몰랐다. 클로이는 눈을 굴렸다. 의식을 행하던 바로 그 자리가 아니라 딱딱하고 매끄러운 비늘이 밑에 있었다. 곁에 앉은 제임스는 안절부절못했다.

"예쉬데르님이 무어 경과 모르간님의 지인을 구출해 왔습니다! 그런데 아직 네 분 다 깨지 않으셨어요! 무슨 문제가 생긴 게 아닐까요?"

하늘을 울리는 우레 소리는 멈출 줄 몰랐다. 땅의 흔들림도 심했다. 예쉬데르는 아리크부카를 컨트롤하며 유적지를 빠져나가고 있었으나 여기저기 갈라지는 땅을 피하느라 순조롭게 전진할 수 없었다.

"아까부터 자꾸 지진도 일어나고 있습니다."

"이 아래가 마법사들의 소굴이었소이다. 그곳에 있던 물의 진이 파괴된 탓에 지반 침하가 일어나는 것 같소이다. 이곳만 벗어나면 괜찮을 것이외다."

예쉬데르가 침착한 말투로 제임스를 진정시켰다.

쿠르릉!

거대뱀이 지나가던 땅이 푹 꺼지면서 모든 것이 지하로 떨어져 내렸다.

"아리크부카!"

예쉬데르의 명령에 아리크부카가 몸을 둥글게 말면서 인간들을 똬리 속에 품었다. 그러나 낙하 순간에 옆으로 비껴 떨어진 네 사람은 거두지 못했다.

"클로이님!"

추락 중인 제임스가 간신히 클로이의 허리를 낚아챘다. 하지만 함께 떨어져 내리는 다른 두 여자에까지는 손이 닿지 않았다.

"클로이님이라면 두 분에게 닿을 수 있습니다. 옷자락만이라도 잡아주시면 제가 신의 가호를 펼쳐 보호하겠습니다!"

제임스의 말대로 클로이가 양팔을 쭉 뻗었다. 지척에 있던 모르간의 손목은 쉽게 잡았지만, 아멜리까지는 짧은 팔을 힘껏 뻗어도 닿을락 말락 하였다.

"거의, 거의 닿았습니……."

클로이가 안간힘을 다해 아멜리의 옷자락을 쥐려는 찰나였다.

"아스라의 계집아. 짐의 것은 두고 가야지."

순간 소름이 오소소 돋았다. 데보라의 악몽 속에서 들었던 목소리가 현실로 나오다니!

"낭자!"

예쉬데르는 어디선가 나타난 은발 소년이 아멜리를 품에 안는 것을 보았다. 모든 것이 낙하하는 와중에 소년만은 상승하고 있었다. 발밑에 용수철이라도 단 듯 폭발적인 도약력은 예쉬데르가 볼 때 인간의 레벨이 아니었다.

지상은 이미 쑥대밭이었다. 묘한 정취가 서려 있던 쓸쓸한 폐허의 모습은 한 자락도 남아 있지 않았다. 은발의 소년이 아멜리의 귀에 부드럽게 키스를 했다.

"람탄이 깨어나려나 보구나. 그전에 어서 황궁으로 돌아가야겠다, 아멜리."

얼마 지나지 않아 만투아 성 유적지, 킹스그레이브의 대지에는 살아 있는 것이 아무것도 남지 않게 되었다.

27

막간극: 고향

나이 지긋한 촌장은 이마에 깊은 주름을 만들었다. 아침 댓바람부터 웬 남자에게 닦달을 당하는 중이었다.

"발번 마을이라…… 들어본 적 없군요. 전 이 근처 마을 이름은 전부 알고 있습니다만 그런 이름은, 예. 없습니다."

"확실하오? 델림산맥에 자리 잡은 마을이라 들었소."

"확실하긴 한데, 이 언저리엔 전쟁 때 사라진 마을이 적지 않습니다. 그중 하나일지도요."

촌장은 허허로이 웃으며 마주 선 남자를 슬쩍슬쩍 훑어 내렸다. 아무리 봐도 어딘가의 농부로는 보이지 않는 행색이었다. 무기를 소지한 것으로 보아 아무래도 싸움터에서 먹고사는 치인 것 같았다. 그렇다면 평범한 질문을 받는데도 괜히 뱃속이 긴장되는 원인을 알 수 있다.

사람 죽이는 것을 업으로 삼고 사는 사람들은 보통 사람들과 분위기가 다른 법이었다. 남자가 조금이라도 거칠게 굴었다면 당장 도망 나가 사람들을 부르겠지만, 적어도 태도는 정중했다.

남자가 둘둘 말린 종이를 내밀었다.

"발번의 위치가 나와 있는 지도요."

촌장이 누리끼리한 지도를 펼쳐보았다. 옛 문자로 표기가 되어 있지만 파샤범어는 본디 라트샤어에서 나왔기 때문에 아예 못 읽는 법은 없었다.

"아아!"

그제야 생각났다는 듯이 촌장이 탄식했다.

"옛날에 이쪽에 화전민 마을이 있었다는 얘길 조부께 얼핏 들은 적 있습니다. 그곳이 발번이라는 이름이었나. 허허, 이거 나리 덕분에 저도 하나 배웠군요."

"날 이 위치까지 데려다준다면 보수를 후히 치르겠소."

"아이고, 나리. 저 같은 노인이 어찌 깊은 산을 타겠습니까."

촌장은 손사래를 쳤다.

'칼을 찬 정체불명의 외지인과 단둘이 산에 오르라니, 호랑이 굴에 스스로 들어가고 만다.'

찰그랑. 남자가 돈주머니를 탁자 위에 올려놓았다.

"이건 선금."

촌장이 머뭇거리다가 슬며시 주머니 끈을 풀었다. 안에 든 금액을 확인하자마자 촌장이 식은땀을 흘려댔다.

"아이구 원. 이렇게 큰돈을."

"길잡이를 해줄 수 있나?"

고작 몇 시간 길 안내를 해주고서 이 돈을 받을 수 있다는 것은 목숨을 걸게 되더라도 거부할 수 없는 제안이었다. 촌장은 고민하다가 방 안쪽에서 소년 하나를 불러 왔다.

"제 손자가 평소 그쪽 산을 자주 탑니다. 지도도 보지 않고 찾아갈 수 있습니다."

"잘됐군."

남자는 소년과 함께 산길로 향했다. 말없이 산을 타는 동안 소년은 무사를 힐끔힐끔 쳐다보았다. 그의 할아버지가 보냈던 겁먹은 시선과는 달리, 동경과 질투가 가득 담긴 시선이었다.

'대단한 검사 같은데 왜 이런 산중을 찾아갈까?'

평소라면 활달한 성격을 살려 이것저것 물어보겠지만 상대방은 범상치 않은 카리스마를 가진 남자였다. 분명히 전장에 나가서도 한 가닥 하는 인물이리라. 괜히 신경을 거슬렀다간 봉변을 당할지도 모른다. 소년은 쥐 죽은 듯 조용히 길 안내만 했다.

거의 목적지에 다 이르렀을 때 소년이 멈춰 섰다. 비로소 남자가 입을 열었다.

"왜 멈추지?"

"나리께서 알려준 위치에 가장 가깝게 접근한 거예요. 더는 나아갈 수 없어요."

"어째서?"

"직접 보시면 아시겠지만……."

소년이 가져온 단검으로 앞을 가리는 잔가지를 쳐냈다. 시야가 트이고 숨겨진 풍경이 한눈에 펼쳐졌다. 남자가 한 발짝 앞으로 나섰다.

"이 앞은 절벽이에요."

말이 절벽이지 사실상 그들은 웅장하리만치 거대한 땅 구멍의 가장자리에 서 있었다. 히스톤의 왕성이 통째로 들어가고도 남을 규모로 보였다.

한창 정오에 가까워지고 있는 청명한 대낮이었음에도 햇빛은 깊은 구멍 안의 그 무엇도 밝혀주지 못한다는 점이 지극히 비현실적으로 느껴졌다. 영혼조차 빨려 들어가 버릴 것 같은 지극한 어둠이었다.

근엄하게 분위기 잡고 있던 남자의 눈썹이 올라가는 것을 본 소년은 괜히 우쭐한 기분이 들었다.

"아주 예전에 큰 지진이 있었대요. 그때 땅이 무너져 이런 구멍이 생겼다고 하네요. 나리께서 보여준 지도의 표시 지점이 딱 여기쯤이에요. 제 생각인데, 그 지진 때문에 발번이라는 마을이 사라진 게 아닐까요? 아마 저 구멍 속을 뒤져보면 마을 흔적이 남아 있을지도 몰라요. 물론 아무도 내려갈 엄두는 못 내겠지만요."

남자가 툭 돌멩이 하나를 찼다. 광활한 허공 속으로 뛰어든 돌멩이는 까마득히 떨어지더니 어둠 속으로 빨려 들어갔다. 그리고 아무 소리도, 현상도 없었다. 아무래도 바깥에 서서 안쪽의 깊이를 가늠하기란 불가능해 보였다.

"이것이 그녀의 고향인가……."

남자가 낮게 중얼거렸다. 말을 제대로 듣지 못한 소년이 그를 쳐다보았다. 어느새인가 석고상처럼 무표정하던 얼굴에 희미한 미소가 떠 있었다.

"유감이지만, 적어도 다시는 돌아갈 장소 운운은 못 하겠군."

소년은 꿀꺽 마른침을 삼켰다. 조금 무서운 예감이 들기 시작했다. 무표정한 남자가 갑자기 웃는 것도, 뜻 모를 말을 중얼대는 것도 정상처럼 보이지 않았다.

'알고 보니 지명수배된 살인마라 갑자기 날 구멍 안으로 던져버리거나 하진 않겠지?'

자신만이 아는 지름길로 도망칠까 말까 심각하게 갈등하고 있는데 다행히 남자가 소년을 살려주었다.

"먼저 돌아가도 좋다."

남자에게 어린 시골 꼬마를 해치려는 의도가 없다는 것을 안 순간 소년은 긴장이 풀어졌다.

"나리가 내려올 땐 어떡하시려고요?"

"길은 외웠다."

"산짐승도 많이 나와요. 혼자선 위험하실 텐데요."

남자는 귀찮다는 듯 돈 몇 닢을 건네주었다.

"내려가라."

소년은 동전을 받아들고 머뭇머뭇했지만 결국 걸음을 돌렸다. 한 열 걸음 가다가 소년이 힐끔 뒤돌아보았을 때, 남자는 땅 구멍의 어둠을 지그시 응시하고 있었다.

'어지럽지도 않나? 정말 이상한 무사님이로군.'

그런데 산 밑으로 내려와 집에 도착하자 더욱 이상한 경우가 소년을 기다리고 있었다.

"오, 네가 길잡이 꼬마냐?"

소년이 할아버지를 빤히 쳐다보았다. 촌장 역시 당황스러운 기색이었다. 촌장의 맞은편에는 아까 온 무사와 분위기가 판이하게 다른 무사가 앉아 있었다. 탁한 금발을 가진 남자였다. 그는 테이블에 편하게 앉아 한쪽 다리를 달달 떨며 껄렁한 태도로 소년에게 말을 붙였다.

"네가 이 근방 산길을 잘 안다며?"

"그런데요?"

"발번이라는 마을에 좀 데려다주라."

소년와 촌장이 서로를 마주보았다.

"거기에 황금이라도 숨겨져 있답니까?"

"무슨 소리요?"

"아까 전에도 웬 무사님이 발번 마을을 찾아왔습니다. 제 손자는 방금 그분을 그곳에 데려다주고 온 길이죠."

엘리야는 머리를 긁적거렸다.

"그게 이상한 일인가? 무사든 행상인이든 오다가다 볼일 있으면 마을에 들를 수도 있는 거 아니오?"

"거긴 마을이 아니에요, 나리. 엄청 큰 땅 구멍이라고요. 안에는 아무것도 없고 너무 깊어서 내려갈 수도 없어요."

엘리야는 아리송해졌다. 이게 무슨 소린지 원.

"일단 가보자, 소년!"

어차피 목적지가 지척에 있는데 꾸물거릴 이유가 없었다. 뭔가 특이한 상황이라면 직접 눈으로 확인하면 될 일이었다. 엘리야가 채근하자, 소년은 할 수 없이 같은 길을 오늘만 세 번째 걷기 위해 집을 나섰다.

"먼저 간 무사님이 아직 거기에 있을 것 같아요."

"잘됐군."

"잘됐다고요?"

"발번 찾아온 사람이라면 어쩌면 내 의뢰인과 아는 사일지도 모르잖아. 내가 그에게 좋은 소식이라도 들려줄 수 있다면 좋겠군."

엘리야가 껄껄 웃었다.

소년은 약간 꺼림칙한 기분이 들었다. 흑발 무사의 마지막 모습이 떠오른 탓이었다. 어둠밖에 없는 땅 구멍 속에서 무엇인가를 찾아내려는 듯한 그 뒷모습. 딱히 트집 잡을 구석은 없지만, 소년이 알고 있는 「사람의 일상적인 느낌」은 아니었다.

'괜찮겠지 뭐. 싸워도 자기들끼리 싸울 거고.'

복잡한 세상사를 모르는 시골 소년에게 미래란 맑은 하늘처럼 단순하기만 했다.

다음 권에서 이어집니다.

지은이 후기

안녕하세요, 여러분.

전개가 드디어 온라인 연재분을 넘어서서 감개무량한 3권이 나왔습니다.

기다려주신 독자 여러분께 정말 감사 드립니다.

이번 권에서 아멜리는 이제 나도 연애 좀 해볼까 하다가 새로운 고난에 직면하고 마는데요. 이쯤 되면 슬슬 우리 주인공도 자각을 해야 하지 않을까……?

아무튼 4권에서도 「아멜리가 연재를 하지 않는 이유」는 계속 밝혀질 예정입니다.

2016년 새해 복 많이 받으시고, 하루 빨리 다시 만나 뵐 수 있기를 바라겠습니다.

2016년 1월

온푸나무

그린이 후기

안녕하세요, 삽화를 맡은 팀 귤한박스입니다!

기존에 회색과 존슨이 팀으로 삽화를 맡았던 팀 그레이존에서, 존슨이 숙취로 닉 체인지를 하고 새 멤버 스토라스님이 가세해서 팀 귤한박스로 진화하게 되었습니다.

앞으로도 잘 부탁드립니다!

존슨

거의 1년 만의 삽화 작업이었는데요, 이번에 새 캐릭터가 등장했지요! 하늘하늘한 장발 남캐라서 정말 그리면서 즐거웠던 기억이 납니다.

온천장면은 제 욕망이 들어간 장면이 아닙니다……. 아니라구요. 믿어주세요.

스토라스

안녕하세요. 새롭게 작업에 합류했습니다!

열심히 즐겁게 작업했습니다! 보시는 분들의 마음에 들었으면 좋겠습니다.

그리고 모두 『파이널 판타지 14』를 하십시오! 그럼 이만…….

즐겁게 작업한 만큼 이번에도 즐거운 3권이 되었길 바랍니다.

다음 4권에서 만나요!

2016년 1월

팀 귤한박스

아멜리가 연애를 하지 않는 이유 3

초판 1쇄 발행 | 2016년 2월 5일

교정교열 | 문보람
디자인 | 팀 귤한박스
편집 | 나비노블
표지편집 | 서유미

펴낸이 | 김혜랑
펴낸곳 | 메르헨 미디어
등록일자 | 2012년 6월 27일
등록번호 | 제 2012-000141 호
ISBN 979-11-86170-97-7 04810
ISBN 978-89-98328-62-7 (세트)

※ 이 도서의 국립중앙도서관 출판예정도서목록(CIP)은 서지정보유통지원시스템 홈페이지(http://seoji.nl.go.kr)와 국가자료공동목록시스템 (http://www.nl.go.kr/kolisnet)에서 이용하실 수 있습니다. (CIP제어번호 : CIP2016002006)

nabinovel@nabinovel.net
http://nabinovel.net